吉原手引草
松井今朝子
幻冬舎

吉原手引草　目次

装画　宇野信哉
装幀　平川　彰（幻冬舎デザイン室）

吉原手引草

引手茶屋　桔梗屋内儀　お延の弁

まあまあ、ようこそお越しあそばしました。おや？　あなたは見馴れぬお顔じゃが……おお、それはそれは。お初にお目もじをたまわりまして、桔梗屋《ききょうや》の内儀《ないぎ》お延《のぶ》と申しまする。して、ここへはお駕籠でおいでに？　いえね、猪牙舟《ちょき》なら船宿からとうに挨拶があってもと存じまして。あ、はい。正直申しますと、一見《いちげん》のお客様がおひとりでお越しになるのは実に稀なことでしてねえ……ああ、左様で。駿河町の相模屋様から桔梗屋《うち》のことをお聞きになった……したがハテ、うちのお客様のなかに駿河町の……ああ、いやいや、ホホホこっちの話でございます。それはまあ何よりでございました。

近ごろは大門《おおもん》の手前で網を張る、たちの悪い暴茶屋《ぼりぢゃや》とやらがございますそうで。旅籠代《はたごだい》よりも安くで遊べるなどとだまして目の玉が飛び出るような付掛《つけか》けをすると申しますからご用心。うちはお隣りの山口巴《やまぐちどもえ》や井筒屋さんと肩を並べる名代《なだい》の引手茶屋《ひきてぢゃや》なれば、この後ともに何とぞごひいきを願いあげますする。

さあさあ立ち話もなんでござります、まずはその腰掛《こしかけ》にお座りを。今お茶を持って参り……はあ？　その前に話しておきたい……はあナニ、吉原に足を踏み入れたのはこれが初めてだ。今まで人からあんまり話を聞いたこともないのでまったくの不案内。ほう。それはそれは。なので子どもの手を取るようにこの廓《さと》のことを一から教えてくれと仰せに。へええ、これは驚きました。そこまで正直にわっさりとお打ち明けになるお方もまためずらしうございまするが。

　ようござんす。承知いたしました。そんならこっちも商売を抜きにして、お力になりましょう。なんなりとおたずねくださいまし。もっとも亭主にいわせると、あたくしは常々おしゃべりが過ぎるんだそうで。ほら、唇がこんなに薄っぺらで、口もとにちょっと大きめのほくろがござんしょう、ホホホ、これがおしゃべりの相だなんて申しましてねえ。だもんで、うっかり無駄っちゃべりをいたしましたら、どうぞご勘弁あってお聞き流しになすってくださいまし。

　取り敢えず子どものようにと仰言《おっしゃ》ったのを真に受けまして、余計なことを申しまするが、あなた様がもしこの廓《さと》で迷子になられたら、ここに入るときに潜《くぐ》られた大門《おおもん》、そう、あの黒い屋根付きの門を目印になさいまし。あれがここのたったひとつの出入り口でございます。大門の左手に細い格子《こうし》造りで表にこれと同じ青簾《あおすだれ》をかけた家《うち》があったのはご覧に？　あそこはいつも八丁堀の旦那が詰めておいでで、幸いここで滅多な騒ぎは起きずに済んでおります。えっ？　それでも近ごろとんだ騒ぎがあっただろうって……そりゃ一体なんのことを仰言っておいでやら……。

　何はさて、大門からまっすぐ伸びたこの通りが仲之町《なかのちょう》と申しまして、あたくしどものような引手茶屋がずらっと軒を連ねております。通りの真ん中は、あいにく今はちょうど替わり目で淋しいありさまでござんすが、春は満開の桜並木が美しうて、吉野に負けぬ花の吉原と相成りまする。花が散れば桜の木を引き抜いて菖蒲を植え、七夕は短冊をぶら下げた葉竹が立ち、あともう少しすれば菊の懸崖《けんがい》がにぎにぎしく並んで……えっ？　それじゃァまるで芝居の道具のようだって……ああ、たしかに。そう仰言るとそんな気もして参りますなあ。

お歯黒溝《はぐろどぶ》にぐるりと囲われたこの三丁四方の遊廓《くるわ》の中は、思えばひとつの大きな舞台なのかもしれませぬ。いずれも綺麗に着飾った女郎衆を相手役にして、お客人は皆われこそ天下の二枚目なりという心意気で舞台に立つ。色事の口舌《くぜつ》や濡れ場はもちろん、惚れたあげくに死ぬの生きるのといった愁嘆場《しゅうたんば》もあり。されどそれすべて仮りそめの芝居だと思えば、下手な間違いはせずとも済むのかもしれませぬ……いやいや、こりゃうっかりとんだ興ざめを申しました。

されどいかなる芝居も熱心につとめませぬと興が乗らず、白けた舞台となる道理。それにここは芝居とちがって、フフフ、本物の濡れ場がございますから、殿方はみな生きながらにして極楽浄土に至れると申すものでございます。

生きながらの極楽浄土には生き菩薩《ぼさつ》様のご出来《しゅつらい》がつきものでして。あと半刻もたてば夕闇が忍び寄り、誰哉行灯《たそやあんどん》に照らされた夜桜にもまさる花魁《おいらん》の道中がご見物になれるはず。鼈甲《べっこう》の大櫛《おおぐし》二枚、前挿《まえざ》し六本、後挿し六本の簪《かんざし》で飾り立てた髪《あたま》はまさに後光が差すよう、三ツ重ねの豪勢な裲襠《しかけ》をまとい、三枚歯の駒下駄でゆらりゆらりと外八文字《そとはちもんじ》を踏んで練り歩くお姿を一目ご覧になれば、身の憂《うれ》いや煩《わずら》いはたちどころに消え去って、お年寄りはぴんと腰が伸びるなどと申し、ホホホ、まことに霊験あらたかな生き菩薩様でござりまする。

はあ？　花魁道中の謂われ……ああ、それはこの通りの先が江戸町《えどちょう》といい、さらに奥が京町《きょうちょう》で、京と江戸を往来するから道中と申すようになった由にございます。京町と江戸町はこの通りをはさんで一丁目と二丁目に分かれ、京町二丁目のお隣り角町《すみちょう》と併せて、これ吉原五丁町《ごちょうまち》と呼び慣わす次第。

道中をなさるのは昔でいう太夫職《たゆうしょく》、今で申す「呼出し」の花魁にかぎられて、五丁町広しといえどほんのひとにぎり、片手で数えるほどの人数にございます。まず当代では松葉屋の瀬川さん、扇屋の花扇《かせん》さん、丁字屋《ちょうじや》の唐琴《からこと》さん、それから……はあ？　そこに当然、舞鶴屋《まいづるや》の葛城《かつらぎ》も入るだろうって……。

いやですねえ、あなた、お人が悪い。知らないふりして、よくご存知なんじゃ……いや、ほかは知らぬが、葛城の名ばかりは噂で聞いた……ああ、まあ、そりゃ、あんな騒ぎが起きちまったからねえ……ああ、つるかめ、つるかめ。あたしゃ想いだしたくもないが、たしかにほんのちょっと前までは葛城花魁が全盛を謳われて、その道中姿をお目当てに、大勢のご見物がここに押し寄せたもんですよ。

ともあれ道中をするのは十間間口《じっけんまぐち》の大きな妓楼が抱える花魁にかぎられて、そうした大見世《おおみせ》はまたの名を大籬《おおまがき》とも惣籬《そうまがき》とも申して、はばかりながら桔梗屋《うち》のような引手茶屋をお通しにならないとご登楼にもなれませぬ。直にあがれる中《ちゅう》見世や小《こ》見世は星の数ほどございますが、この仲之町の表通りから離れれば離れるほどしだいに見世の格は落ちますようで。フフフ、なかには一ト切りたったの百文といって袖をつかんでむりやり引きずり込むもんで、羅生門河岸《らしょうもんがし》という恐ろしい名で呼ばれる通りもございますよ。

えっ、一ト切りたァなんだって？　そりゃお線香《せんこ》一本が燃えつきて灰になるくらいの、ほんのちょっとの間ですよ。それじゃあなた、フフフ、とてもとても……でござんしょ。ちっとでも長引くと「お直し」って声がかかって、また百文。まあ、そうした怖い見世を「切り見世」なぞと申すんですよ。うちのお客様でも時に物好きな方がおいでになって、ちょいと覗きたいなどと仰言る。で、仕方なく若い者《もん》に案内をさせますと、ほうほうのていでもどられて「内儀《おかみ》、ありゃなんとも凄まじいところだ。漆喰《しっくい》の壁かなんぞのように白粉《おしろい》を分厚く塗りおって、背中を突いたらボロッとはがれたぞ」とお笑いに。そうかと思えば、あそこは気楽でいい、遠慮なく好きなことがいい合えるから、すました花魁を相手にするよりずっと面白いと仰言って、しばらくお通いになったお方もあったりして……。

まあ殿方の好みはさまざまで、女子《おなご》にはちとそのお心が把《つか》みかねるところもござんすが、女子のほうにもまた殿方には見えぬ深い闇があろうかと存じます。されば色恋の道ばかりは、いつどこで闇に迷って道を踏み外すやも知れぬ危うさがござんすゆえに、そこをなるべく無事に通れるようお手引きを致しますのがわれらの商売。ホホホ、あなた様のように最初《はな》からご相談をいただければ、けっして悪いようには計らいませぬ。

はい、左様で。初手は妓楼も敵娼《あいかた》もうちにお任せを願います。中には細見《さいけん》を手に、ぜひともこの妓《こ》に会わせてほしいと仰せになるお客様もございますが、そりゃあんまり利口な遊び方ではございませんで。細見の筆頭に載せた花魁は「お職」と申してその見世一番の売れっ妓だから、まず馴染《なじ》みの客人だけでふさがって、なかなか会うこともかないませぬ。かりに会えたところで深い馴染みになれようはずもなく、おざなりにあしらわれて淋しい思いをするだけ損がいくというもの。それよりは、長くご縁の続きそうなお相手をこちらが選んで差しあげたほうが、結句お客様にとってはよろしいかと。

ああ、そりゃ金を出して買うからには、お好みの妓《こ》をと思われるはごもっとも。とは申せ、やはり男女の仲は相性というものがございます。女は見てくればかりではございません。気性もいろいろで、気がきつい妓もあれば、おっとりとしたのもあり、お客様のほうもまた跳ねっ返りの妓が面白いという方もあれば、やさしい心根の妓に慰めてもらいたいというお方もございます。長年こうした稼業をしておりますと、少しお話をさせていただくだけで、このお客様にはどの妓がいいか、ぱっと勘がひらめいて、ホホホ、おおむね外れた例《ためし》はござんせんよ。

したが、ここだけの話、あなた様のようなさっぱりとして男ぶりのよいお方はともかく、どう見ても女に好かれそうにないお方がお越しになると、敵娼を探すのにこっちはひと苦労いたします。えっ？　どんな客が嫌がられるか……はあ、そりゃ花魁が袖にするのはたいがいお武家様でして。いえいえ、粋なお旗本の若様や御留守居《おるすい》役といった方々とはちがい、国元から出てきて一生に一度ここで存分に羽目をはずそうとなさるお侍は本当に参るんですよ。そうしたお方は浅葱《あさぎ》裏《うら》なんぞと呼んで。いえね、お召し物の裏地がたいがい浅葱色した木綿だもんで、馬鹿にしてそんな呼び方をするんですよ。

たまに親切な御留守居役がお連れになって、そういう方の面倒を見てくれと仰せになるときがございますが、せっかく廓《さと》へ来るのに日向《ひなた》臭い着物だったり、油っけのないそそけた髪《あたま》で顔のほうが油っぽく見えるようなお方だと、お相手をする花魁も気の毒でしてねえ。言葉は荒っぽいし、なんだかやたらに威張り散らして、女と見ればすぐにも押し倒すような、ぎらぎらした眼をなさってておいでだと、ああ、これではどんなに苦心して敵娼を選んでも無駄だと思って、こっちまで気が滅入って参ります。

で、そういうお方にはかならず房楊枝《ふさようじ》をお渡しするんですよ。口が臭いのだけは勘弁してもらいませんと、花魁が逃げちまいますからね。あからさまに申すわけにも参りませんで、房楊枝と源水《げんすい》の歯磨粉をお渡しして、そばでうがい茶碗を持ってしっかり見張っております。ホホホ、この商売もとんだ苦労があるもんでござんしょ。

しかしまあ、あなた様なら大丈夫、花魁のほうからホの字になることは疑いなし。さっそく見世に当たってみますから、しばらくのあいだ奥でゆるりとご酒《しゅ》を召しあがってお待ちくださりませ。うちは肴《さかな》を吟味してますし、真薯《しんじょ》のお椀もなかなか乙な味だと評判でして。見世のほうでは豪勢に飾りつけた台の物が出ますが、ホホホ、初会《しょかい》のお客人は箸を取るどころではないと申しますんで、どうぞうちで腹ごしらえをなさいまし。

おお、なんならご酒のお相手に幇間《たいこもち》と女芸者を呼びにやりましょう。連中は見世にもちゃんとお供をしてくれますしねえ。ああ、はい、花魁はなにせどこへ行くにも新造《しんぞ》と禿《かむろ》と遣手《やりて》を引き連れ、これにまた見世の若い者がぞろぞろとくっついて参りますんで、お客様のほうにもお供がないとやはり釣り合いが取れませんで。ああ、はい、花代はうちがお立て替えを。あとで揚げ代や何かとひっくるめてお客様に、はい、そういうことで。

えっ？　ずいぶん物入りだって。はあ、まあ、そう仰言られても、あなた、これくらいで驚いてちゃァ花魁とはご縁がございませんよ。正直申して廓遊びはそれなりのものがかかると、初手にはっきり申しあげておきましょう。いえいえ、滅相もない。ホホホ、あなた様を袖にしようと申すのではござりませぬ。どうぞご機嫌を直して話の続きをお聞きなされませ。

そもそもまず、あなた様が花魁に初めて会《お》うたときは引付《ひきつけ》という儀式が待ち受けております。これは一夜かぎりでも夫婦《みよおと》になる固めの杯事《さかずきごと》で、大切《だいじ》な祝言の式じゃとお思いくださいまし。花魁は花嫁御寮と同じで口もきかず、ただじっと座っておいでだから、お客人はまさに「折ることも高嶺《たかね》の花や見たばかり」といった塩梅《あんばい》で、もどかしうは存じましょうが、たやすく手に取れぬ花なればこそまた手を伸ばしたくなる道理。じっとそこを堪えて、馴染みになれたときのことをあれこれ想いまわすのが廓遊びの粋《すい》というものでござんす。

さあ、こうして初会が済めば、「裏を返す」と申して、日を置かずにもう一度会うのがご定法《じょうほう》。

たとえ初会で気に入らないと思っても、裏はかならず返すもので、まかり間違っても同じ見世で別の妓にしたいなどと仰言ってはなりませぬ。裏を返した上で、気に入らないときは、見世を替えてお探しなされ。同じ見世で別の妓に会うのは廓の堅い御法度《ごはっと》でござります。いかに遊びとはいえ、これだけはしっかりお守りいただかないと、廓中の鼻つまみになりますのでご用心を。

同じ妓に続けて三度会えば、もう馴染みの敵娼でございます。馴染みになれば花魁もぐっと打ち解けたおしゃべりをして、新造や禿たちも客人のお名を呼び、お膳が出れば箸袋にも名が書いてございます。つまり馴染みになるのは夫婦になるも同然、廓の中で花魁と所帯を持つようなものだとお心得あそばしませ。初会ですぐに帯紐《おびひも》を解くような小見世の女郎衆でも、馴染みにならぬと心の帯紐までは解きませぬ。馴染みのお客は大切な夫で、自分は愛《いと》しい女房でありたいと願うのがこの廓《さと》の習いでござんす。

夫婦となったからには、ホホホ、むろん浮気も堅い御法度でござんすよ。いつぞや扇屋さんで、悪性《あくしょう》な浮気をした客人が女郎衆によってたかってなぶり者にされ、髷まで切られて外に放りだされた姿を、あたしはこの目ではっきり見ております。フフフ、あなた様のようないい男には、念を入れて申しておきませんとねえ。

ああ、はい、女とは枕を交わすだけで十分だと仰言るなら、岡場所で手っ取り早いお相手を見つけたほうがよろしうございます。さもないと、ここで何もかも余計なことをなさらねばなりませぬ。花魁と馴染みになるにも、ただ三度会えばいいというわけではございませんで。まあ、その、揚げ代とは別に、馴染み金というものが要りますし。それに加えて新造や遣手や見世の若い者をはじめ、あたくし共も相応のご祝儀にあずかる習わしでして……ああ、はい。そりゃ何かと物入りにはなりますが、ホホホ、これがあなた、素人の娘を嫁に迎えて所帯を構えるよりは、ずっとお安いもんですよ。

ただしもちろんお馴染みは何人かあって、その中で花魁の「いいひと」と呼ばれるには、さらにまだいろいろとございますよ。節句や何かの紋日《もんび》には「仕舞《しま》いをつける」といって、花魁を丸一日ひとり占めなさらねばなりませぬ。紋日のなかでも八月の十五夜は大紋日で、この日に仕舞いをつけたら、かならず花魁の「いいひと」ってェことになります。ただし片見月《かたみづき》は縁起が悪いと申して、十五夜に仕舞いをつけたら、後《のち》の月見の十三夜にも。ああ、はい、そりゃ仕舞いをつけるとなれば、揚げ代も祝儀も半端《はんぱ》なことでは済みませんけどねえ。

しかし中には惣仕舞《そうじま》いといって、見世ごと買い切る豪勢なお客様もございますよ。見世の料理番や針仕事をする女中にまで祝儀を出し、芸者衆をあげて呑めや歌えの大騒ぎ。前にうちでお世話した伊勢屋の若旦那が十五夜の大紋日に惣仕舞いをつけなすったときは、あとでお気の毒にご勘当の憂き目を……ああ、いえいえ、あなた様にはけっして左様に無茶な真似はさせませぬからご安心を。いや、あたしとしたことがとんだ余計なおしゃべりをいたしました。ホホホ、この薄っぺらい唇とほくろがいけませんので、はい。

いえね、あたくしが初対面のあなた様にここまで打ち明けてお話をするのは、本音のところで、うちのいいお客様になっていただきたいからなんでござんすよ。地獄の沙汰もなんとやら、廓もとかく金次第。初手にそれを肝に銘じてお遊びになれば、あとであまり腹が立つことはございません。さりとて金を湯水のように遣うお大尽《だいじん》ばかりが花魁にもてるわけでもない。そこがそれ、神代《かみよ》から今に続いた男女《なんにょ》の道のよくできたところでございます。あなた様は真《ほん》に男っぷりのいいお方だから、こちらもこうして正直に本当のことがいえるんですよ。

そりゃお金は遣おうと思えばいくらでも遣えます。花魁に豪勢な衣裳や髪飾りを贈るのは当たり前、ホホホ、巫山《ふざん》の夢を見たさに、ふたりで使う夜具を新調するのがこの廓ならではの贅沢と申しましょうか。蒲団は縁が天鵞絨《ビロード》で内が羅紗《らしゃ》か緞子《どんす》の額仕立て、裏は緋縮緬《ひぢりめん》と決まっておりまして、これを越後屋か大丸に注文し、できあがってきたらしばらくは他人様《ひとさま》の目に触れるよう、茶屋の表座敷に飾って全盛の証《あかし》といたします。えっ、その費用《かかり》はどれくらいかって? はい、蒲団代だけで軽く見積もって四、五十両。で、いざこれを敷くときには、また別にご祝儀が。

ホホホ、左様に嫌な顔をなさいますな。何もそんなことをなさらなくても、あなた様なら黙っていてもこの廓で十分いい思いがなされますよ。無理はけっして長続きはいたしませぬ。「世の中を遊びつくして今ぞ知る遣い残した銭金もなし」というふうになられては困りますので、あたくしは筋のいいお客人とお見受けしたら、最初《はな》からこうして聞きづらいことをはっきり申しあげておくんですよ。ふところ具合を正直に打ち明けくださった上で「おい、かみさん、おいらあの妓に惚れた。どうか、いい仲に拵《こしら》えてやってくんねえ」と仰せになれば、こっちも胸をぽんと叩いて、ひと肌もふた肌も脱ごうという肚《はら》でして。

えっ？　身請けの相談にも乗ってくれるのかって……ホホホ、まだ登楼もしない先から身請けの話とはまた気が早いことでござんすが、はい、左様で。身請けの段取りは万事あたくしどもが手配をいたしております。

ただこれもはっきり申しあげときますが、花魁を廓から根曳《ねび》きするのは、なまなかなこっちゃござんせん。年季《ねん》が明く前の根曳きとなれば、前借分に残りの年季で稼ぐ分を足して勘定をいたします。ずいぶんと稼いでみえた花魁でも、何やかやと物入りで、前借が消えないばかりか増えてることとだってございますし、フフ、もういわずともお察しの通り、皆に蒔《ま》く祝儀の額も半端なことでは相済みません。朋輩《ほうばい》の花魁衆にも相応の挨拶をせねばならず、芸者衆はここぞ最後の稼ぎ時とみて、どっと押し寄せて参りまする。それやこれやで、大見世の花魁を身請けしようと思ったら、ざっと千両は覚悟いたさねば……。ホホホ、あなた様、そんなに目を剝いちゃァいけません。されば花魁が大名道具と呼ばれる所以《ゆえん》でして。

もっともうまくいけば、ここにちょっとした抜け道もございます。親兄弟が身請けをするときは、楼主も慈悲を出して安くで証文を巻いてやります。そこでこっちが先に親元に金を渡して請けださせると、四方八方丸く納まる寸法で。けれども中にはたちの悪い親元や、阿漕《あこ》ぎな楼主もおりますから、身請けの際はよほど用心をしてかかりませんと痛い目に遭う恐れも。それはもう、あたくしどもに任せていただいたほうが万事巧くいくってもんで。ああ、はい、もちろんちゃんと仲立ち料は頂戴いたしますが。

はあ？　舞鶴屋の葛城もうちが身請けの仲立ちをしたのかって……。

いや、これはどうもおかしい。廓へ来たのは初めてだから、手を取って一から教えてくれといった口で、二度もその名が出てくるのは一体どういうこった……お前さん、どうやらあのことをご存知なんだね……。

読めたっ。そうだ、お前さん、それでうちにおいでなすったんだ。最初《はな》っからあの一件の仔細を訊きだそうって魂胆《こんたん》だったんだ。いきなり独りで飛び込んできて、引手茶屋なら文字通り一から吉原《ここ》の手引きをしろというのがなんだか怪しい気もしたが、なまじ外見《そっぽ》がいいのにだまされて、このあたしとしたことがついうかうかと……ええ、初心《うぶ》なふりして人の親切につけこむなんざ、男の風上にも置けないよ。ああ、悔しい。お前さん全体どういう料簡《りょうけん》で探りを入れに来たのかは知らないけど、人が悪いにもほどがあるじゃないか。

いいかい。あの騒ぎでうちがどれだけ迷惑をこうむったか。ああ、いま想いだしても涙が出る。百両のもうけがふいになったばかりじゃない。亭主は謝りまくって寝込んじまうし、あたしはあたしで当座はうっかり表にも出られなかったんだよ。

何もうちが悪いわけじゃないといって慰めてくださるお方もあるにはあったが、うちの不運を芸者衆があちこちで嗤《わら》いものにしくさったせいか、しばらくは客足もぱったり途絶え、ここまで立ち直るのがやっとのことだったというのに、それをまた今さら蒸し返しに来るやつがいようとは……ええ、思えば思うほど腹が立つ。おい、だれか塩を持っといで。もう、さっさと出てかないと、若い者《もん》にいいつけて棒を喰らわせるよっ。

舞鶴屋見世番　虎吉の弁

へい、わっちになんぞご用で……はあ？　そこで何をしてるんだって。フフ、お前《めえ》さん、妙にからんでくるねえ。こう見たところは、やくざな地廻《じまわ》りのようでもなし。おおかた暇をもてあます道楽息子という格だが、まあこっちも暇ついでだ、相手になろうじゃねえか。

えっ？　ああ、わっちが腰をおろしたこの台は牛台《ぎゅうだい》といって、まあ、湯屋の番台のようなもんだ。妓楼《みせ》の入り口にゃたいていこれがある。なんで牛台ってェのか？　そりゃこうした妓楼に勤める野郎を牛《ぎゅう》って呼ぶからだよ。牛は鼻づらを取って引きまわす。へへ、わっちらは祝儀《はな》でもって追いまわされるてェわけだ。もっとも「おい、そこの牛」と呼ばれるよか「おい、そこの若え者《もん》」と仰言ってくださるほうがありがてえさ。

アハハ、たしかにお前さんがいう通り、わっちゃ「若え者」と呼ばれるほどに若かねえ。ただ、自分でいうのもなんだが、見ての通り小柄でちんまりした鼠顔だから、真《ほん》の年齢《とし》よりゃ若く見られる。それでもって虎吉を名乗ってりゃ世話がねえ。子《ね》、丑《うし》、寅《とら》のそろいぶみで、ハハハ、われながら腹を抱えちまうぜ。

お前さんもしかし、おかしなお人だねえ。いや、こういうとこに来たのは初めてだというならなおさらだ。わっちなんぞに目をつけなくたって、この大籬《おおまがき》の内で張見世《はりみせ》をなさっておいでの花魁方をうっとりと眺めてるだけで日が暮れようってェもんじゃねえか。

えっ？　ああ、籬たァその出窓の格子のこった。うちはこう下のほうからてっぺんまでずっと格子だから大籬。惣籬《そうまがき》ともいう。これがもっと小見世になると半籬《はんまがき》ってんで格子も半分、中を覗いてみりゃわかるが、並んでる花魁のお品《ひん》ってェもんがまるっきりちがってらあな。

うちはこの暖簾《のれん》にある通りの舞鶴屋だ。またの名を仙禽楼《せんきんろう》という。五明楼《ごめいろう》扇屋、松葉館《しょうようかん》松葉屋、鶏舌楼《けいぜつろう》丁字屋と並んで五丁町《ごちょうまち》の四天王と呼ばれる指折りの妓楼《みせ》だよ。今は昼見世で、ここを通るのもお前さんのようなしけた素見客《ひやかし》ばかりだから花魁方も気抜けがしておいでだが、これで六ッの鐘がボーンと鳴りゃァぐっと気が乗ってくる。

ああ、そうだよ。昼見世は不精《ぶしょう》を決め込んで二階にお休みの花魁方も、夜はしっかりここに出ておいでだ。今より人数もぐっと増す。はあ？　あの葛城もここに並んでたのか……おいおい、お前さん、その名は禁句だ。理由《わけ》は聞かなくともわかってんだろうが。ここに来たのは初めてだなんてぬかしやがって、うちの前でその名を出すたァいい度胸だ。てめえ、おとなしそうな面《つら》をして、わざわざ喧嘩を売りに来たのかよぉ。いや、ちがう。もう済んだことだからいいじゃねえかって。そりゃまあ、そうだが……ともかく葛城さんは呼出しの花魁といって別格だから、ここで客人のお見立てにあずかるてなことはなかったのさ。

ああ、思えば舞鶴屋《うち》も呼出しの花魁が消えて淋しくなっちまったが、それでもシャンリン、シャンリンという清掻《すががき》の三味線《しやみ》に乗り、こう右で褄《つま》を取って左を張り肘《ひじ》にした花魁が上《かみ》から順にずらァっと並んだら、喜見城《きけんじよう》の天人《てんにん》ぞろえよろしく、ぱあっとここが明るくなるぜ。

おお、そうだとも、花魁にはそれぞれ位があって、揚げ代もちがう。飛びきりの上玉は揚げ代が昼でも金三分だから「昼三《ちゆうさん》」という。それの筆頭が道中をする呼出しの花魁だよ。こりゃまあ昔でいう松の位の太夫職だと思やいい。昼三の下は「座敷持ち」、その下を「部屋持ち」といって、花魁と呼ぶのはここまでだ。自分の部屋を持てねえ女郎は花魁とは呼ばねえ。大部屋で雑魚《ざこ》寝《ね》をしてる連中は年を喰っても新造《しんぞ》だよ。廻《まわ》し部屋で客を取るってェ寸法だ。

ああ、断っとくが、うちのような大見世になると、廻し部屋で客を取る女郎はいねえんだよ。若い新造は花魁の見習いでもっぱらお世話をするばかり、まず自分が客を取ることはねえ。廻し部屋で安い女郎と遊びたいなら小見世を当たんな。ただここでこうして張見世を見てる分にゃお代はいらねえ。小見世とちがってうるさい呼び込みなんざしねえから、ゆっくり見てくがいいや。

ここで呼び込みもせずに何をしてるのかって？　ああ、今はちょうど手空きだもんで、地廻りが悪さをしねえように見張ってるだけだ。そうとも。なにせうちは茶屋を通さねえと登楼できねえんだから、呼び込みをするいわれがねえのさ。といっても、ここに座るのは、小見世で呼び込みをするよりはるかに骨が折れるんだぜ。まず第一《でえいち》に、ふらっと飛び込んでくる一見の客人を丁重にお断り申しあげなくちゃならねえ。頭を下げても駄目なら、腕ずくで止めにかかる。お前はそんなに腕っぷしが強いのかって？　馬鹿いっちゃいけねえ。こう見えて、柄は小っちゃいが、声はでっけえ。へへへ、すぐに大声出してほかの若え者を呼ぶんだよ。

なら最初《はな》っからここに腕っぷしの強い野郎を座らせときゃいいように思うだろうが、なかなかそうはいかねえんだなあ、これが。馴染みの客人がしばらくぶりでお越しになったとき、お顔を見忘れてたら大変《てえへん》なことになる。それに花魁には馴染みの客人が何人もいて、たまたま鉢合わせをしたときなんざ実に厄介なんだぜ。すぐ階上《うえ》の連中に報《しら》せて、お互い顔を合わせないようにしなくちゃならねえ。また花魁がどっちをいいお客だと思ってるかによっても、話の振り方がちがってくる。嫌なお客のほうには、きょうは花魁が朝からちっと気分がすぐれないようでなんて話しとくと、あとが楽になるんだよ。もっとも花魁と客人の仲は、まあ面白いようにころころ変わるからねえ。こっちもそのつど新造の話やなんかを耳に入れとかなくちゃならねえ。

客人にはだんだん金詰まりになってくる方やら、上《のぼ》りつめて正気を失う方もある。剣呑《けんのん》なことが起きてからでは遅いんで、早い目に妓楼《みせ》のほうで引き離しにかかるんだが、なにせ相手は客人だからあからさまにお断りするわけにもいかねえ。で、怪しい話が聞こえてきたら、ここに座ってるわっちがまずその客人の顔色を見る。今宵の表情《かお》はどうも危ねえと踏んだら、すぐ階上の連中に報せて用心をさせる。そういった機転がきく者でねえと、この牛台には座れねえのさ。

ここに勤めて何年になるかって？　そうさなあ、わっちゃこの稼業に入《へえ》ったのがずいぶん遅かったが、それでもかれこれ四、五年……いや、五、六年にはなろうよ。傍《はた》で見てる分には気楽でいい稼業とお思いだろうが、へへへ、これでも結構きつい修業を積んでんだぜ。

勤めて一年ほどは毎日掃除ばかりさせられた。ここは間口が十二間もある大見世だ。総二階建てで、広い中庭をぐるっと取り囲むような造りだから、廊下は滅法界《めっぽうかい》に長《なげ》えときてる。雑巾がけでよく目がまわって吐きそうになったもんだ。夜は台の物をかついで段梯子《だんばしご》を何度も昇り降りして、いやもう昔に比べりゃ足腰がうんと丈夫になったさ。

当初はなにせ稼ぎてェもんがさっぱりねえから辛かった。おお、そうとも。わっちらの稼業は客人の祝儀《はな》やら花魁の心づけをあてにするばかりで、給金と名のつくもんは一文だって出ねえんだよ。喰うのは花魁方のおあまりでなんとかなるが、それだけじゃひもじくってしょうがねえ。台の物を下げるときに客人の食べ残しをつまみ喰いして、遣手《やりて》の婆さんに剣突《けんつく》を喰らったもんだ。

廊下を雑巾がけしてると花魁の部屋からときどき「ちょいと中郎《ちゅうどん》」ってな声がかかる。「わちきゃどうにも小腹が減ってなりいせん。山屋にいって、これで絹ごしの金柑《きんかん》豆腐なと」てな具合で小粒《こつぶ》銀を投げ出された日にゃ御《おん》の字だ。釣り銭が役得ってェわけさ。中郎ってなァ、まあ、お武家でいう中間《ちゅうげん》ってとこだろうよ。

中郎を丸一年つとめあげたら不寝番《ねずのばん》を任された。文字通り真夜中に起きていて行灯《あんどん》の油をさしてまわったり、拍子木を打って火の用心を触れて歩くんだが、花魁に駆け落ちなんぞされないように見張るお役目だ。で、不寝番を一年つとめてからようやく床廻しに取り立てられた。そこからやっとこの稼業のうま味にあずかれたってわけだ。

床廻しは文字通り床の手配をするから客人のご祝儀を頂戴しやすい。ただしそれ相応の気働きをしなくちゃならねえ。正直なとこ、花魁にゃどうしたって選り好みが出ようってもんで、好きな客人とはなるべく一緒にいたいし、嫌いなお客はふりたいもんさ。そこでこっちが何かと融通をきかせるわけだ。

「花魁は急に持病の癪《しゃく》が」てな決まり文句でも神妙な顔をしていえば、客人は押し返せねえ。もちろん花魁にはあとで心づけをたんまり頂戴する。そのいっぽうで「おい、今すぐあの妓《こ》をここへ引っ張ってきな。それなら手前《てめえ》も文句はあるめえ」と豪儀に一分金《いちぶ》をポンと投げだす客人があったりするからこたえられねえ。どちらの肩を持つかはレコ次第でころころ変わるが、あまり文句はいわれねえのがこの稼業のいいとこさ。

床廻しは長く勤める者が多いが、わっちは三年ほどで階下《した》に降ろされて見世番《みせばん》になった。花魁道中で箱提灯《はこぢょうちん》を持ったり、長柄《ながえ》の傘をさしかけたりするのも見世番だが、ありゃ上背《たっぱ》があって見場のいい若え者がつとめるきまりだ。帳付けや掛け取りにまわされる者もいるが、わっちはまだここに勤めて日が浅《あせ》えから、銭勘定は任せてもらえねえ。

ああ、わっちのように年を喰ってからこの稼業に入ってきた野郎はほかにもいるよ。考えてもみな。この廓《さと》で生まれたというならともかくも、男と生まれて最初《はな》っからこんな因果な稼業に手を染めたいとだれが思うもんか。

そりゃそうよ、色んな理由《わけ》ありで皆ここへ流れてきたのさ。廓通いが面倒で、いっそ住みついてしまえという気になった馬鹿な野郎もいれば、娑婆《しゃば》で何か不都合をしでかして逃げ込んできた奴もいる。いや、そうたいした悪党がもぐり込んでるわけでもねえよ。大門口の番所には八丁堀の旦那が詰めておいでだから、悪党はたちまち御用だ。ただし世間に顔向けのできなくなった連中が隠れ棲むにはもってこいかもしれねえ。えっ、わっちもその口かって？　アハハ、そういえばそうだが、別に世を忍ぶ仮の姿なんて大それたもんじゃねえよ。

それにしても、お前さんは本当に変わりもんだねえ。暇つぶしに事欠いて花魁を相手にするならともかく、牛の話を聞いて何が面白いんだか、まったく酔狂も度を越してるぜ。身の上話が聞きたいなら聞かせてやるが、そう面白《おもしれ》え話でもねえぜ。

わっちゃその昔何してたと思う？　へへ、こう見えて元の身過ぎはれっきとした飾職《かざりしょく》だ。ひと口に飾職といってもその実はいろいろで、簪《かんざし》や何かが作れたら花魁の役にも立つが、わっちはもっぱら襖《ふすま》の引手《ひきて》を作ってたんだ。フフ、襖の引手に気を留めるやつなんざ滅多にいねえ。それでもよく見りゃ小判形やら木瓜《もっこう》形やらかたちもちがい、凝った細工がほどこしてあるもんさ。

あのころは日がな一日切鏨《きりたがね》と糸鋸《いとのこ》で外縁に透かしを入れたり、滑剞《なめくり》で浮彫りにしたり、どれも細かい手仕事だから根《こん》を詰めなくちゃならねえ。ひとっ所にじいっと座って魚子《ななこ》打ちをしてたら、女房の声も耳に入《へえ》んなくて、生返事でよくトンチンカンが起きた。

ああ、ちゃんと女房もいたよ。親方の肝いりで持たしてもらった女房で……今だっているっちゃァいるんだが……まあ、そりゃおいおい話すとするさ。

凝った透かしや浮彫りを入れた引手はいずこでもお目にかかれる代物《しろもん》じゃねえ。まあ、でっけえお寺か、ご大身《たいしん》の武家屋敷とかぎったもんだ。わっちの親方はさるお屋敷に出入りする表具屋と組んで仕事をしてた。表具師は張り替えやらでしょっちゅうお屋敷に出入りをしてるから、その中間やなんかとも親しい口をきくようになる。わっちは勝負事の好きな表具師に誘われて、さるお屋敷の中間部屋に顔を出した。

中間部屋はどこも賭事が盛んだってェが、そこは廻り筒で丁半博奕《ばくち》をやってた。ちょぼ一で銭の二、三十も張るくらいに思ってたら、まず桁ちがいでびっくりした。けど勝負事は銭のねえもんがかならず負けると決まったわけじゃねえ。時に勝つことがあるから怖いのさ。

で、しばらくそこへ入り浸るようになって、あるときわっちを誘った表具師が細工を持ちかけやがった。もともとそいつはこっちが飾職と知って、そのつもりで誘ったのかもしれねえ。そこは廻り筒だから、自分の番が来りゃ賽《さい》がすり替えられるってんで、わっちもつい話に飛びついたんだ。

六の目のひとつをくり貫いて鉛を仕込むなんざ、飾職の腕を持ってすりゃわけがねえ。見た目はまったく変わらねえが、一六の半、一一《ぴんぞろ》の丁と思うがままに出せる細工をしたふたつの賽のうち、ひとつをそいつにやって、しばらくは面白いように勝ちまくった。ただあんまり勝ち過ぎると怪しまれるから、わっちはわざと負けるようにもしたし、そこに顔を出すのも月に一、二度だった。しかし誘った野郎は根が好きなもんだから、三日にあげず通ってたにちげえねえ。

家《うち》は柳原の土手に近い裏店《うらだな》で、ある日そこに突然どやどやっと人がなだれ込んで、わっちは思わず金槌《かなづち》と鑿を手にして立ちあがった。しかしおっかねえ連中がすぐに腕を取って、土間に引きずりおろされると、そこからは文字通り踏んだり蹴ったりだ。最初は何がなんだかさっぱりわからなかった。例の細工がばれたと知って、後悔してもあとの祭りだ。さんざん蹴られ、殴られて、目の前がぼんやりしてくるなかで、この腕を使いものにならなくしてやるという脅し文句に混じって女房の悲鳴が聞こえた。

女房は親方の遠縁で、知り合った当時は親方の家《うち》で女中奉公をさせられてた。幼い時分に両親《ふたおや》を亡くして親類中をたらいまわしにされた幸薄い娘だから、これからはせいぜい大切《だいじ》にしてやってくれ。見かけはおとなしそうでも、芯はなかなかしっかりしてて、きっといい女房になるはずだと親方は請け合った。こっちは二十、向こうが十七で所帯を持って三年目、だんだんとそれがわかりかけてきたころだ。けっして別嬪《べっぴん》てェわけじゃねえが、わっちにゃ過ぎた女房だった。

腕のたしかな職人なら、よっぽどのことでもねえかぎり、一生喰うには困らねえはずだ。ところがそのよっぽどのことが起きて、女房も覚悟を決めるしかなかった。ようやく身の落ち着きどころが定まったというのに、前よりもっと辛い勤めが待ってるとは思わなかっただろうよ。こっちもまさか女房を身売りするはめになるとは夢にも思わなかった。

世話したのはやつらだが、せめて吉原《ここ》にしてくれと頼んだのは、ここならたぶん人の目がゆき届いて、そう危ない目には遭わずに済むと踏んだからだ。世の中には色んな野郎がいる。見知らぬ男に肌身を許すとなれば、女も命がけだぜ。

　年季《ねん》はざっと七年で五十両。そうとも、女房は今も吉原にいるんだよ。といっても、ハハハ、舞鶴屋《うち》じゃねえ。二十から勤めに出ようてな女を抱えるのは河岸見世《かしみせ》だけだ。いやいや、羅生門河岸ほど酷《ひで》えとこじゃねえが、西河岸の小見世にいて、毎晩安い金で客を取らされてるのはたしかだよ。

　女房が身売りしたおかげで、わっちは大切《だいじ》な腕をなくさずに済んだ。腕さえありゃ金が入る。せっせと貯めて、年季が七年のところを三年で請けだしてやれると踏んでた。本当にそのつもりだったんだ。それがなんでこんなざまになっちまったのか、自分でもよくわからねえ。今じゃ腕があってもなくてもおんなじだから、あのとき女房がなんだって身を沈めてくれたのかと思ったら、わっちゃ情けなくて生きてんのも嫌になるぜ。

　女房が勤めだしてから、わっちは西河岸に通うようになった。アハハ、わが女房と会うたびに二朱ずつ払おうってんだからおかしな話だ。初の逢瀬はなんともいえねえふしぎな心持ちがしたのを、今でもよく憶えてる。

　河岸の小見世はたいがい四間間口で、廊下や段梯子も狭いし、二階の天井がやけに低い。しけた臭いのする窮屈な三畳の小部屋で、胴抜きの衣裳が目に入ると、目ん玉に紅い色がちかちかして、頭がぼうっとのぼせたようで、しばらくはまともに顔が見られなかった。よく見てもそれが女房の顔だとはどうしても思えなくて、だれか別の女郎が間違《まちげ》えて部屋に入って来たような気がした。

家《うち》では髪に油もつけず、素顔でいた女房が、首まで白粉をべったり塗って、唇《くち》に紅をさしたらまるで別人だ。これがただの安女郎を買おうってんなら話は別だが、なまじ女房だと思うから、こっちゃどういう口をきいたらいいのかもわからねえ。

向こうも小《こ》っ恥《ぱ》ずかしくてたまらなかったんだろう。黙って座って横を向いたっきりで、始末が悪そうに髪をかきあげてみたり、ときどき娘っこにもどったように両掌《て》でぎゅっと頬を押さえつけたりするしぐさが、妙な話だが、なんとも色っぽくて気がそそられた。で、何もいわずに腕をつかんで蒲団に引っ張り込んで。へへへ、女房を相手にあれだけ気が入《へえ》ったお祭り騒ぎは初めてだった。

ああ、こんないい女がよその男に抱かれてやがるのかと想うと、またぞろすぐに萌《きざ》して、こんどは少々荒っぽくなったせいか、悲鳴をあげやがった。するとこっちはますますかっかして、ひいひい泣かせちまうってな具合だ。女があいうときは嬉し泣きだと思ってたんだが、ここにいる遣手婆さんの話を聞いたら、どうもそうとばかりはいえねえらしい。苦と楽は紙一重で、女の快楽《けらく》は男より込み入ってるもんだなんて、へへ、自慢たらしくぬかしやがった。

二朱で買える安女郎とて、八度も会えば一両になる。いかにしけた小見世にしても、女郎と会うだけで済ませてもらえるはずはねえんで、どうしたって酒やら何やかや取らされて、毎日でも会おうとすりゃ月に十両がたすっ飛ぶ勘定だ。堅気な稼ぎじゃとても追っつかねえ。

わっちはそれまでずっとあいつのことを、なにも惚れて一緒になったわけじゃねえ、親方のいいつけで仕方なくもらってやったんだくれえに思ってた。それがどうだ、やすやすとは会えぬ相手になると、いうのもお恥ずかしいかぎりだが、かけがえのねえ恋女房に見えてくるんだから人の心はふしぎだよ。家ン中で独りでじっと座って鑿の尻を小槌でトントン打ってると、あいつのよだれ垂らした泣き顔が浮かんでくる。コンチキショウ、今どきはだれかほかの野郎があれを見てんだろうなあと想いだしたら、もう手元がくるうの段じゃねえ。仕事を納めるのもつい遅れがち、夫婦そろって盆暮れの挨拶もできなくなるわで、親方にはすっかり愛想を尽かされちまった。

だんだん仕事がまわってこなくなって金詰まりは目に見えてたが、それでもあいつが襟の黒ずんだ襦袢《じゅばん》を着てたりしたら、衣裳代を渡したくなる。前借は三年で返せるはずが、十年かかっても無理だという気がだんだんしてきた。

恋しい女がよその男に抱かれたら、もうそれだけで汚らわしいってんで、顔も見たくなくなるという男は多いが、わっちゃそのあべこべで、持って生まれた癖《へき》ってやつがどっかおかしいんだろうよ。女房がほかの野郎に抱かれたところを想うとぞくぞくして、なんだかとてつもなくいい女に見えるんだ。あげくの果てにその恋女房がいる奈落《ならく》に自分も墜ちてみようという気で、ここに住み替えをしたってわけさ。

吉原《ここ》もまた娑婆とはあべこべだ。まず男より女のほうがえらいときてる。女の稼ぎでおまんまを喰わせてもらってるから、男どもは頭があがらねえ。上位《かみ》を張る花魁ともなれば、楼主《おやかた》だってちゃんと様付けでお呼びするくれえだ。ましてわっちのようなしがねえ牛は、おい虎吉、虎公って呼ばれりゃ、ヘイ、ってすっとんでって、どんなご用でも承る。月の障りで気が立ってる花魁に、火のついた煙管《キセル》の先で頭のてっぺんをコッンとやられても文句はいえねえ。

わっちゃここで花魁に剣突を喰らわされるたびに、女房に叱られてるような気になる。いやいや、あれはおとなしい女で、家《うち》にいるときは口答えひとつしなかった。ここに来て少しは腹がすわったかして、嫌みのひとつも出るようにはなったが、それでもわっちに逆らったことはまだ一度もねえ。だがこっちは前よりずっとあいつにやさしくなった。お互いこの廓《さと》に沈んで、初めて心の通う夫婦になれたような気がするくれえで……アハハ、変てこりんな夫婦だと笑うがいいさ。

きょうは行きずりのお前さんを相手に話が妙な具合にころがって、思わぬ身の恥をさらしたが、わっちゃこんな話をだれかれなしに自慢たらしく披露してるわけじゃねえぜ。いや、信じなきゃ信じないでもかまわねえが、ここまでの話をしたなァ、お前さんが二度目だ。最初はそれ、へへへ、さっき口の端にのぼった、あの葛城花魁だよ。

昼見世に出ねえ花魁は部屋で暇つぶしをなさってて、わっちらが部屋の掃除に伺えば、何かと話しかけてくださる。わっちらも何かと世間話をお聞かせする。で、あるとき葛城花魁が銀の長《なが》煙管《ギセル》をしげしげ眺めて、こんなところによくぞ手の込んだ紋様が彫れるものだと仰言ったから、わっちは毛彫りやら蹴り彫りの仕方を得々と話した。そこからたずねられるままに、だんだんと身の上話になだれ込んだって寸法さ。

葛城さんは、そう、きょうのお前さんのように、途中で変な茶々を入れなかったもんで、こっちはうっかり調子に乗ってしゃべっちまったんだ。向こうは下郎の打ち明け話を最後まで熱心に聞いた上で、「わちきゃ、おまはんの心がなんとのう、わかるような気が致しんす。人の心は深き井戸。身を乗りだして覗いても、暗《くろ》うて底は見えぬものざます」と仰言った。ちょっとかすれて艶っぽい声が今も耳に残ってる。

ははあ、さすがに五丁町一を謳われた花魁の仰言ることはちがったもんだ。女ながらに洒落たせりふを聞かせると思ってたら、その花魁がすぐに続けて「夫婦《みょおと》とはふしぎなものじゃのう」と、こんダまたえらく素直ないい方をするじゃねえか。いかにも世間知らずの小娘が感心しきってるふうな顔つきで、考えてみればさほどの年増でもなし、物心ついたときから廓にいる世間知らずの若い女だから、世の夫婦仲を知らないのは当たり前といえば当たり前だが、わっちゃそれがちと不憫《ふびん》に思われてならなかった。ちょうど身請け話が持ちあがってたときだから、「いずれ花魁もおわかりになりますよ」とかなんとか、へたな慰めをいったもんさ。

それからすぐに例の騒ぎが起きた。いや、わっちゃ本当のところは何も知らねえ。詳しいことを知ってんのは楼主《おやかた》と番頭くらいのもんだろうよ。ただ葛城花魁がいなくなってから、あの声をよく想いだすんだ。わっちよりもうんと若い葛城さんは、身を乗りだして人の深い井戸の底を見ちまったのかねえ。でもって、夫婦仲は結句わからずじまいだったのかどうか、ハハハ、そこまではだれも知っちゃいねえさ。

舞鶴屋番頭　源六の弁

へえ、帳場になんぞご用で？　はあ、楼主《おやかた》は内所《ないしょう》においでで。率爾《そつじ》ながら、あなた様は一体……おお、それはそれは、桔梗屋さんからお越しのお方で。こいつはとんだ粗相を申しました。そんならそうと早く仰言ってくださいましな。いや、こうしてこの段梯子の下に座っておれば、たいがいの客人のお顔は拝見をしておりますが、あなた様のお顔にはとんと見覚えがなかったもんで。

それにしても桔梗屋さんとしたことが、初会のお客様なら亭主か内儀がここまでご案内をして差しあげるのが当たり前、若い者《もん》ひとり付けてよこさないたァどうかしてますよ。いや、どうかお気を悪くなさいませんように。舞鶴屋《うち》はなにせ直付《じかづ》けの素上がりをご遠慮願うもんで。ちょいと向こうに問い合わせて参りますあいだ、今しばらくここでお待ちを。いえいえ、けっしてあなた様をお疑い申すわけじゃァござんせん。向こうに何か急な取り込み事でもあって、うっかりお供をしそびれたんでござんしょう。だれか気がきいた者をすぐよこすよう、今呼びにやりますんで、ちいとお待ちを。

おい、そこの若え《わけ》の、桔梗屋にひとっ走り……えっ？　呼びにやらなくてもいい。残念だがきょうのところは引き揚げて、また出直してくる。その代わりに、ここでわたしと話がしたいと仰言る。

ハハハ、ようございますよ。帳付けがひと通り片づいて、わしも一服したいと思ってたとこだ。あなたもどうぞこの煙草盆をお使いなさいまし。

ああ、これは見かけ通りの大福帳で。毎晩ここに座って帳付けをいたします。商いはどこでも売り上げが肝腎だが、うちの売り物は一度売ったら消えてなくなる品ではなし、フフフ、売ろうと思えば日に何度でも売れますからねえ。

ものはなんであれ売れないより売れるに越したこたァないんだが、吉原《ここ》では見世一番の売れっ妓《こ》をお職と呼んで、お職には私どももたいそう懇《ねんご》ろに扱います。えっ？　葛城も……今あなた葛城もそのお職だったのかと仰言ったんだね。

ふむ、こりゃとんだ名が出ちまったが、あなたはわしにそれが訊きたくて……はあ、何もそんなつもりはないって。ハハハ、なら別の話をいたしましょう。いえね、例の騒ぎが起きた当座は、葛城の話を聞きたいだけのお客がどっとここへ押し寄せて往生したんですよ。

まあ、葛城には舞鶴屋《うち》もずいぶん稼がせてもらったから、わしはあんまり悪くいいたくない。そういったらよその番頭がみな目を丸くいたしました。帳面に大きな穴をあけられたんだから、もっと怒っていいんでしょうが、なぜだか今でもあの花魁のことはどうも憎めない。あっぱれだといってやりたいくらいでしてねえ……。

えっ、惚れてた？　ああ、はいはい、仰言る通り、惚れてましたよ。しかしそりゃ岡惚れを天《てん》水桶《すいおけ》の水で薄めたくらいのもんで、ここに勤める男はきっと皆そういう気持ちだったはずさ。どんな商いでも、売り物に惚れてないと、いい商人《あきんど》にはなれない。ハハハ、だからといって売り物に手をつけたりはしないもんですよ。

わしはこういった醜男《ぶおとこ》だから逆に美しい女には目がない。さりとて長年この商売をやってると、花魁を女とは見なくなる。まあ、いうなれば、商いを共にする仲間ってェとこですよ。ハハハ、ただそうはいってもそこは男と女だ。鼻にかかってちょっとかすれた甘い声で「源はん、わちきゃ、おまはんばかりが頼りでおざんす」なんてやられたら、すっかりいい心持ちになって、はいはいとなんでもいうことを聞いてやりました。もっともふだんはさほど無茶をいう花魁でもなかったし、浮世の義理も分別もしっかりとわきまえた賢い妓でした。だからこそ、この大見世で立派にお職が張れてたんですよ。

ああ、ちょっとお待ちを……へい、旦那様、いつもごひいきにあずかりまして。どうぞ今宵も存分にお楽しみを……フフフ、御覧になれますか。あの方は面白いお客様でしてねえ。おお、それ、禿ふたりに手を取られて危っかしい足どりだ。ありゃさる京橋のお大尽で、ここへは月に五、六度もお越しなさいますが、毎度ああいった調子でしてね。茶屋でまずお酒をたっぷり聞こし召してご登楼になり、この二階でもまた。あげくの果てに高いびきで、ハハハ、禿が鼻の穴にこよりを突っ込んでも目が覚めないんだとか。それなんで敵娼は座敷を抜けだしてほかの客人と会い、もどって来てもまだ眠っておられるから蒲団にそっともぐり込んで、ハハハ、朝の迎えが来るまで背中合わせに寝てるんだそうです。いや、金離れはいいし、手はかからないし、あんなにいい客人はいないといって、うちの一番人気でして。真《ほん》の吉原好きとはあのようなお方を指すのかもしれませぬ。フフフ、ああいうお方ばかりだと気楽でようござんすが、まあ滅多には。あなたのようなお若い方には信じられないような話でござんしょ。

そもそもここにおいでになるお方がイの一番のお望みは、花魁に惚れられて色事がしてみたい、はばかりながら、あなたもきっとそうお思いで。色事を手っ取り早く済ませるなら岡場所か切り見世で十分。大枚のお金をはたいてうちにお越しになるのは、星の数ほどいる男の中で、われこそがここで織姫と逢瀬をとげる彦星だとお思いになればこそじゃござんせんか。

正直を申すと、花魁のほうは何人ものお相手をしておりますから、客人が初手から本気で惚れられるのは、まず宝引《ほうび》きや富くじに当たるよりも難しい。ただ宝引きや富くじはひと目でアタリハズレが知れるが、廓の宝引きはそうあっさりと手を離してしまわないほうがよろしいようで。じっくり粘ったら、ハズレがアタリに変わることもございます。律儀《りちぎ》に逢瀬を重ねて口説けば、花魁もだんだんとほだされて、いつの間にか一番心を許す相手になっていたという話をよく耳にしますよ。

もっともなかにはとことんふられるお方があって、こっちは苦労をいたします。ふられるお方で意外に多いのが悪戯《わるじゃ》れをなさるお方でしてねえ。人前で照れて敵娼をわざとけなしたりするのは御法度でして。花魁は朋輩や新造の手前もあって、おのずとふらなくてはならないようなはめになります。

いくら女郎は売りものの買いものだといっても、そこはそれ、生身の人間ですから心までは買えない。フフフ、こう見たところ、あなたのような若くてさっぱりとした二枚目は花魁のほうが放っちゃおきませんよ。初会からして気の入れようがまるでちがって、そりゃ傍《はた》で見てもわかります。

昔のさる通人が説いた女郎買いの心得には、ひとりの花魁に十人の客がいたらまず九人はだしだと思って間違いないと書いてございます。本気で皆の相手をしてたら花魁はとても身がもたないし、さりとてあからさまに分け隔てをするようではお客が寄りつかなくなる。そこをうまく塩梅するのが花魁の腕でして。

世間の人はよく女郎の誠と四角い卵はないなどと仰言るが、わたくしどもの目から見れば、花魁といえども、やはり性根のところは真っ正直な女でございますよ。本気で惚れたがさいご、もうとことん誠を尽くしてお相手をいたしまする。フフフ、あなたのような方はここでお泊まりになればそれがよくわかる。朝になって茶屋からお迎えが来ても、なかなか帰そうとはいたしません。帰ったら次の日にはもう手紙《ふみ》が参ります。

ああ、たしかに手紙は大勢の客人に出してはおりますが、本気で惚れたお方にはほかの客人に宛てた手紙をわざと見せたりして、実《じつ》のあるなしをわかってもらおうと努めます。紋日の工面《くめん》にしろ、親元に仕送りをするにしろ、本気で惚れた客人には洗いざらい何もかも打ち明けて親身に相談に乗ってもらおうとしますから、客人のほうも情にほだされて、つい恋女房を助けてやるような気持ちになる。廓の遊びもここまで来ればもう遊びではなくなる。

ところが時にそれがこじれてとんだ騒ぎが起こります。ああ、いや、うちでこんな話をするのもなんだが、つい先年も、斜《はす》向かいの見世で物騒な一件がありましてねえ。

あそこは万字屋といって、うちほどの大見世ではなけれど、そこそこいい妓がそろっております。なかでも当時は敷妙《しきたえ》という花魁がおりまして、これがお職とまではいかないが、大見世でも立派に通る容貌《きりよう》だし、ちょいと蓮《はす》っぱな風情が捨てがたいとの評判で。とにかく客あしらいがうまかったんでしょうなあ、馴染みの数はそこそこながら、三日にあげず通ってくる方もあって、まわすのがけっこう大変だというような話でした。

主立った馴染みの客は三人あったといいます。ひとりはさるお旗本の次男坊。この方は部屋住みで遊び代に不自由しがちだから、時に花魁が身揚がりまでして会っていたと申します。まあこりゃ敷妙の情人《いろ》といったとこかもしれません。

もうひとりは日本橋辺の呉服屋の番頭で、四十がらみの立派な妻子持ちだが、花魁に入れあげてずいぶんと衣裳を貢いでたそうです。もっともほかは至って堅い遊び方で、むやみに祝儀《はな》をばらまくような真似はなさらなかったとか。いえね、客人が妓楼《みせ》で出す祝儀は紙花といって、ふだん鼻紙やなんかに使う小菊紙をその場で渡し、帳場でそれを一分金《いちぶ》に替えるという仕組みなもんで、ついつい紙をばらまき過ぎて、へへへ、あとで勘定書に腰を抜かされる方がございます。

で、話をもどすと、あとひとりが騒ぎの主《ぬし》でして。このお客は初会からひとりで登楼《あが》ったらしく、そこできっちり断っとけば、あんな騒ぎにゃならずに済んだんでしょうがねえ。いや、あなたを前にこう申すのはなんでござんすが、うちのような大見世はかならず茶屋を通してお越しいただき、茶屋を通さぬ見世でも初会からのおひとりはなるべくご遠慮願うようにしておりまして。勘定やら何やら色んな心配事がございますもんでね。それなのに騒ぎの主をうっかりあげたのは、向こうの見世番の話だと、身なりもこざっぱりとして、実におとなしそうな品のいい若旦那に見えたからだと申します。ほかの見世の者も皆そう思い込んでいたそうです。

騒ぎのときに、わしもその姿をちらっと目にしたが、めっぽうな色白の細面《ほそおもて》で、たしかに品がいいといえばいえる顔立ちでした。気味悪いくらいに唇が紅く見えて、それがひくひくしてたのを想いだします。

三人のなかで敷妙の一番惚れた相手がだれだったかはともかく、部屋住みのお侍や妻子ある番頭に身請けまでは望めない。だが独り者の若旦那なら、ひょっとして地獄で仏になってくれるような気もいたしましょう。夜毎に交わす枕の数が増すにしたがい、手足を存分に伸ばしてゆっくり寝《やす》める身に早くなりたいと願うのは花魁の常。まあ下心といっちゃ気の毒だが、敷妙はその客人にだんだんと心が傾いて、きっと精いっぱい尽くしてたんでしょうなあ。

その客人は派手な遊びはしなかったようだが、しみったれずに祝儀も出し、時に紋日の仕舞いもちゃんとつけてたらしい。しかしながら身請けをするなぞとは思いも寄らぬ身の上でした。あとで聞けば、駿河町の大きな両替屋の手代だったそうで、ここへ通うのにもやりくり算段無理をして、しだいに首がまわらなくなり、店の金を相当ちょろまかしていたと申します。まあ、昔からよくある話で、花魁もあるときそれに気づいて急によそよそしくなったらしい。

花魁は花魁で相手にずっとだまされていたように思ったから、いっきに気持ちが冷え込んだんでしょうが、男のほうにもまた無理を重ねてきただけのいい分があって、もうそうなると仲直りのしようがない。お互いこんりんざい顔を見るのも嫌になって別れたってんならましなほうで、それでは済まなかったというのも、まあ、昔からよくあるお話でして。

客人が金詰まりになってきたのに気づくと、もう見世のほうでも取り持ちなんぞはいたしません。それよりか、へたに会わせて無理心中でもされたんじゃたまりませんから、打って変わって邪慳《じゃけん》にいたします。二階にあげても廻し部屋に通して朝までほったらかしという日が何度か続いて、床廻しに祝儀を出しても効かないもんで、頭に来て殴りかかったりすることもあったようです。ふだんはおとなしそうな男だが、血相を変えて目がすわると、まるで別人だったとか。

あるときをさかいにバッタリあらわれなくなって、見世の者はひとまず胸をなで下ろしたが、ひと月ほどたって、またぞろ張見世の前に姿を見せたときは、敷妙がヒイッと悲鳴をあげたらしい。相好《そうごう》が恐ろしく変わっていたと申します。

格子の向こうで黙って見てるだけでも花魁がひどく取り乱すから、見世番は何度も追っ払った。が、ちょっと目を離すとすぐに舞い戻ってまたじいっとにらみつける。それが何日も続いて花魁はとうとう気を患《わずら》い、しばらく向島《むこうじま》の寮に出養生《でようじょう》をさせようという話がもちあがってたともいう。そうこうするうちにあの騒ぎが起きました。

六ツの鐘を合図に夜見世がはじまると、客人が一時《いっとき》に押し寄せて妓楼《みせ》はいずこも大わらわ。お武家様でも登楼をするときは丸腰になるのが廓の掟で、うちのような大見世だと刀は引手茶屋のほうで預かるが、素上がりの客人はこの階段の下で大小をお預かりして、内所の刀架《かたなかけ》に置きます。お帰りの際に間違えてお渡ししたらただじゃ済みませんから、預かるときは気をひきしめていちいちたしかめなくちゃならない。

その日は秋口とあって、参勤交代で江戸に出てきたばかりのお侍が十人ばかりも連れだって押し寄せて、ただでさえごった返す暮れ六ツにどっと万字屋に繰り込んだからさあ大変だ。そう、仰言る通り、浅葱裏の連中は廓馴《さとな》れぬどころかお江戸の水も飲み馴れぬ手合いだから相手をするのは骨が折れるんですよ。訛が強くて何をいってるんだかさっぱりわからんときもあれば、ただ侍だというだけでよくぞこんなに威張れたもんだとあきれ返るようなのもいて。ハハハ、田舎のほうじゃ、二本差が怖くて田楽が喰えるかと悪態をつくような者《もん》はいないんでしょうなあ。

おまけにそのときは十人が十人そろいもそろって吉原に来たのが初めてだってんだから、押しが強いもいいとこだ。どこのご家中だかは存じませんが、いやもう、はた迷惑な連中があったもんですよ。

案のじょう刀を預かるときに一悶着《ひともんちゃく》起きて、若い者は総出で浅葱裏の大群にかかりっきりだったらしい。勢い門口《かどぐち》がお留守になって、いつの間にか例の男が土間に入り込んだのにも気づかなかった。魂消《たまぎ》る悲鳴が耳に飛び込んだときは、すでに籬《まがき》の内で匕首《あいくち》を振りかざしていたと申します。

張見世をしてた二十人ばかりの女郎衆がキャアキャアいって右往左往するのを、若い者は少しずつ籬の外に連れ出し、敷妙がわれ先に飛びだしたところで男もすぐさまあとに続いた。敷妙は幸いかすり傷ひとつ負わずに助けだされたが、土間で揉み合った若い者が血を流して、さあそこから騒ぎが大きくなりました。

男は表に出て、それを若い者が取り囲んだが、火事場の糞力と似たようなもんでしょう、とても生《なま》っ白《ちろ》い御店者《おたなもの》とは思えぬような暴れ方で、だれもそばに近寄れず、しばし遠巻きに見守って、棒や何かの道具を取りにいくやら、近くの番屋に加勢を頼みにいくやらで、騒ぎを聞きつけてわしが表に出たときは、捕り抑えの人数がいささか手薄に見えました。

ちょうどそのときシャリンという音が耳に入った。花魁道中の先頭に立つ金棒《かなぼう》引きがやって来たと知って、わしは大いに泡を喰った。うちの花魁……いや、今はもうそうはいえない。例の葛城がもどってきたんですよ。

金棒引きのうしろに提灯《ちょうちん》持ちと振袖新造《ふりそでしんぞ》のふたりを見たとき、わしは大声で叫んだ。手を振ってこっちに来ないよう合図もした。が、如何《いかん》せん、一日のうちで廓がもっとも騒々しいときだから向こうは気づきもしなかった。金棒引きはだんだんと近づいて、ついに振新《ふりしん》のうしろにいる花魁の頭が見えだした。

葛城はわりあい上背があるほうで、おまけに八寸高の駒下駄を履き、兵庫髷に結った頭は図抜けて高いところにある。外八文字を踏んでゆらゆらする頭を見ながら、わしはもう気が気じゃなかった。

花魁道中の習いとはいえ、そのとき万字屋の若い者がさあっと道をよけたから、わしは思わず「馬鹿野郎っ」と怒鳴りつけた。急に人囲いが解けて、道中の一行がその男と真正面からぶつかるかっこうだった。金棒引きはさすがに身構えて男の背後《うしろ》にまわり込んだが、提灯持ちがだらしなく脇へ避《よ》けたもんで、若い振新のふたりはキャアッと悲鳴をあげて飛び退《の》くし、花魁のうしろに控える番頭新造もさっさと逃げだす始末だ。

とどのつまり葛城は道の真ん中で男と向き合ってた。わしは青くなったなんてェもんじゃァない。とんだ近所のとばっちりで、うちの大切《だいじ》な稼ぎ頭を傷つけられたんでは泣くに泣けないから、とにかくうちの若い者に片っ端から声をかけて、なんとか花魁の身を守らせようとした。

ところがあれぞ天の僥倖《ぎょうこう》とでもいうのか、全盛のご威光に打たれたように、その男はふしぎと急におとなしくなり、腕をだらんと下に垂らして、まるで富士の高嶺を望むような目つきで花魁をぽかんと見あげてたんですよ。匕首も素直に渡して、縄でがんじがらめになりながら引きずられていくときもまだうしろを向いて花魁のほうを見てました。

わしは葛城に駆け寄って手を握りました。思えば同じ妓楼《やかた》にいても、花魁の手を握ったのはあれが最初で最後だった……。雪のように真っ白で、強く握ると溶けてしまいそうな気がして、フフ、今でも感触《てざわり》がしっかり残ってますよ。着ていた衣裳もはっきり憶えてる。裲襠《しかけ》はたしか「小町のあなめ」という意匠《がら》で、黒縮緬《ちりめん》に大きな髑髏《しゃれこうべ》を銀糸であしらい、金糸で髑髏の目に生えた尾花《すすき》の刺繡《ぬい》がしてありました。

想いだすと小っ恥ずかしいが、そのときのわしはすっかり二枚目になった心持ちで、両手を握って目を見ながら「花魁、怖くはなかったかい」とささやいたもんだ。すると相手はゆったりと片えくぼを浮かべながら、

「なんの怖いことがありんしょう。刃に突かれて死ねば、この世の苦患《くげん》を首尾よう逃れ、あの世で蓮《はちす》の花と咲きんしょう。さればいっそここで、おまはんの手にかかりとうおざんすわいなあ」

などとまあ、実に芝居がかったせりふでじっと見つめられたときは、かあっとのぼせて熱くなるやら、背すじがぞくぞくするやらで。ハハハ、以来、わしは大の葛城びいきになりました。長いあいだこの稼業をやってますが、あれだけ肝がすわった花魁は後にも先にもございませんよ。

舞鶴屋抱え番頭新造　袖菊の弁

もし、ちょいと、あなた、どこへおいでに？　手水場《ちょうずば》ならこの廊下を右にとって……いや、ちがう…・ああ、読めんした。敵娼《あいかた》がなかなかもどらないから、焦《じ》れなんして、廊下トンビをなさりんすのじゃな。

代わりに部屋へ来いと仰言《おっせ》えすか。オホホホ、お前さんは一向《いっこう》に口がお上手ざます。わちきに花魁の名代《みょうだい》がつとまるものかどうか、よう目を開けてご覧なんし。こうした廊下の暗がりではお見違《みたが》いも無理はなけれど、道中で会《お》うたならひと目でそれと知れやんしょう。派手な衣裳の花魁に引き替えて、こちらは渋茶色の絹紬《けんちゅう》に黒繻子《くろじゅす》の巻き帯という地味な出装《いでたち》。あい、左様で。わちきゃ舞鶴屋《このうち》の番新で袖菊《そでぎく》と申しんす。ええっ、ナニ、わちきを捜してた？　今はもうお客人の相手はとんとご遠慮いたして、もっぱら花魁のお世話をする身でありんすが……。

ああ、はい。仰言えす通り、わちきゃたしかにあの葛城さんのお世話をしておりんした。なにせあの花魁が突出《つきだ》しの時分からお仕えして、なぞと申せば、ホホホ、年齢《とし》がばれんすわいなあ。新造から一本立ちの花魁になる突出しのお披露目では七日にわたる道中をして、仲之町の引手茶屋一軒一軒にご挨拶をしなんすが、当人はいっさい口をきかぬ作法なれば、代わりに葛城の名を触れ歩《あり》いたのは、何を隠そうわちきざます。道中でもお座敷でも、花魁の介添えをするのは若い振新《ふりしん》と、わちきのように年を取った番頭新造のふた通りいて、花魁が何かと頼りになさるのはこの番新にござりいす。

いえいえ、廓《さと》に入って最初《はな》から番新になる女郎はおざんせん。若いうちは振新で、そこから花魁となり、年を取っても見世に残った女郎が番新に。あい、はばかりながら、わちきも元は座敷持ちでありんした。座敷持ちは葛城さんのような昼三に次ぐ花魁で、ふた間続きの部屋で寝起きをする栄耀《えよう》の身ながら、ホホホ、運に見放されたかして、年季《ねん》が明けたところでほかへ参るあてもなく、勤め直して番新に降ろされたのが五年前。今は大部屋で雑魚寝をする身と成り下がり、昔とは雲泥万里《うんでんばんてん》の開きがおす。思えばわちきが番新に降ろされた年と、葛城さんの突出しとがちょうど同じ年に重なったのもまあ、何かのご縁でおざんしょうなあ。

あれはまた突出しの当たり年ともいわれて、松葉屋では当代の瀬川さん、扇屋の花扇さんのお披露目もご一緒になったので、舞鶴屋《うち》もけっして負けてはならじという強い意気込みがおした。お披露目に配る竹村伊勢の饅頭を入れた四角い蒸籠《せいろ》が軒を越す高さで二間ばかりも見世の前に積みあげられて、それはそれは豪勢に見えたものでありんす。

誂《あつら》えの衣裳も何もかもきつう張り込んで、都合ざっと五百両もの出費《かかり》はみな当時全盛の陸奥《みちのく》花魁がお馴染みにご無心をなされたものでして、呼出し花魁のお披露目はとかく妓楼《みせ》には頼らず姉女郎が工面する習わしでありんす。

あい、廓には血のつながりに増して強い絆で結ばれた姉妹がおす。姉女郎は妹分の新造が一本立ちの花魁になるまで何かと面倒を見て、妹分の新造はまた姉女郎のなさりようを見習《みなろ》うてだんだんとそれらしいかたちになるざます。

髪の結いよう、化粧の仕方も習いようで、女郎は見違えるほどに美しうなるもの。面長に過ぎた顔は喉から下顎《おとがい》まで白粉を濃くして、額や頰は薄く仕上げたほうがきれいに見えるし、わちきのようなちと平べったい顔は鼻梁《はなすじ》の両脇に紅を刷《は》いてその上から白粉をはたくようにと、姉女郎に教わったものでありんす。姉女郎が台所で胡瓜の輪切りをもらって顔に貼りつけたり、堅紅を黒焼きにして塗ったりしなますのを見て、一体なんの呪術《まじない》かと思うたのも昔の話。ホホホ、わちきもすぐに年を取って同じことをするようになったざます。

思えば葛城さんは左様な化粧も要らぬ根っから整った顔立ちで、ことに湯あがりの素肌のきれいなことといったらもう、女ながらにほれぼれするようでおした。

こうした化粧の仕方や身だしなみ、立ち居振る舞い、四季折々の挨拶、煙管の手入れや扱い方といった細々《こまごま》としたことはもとより、おまはんの前で申すのもなんじゃが、客人の気を引く手管《てくだ》、口舌《くぜつ》の仕方や手紙《ふみ》の書き方も姉女郎を見よう見まねでだんだんと身についてくるものざます。

はあ？　肝腎のこと……フフフ、口でいうのは恥ずかしながら、たしかに床の善《よ》し悪《あ》しは肝腎かなめのところなれど、これぞ真《ほん》に十人十色で習うより馴れろと申すよりほかなく、ただ姉女郎も気づかって何かと話して聞かせたりもいたしんす。口でいっても埒《らち》のあかぬときは……ホホホ、まあ、これはここだけの話と思うてお聞きなんし。

葛城さんと姉女郎の陸奥花魁はいずれ菖蒲《あやめ》か杜若《かきつばた》といった塩梅で、共に肌はまばゆいばかりに美しく、目鼻立ちがくっきりとして、ただ陸奥花魁は葛城さんよりもやや細面で目尻が吊りあがって、きつそうなお顔に見えんした。

陸奥花魁が葛城さんの姉女郎を引き受けなんしたのは突出しのわずか一年前。けっして禿の時分から子飼いで馴れ親しんだ間柄というのではなく、これには少々わけがありんす。呼出しの花魁はふつう六つ七つの禿から格別の仕込みをいたしんすもの。されど葛城さんが舞鶴屋《ここ》へ来たのはたしか十三か四で、花魁になるにも年を取りすぎていたから、あそこまで出世をするとはだれもが夢にも思いせんで。

ところが陸奥花魁に急な身請け話が持ちあがって、楼主《おやかた》が大慌てをしなんした。なにせ呼出しの花魁は見世の看板なれば、すぐにも後釜《あとがま》が欲しいところとはいえ、陸奥花魁の妹分はまだちょっと稚《わか》すぎて、すぐに取って代わるほどの器量はないと見られ、そうこうするうち、まさかと思われた葛城さんに白羽の矢が立ったというわけでして。

楼主は陸奥花魁の身請けをなんとか少し先へ延ばして、葛城さんを仕込むようにお頼みあったと聞きんした。琴、三味線、茶の湯、生け花、書画俳諧に詠歌詩文といった習い事の数々はその道の師匠がつけられても、花魁には花魁でのうては教えられぬさまざまなことがありんす。

まず第一に道中で欠かせぬ外八文字の踏みようは、あの高い駒下駄を履き馴れるまでがたいそう難しいものじゃとか。道中でうっかり下駄が脱げようものなら花魁の大きな恥となり、近くの茶屋に立ち寄ってそこの一同に祝儀を振る舞うという決まりでありんす。足を踏みだすときはからだが浮き沈みして、まるで舟に揺られるように見ゆるものざますが、いかに姿勢《すがた》を崩さずに見せられるかで花魁の値打ちが知れるとか申しんす。

あれを習ってなんとか恰好がつくまでにふつう三年はかかると申すのに、葛城さんはたった一年でものにせねばならず、昼どきは毎日二階の廊下で陸奥花魁がつきっきりの稽古をしなました。当時の葛城さんはまだあどけないくらいの顔で、片や陸奥花魁はまぶたが痩せてきついお顔をして、時に煙管で足を打ちすえて厳しい稽古をなさる様子は、傍で見ていて気の毒になるほどでしたが、葛城さんは素直に教えを聞いてめきめきと腕をあげ、半年もたつころにはもうすっかり板についておりんした。

わずか一年かぎりの契りといえど、陸奥花魁と葛城さんはいつしか実の姉妹も同様の親しみようで。まあ、これがいずれ朋輩となる身ならそうもいきんせんが、なにせ陸奥花魁はすぐにも退《ひ》こうというお方で、先々けっして張り合うことがないから仲良うしなんしたのでおざんしょう。

突出しの水揚げをなさるお客人は、陸奥花魁がさる大店《おおだな》のご隠居にお頼みなんした。廓ではそれと名の通ったお方で、ホホホ、世話にあずかった花魁は数知れずとか。

まるで極楽の蓮台に乗るようなふかふかした蒲団の上が血の池地獄と変わる夜のことは、わちきもよう憶えておりんすが、フフフ、葛城さんはどうやら一夜ではなりいせんで。お歳《とし》のせいもあってか、その旦那が手を引いておしまいになり、楼主はもとより陸奥花魁もほとほと困られたご様子。突出しのお披露目は七日七晩にわたって、八日目には陸奥花魁がめでたく廓を離れると決まっていただけに、さぞかし気が揉めるこったろうと、わちきは遣手と噂しておりんした。

呼出し花魁の部屋は豪勢な三間続きで、手前の十畳は立派な床の間つきの座敷となり、奥の八畳の間に寝具《とこ》が伸べられ、そのさらに奥の四畳半は納戸代わりに簞笥《たんす》長持《ながもち》やさまざまな諸道具が収めてありんす。その日はもう陸奥花魁の根曳きを明日あさってに控え、十畳の間には茶屋やごひいきの贈り物が所狭しと並べたてられ、花魁は朝から奥の間に引っ込んだきりでおした。昼見世でほかの花魁方や若い振新はみな階下《した》に降り、二階は遣手と番新の年寄りばかりで四方山話《よもやまばなし》に花が咲くころ、見世の若い者がさるお馴染みのお見舞いと称して、盆に盛った蜜柑《みかん》を運んで参りんした。初物なれば、陸奥花魁にも差しあげようと、わちきゃ石菖《せきしょう》の葉に三つばかりくるんで部屋にお持ちしたざます。

十畳の間は贈り物の山で足の踏み場に困りながら、そろそろと進んで、次の間の敷居の手前まで来ると、中で何やらひそひそ話すのが聞こえて、わちきゃ声をかけそびれておりんした。客人のお泊まりがあろうはずもないのに、声がどうもそれに似た甘ったるい調子で、くすくす笑い声も混じってなんだか妙に艶《なま》めかしい。

声もかけられず、さりとて中の様子が気になってたまりいせん。悪いと知りつつ、襖をそっと細目に開けたところ、緋縮緬の襦袢に縁取られたさながら雪山の絵を見るようにして、素肌をぴたりとくっつけたふたりの姿がありいした。その場に目が釘付けとなって見るうちに、陸奥花魁は桜色の乳首を口にふくんでそれを吸ったり、舌の先で転がしたり。手は下に伸びて、ほっそりした指がきれいに摘み草された土手の上を行きつ戻りつするうちに、葛城さんのくすぐったそうな笑い声が甘い悲鳴と変わり、それがしだいに獣のような呻《うめ》き声となって、ついには堪えかねたように泣きだす始末。わちきゃ生娘にもどったように顔が赤らんでぼうっとしていたら、「誰《たれ》じゃ、そこにいるのはっ」と叫び声が聞こえ、吊りあがった眼がまともにこちらを見て、もう生きた心地もせずに尻餅を滑らせて後退《あとずさ》りを。

すぐにばれてあとで陸奥花魁にきつう叱られんしたが、あれは葛城さんにお客がたんとつくように、身を張って床の指南をしたのじゃと仰言えした。ホホホ、呼出しの花魁ともなれば、さすがに至れり尽くせりのご伝授があるものと、わちきゃつくづく感じ入った次第で。

えっ、わちきが葛城さんに何か教えたことと？　さあ、それは……二日酔いで「袖の梅」を呑むときのおまじないとか、蛙のかたちに切り抜いた紙を針で畳に刺してお馴染みを引き留めるおまじないとか、そんなたわいもないことばっかり。なにせあちらは容貌《きりょう》はもとより心映えも至って衆に優れたお方なれば、わちきごときが教えるも何もあったもんじゃござりいせんが、ただ後々の戒めに、折にふれて愚かな女郎の懺悔《ざんげ》話をお聞かせするのがお役目と心得ておりんした。

はばかりながらこれでも昔は座敷持ちを立派につとめた身でありながら、何故にこうした羽目になったかを、ホホホ、おまはんもまずはひと通りお聞きなんし。

思えばわちきゃ根っから惚れやすい質《たち》かして、一年にひとりでも、心から打ち込める客人があれば、もうそれだけで苦界《くがい》の憂さを忘れたもの。まあ、左様に能天気な生まれつきのせいか、お馴染みの数はそこそこ多いほうでして、座敷持ちの稼ぎ頭となった年もあったほどで。身請けの話も何度か持ちあがったが、そのつど別の客人に惚れて、いずれも煮え切らぬうちに立ち消えとなり、気がつけば年季明けの年に近づいていたという塩梅で。

なかでも年季明け間近にぞっこん惚れたのがとあるお武家の次男坊で、信次郎様と申すお方。年はわちきと同じか、ひとつ下の二十四、五……そう、おまはんによう似た好い男で、今さら想いだすのは、ホホホ、おまはんにここで会《お》うたせいでありんしょう。

相手は部屋住みなれば小遣いもままならず、足繁くここに通えるわけもなければ、わちきゃ身揚がりをしたざます。身揚がりは女郎が自ら金を出して客人を迎えるわけでして、つまりは借金がさらに積もって無理がきかなくなり、とうとう奥の手を使うようになりんした。

京町の裏通りには、忍ぶ逢瀬を遂げるのに打ってつけの茶屋がありんす。ただしそこにたどり着くまでが大変で、遣手や見世の若い者にそのつど心づけをつかませるから、借金は一向に減らぬ道理でおす。

忘れもしない雁金屋《かりがねや》という裏茶屋は、猫の額ほどの中庭に小ぶりの羅漢槙《らかんまき》が植わって、縁側を通ると前栽《せんざい》の葉蘭がいつもきれいに濡れ光りして見えたもの。向こうがかならず先に来ていて、小座敷の床柱にもたれたかっこうで黙ってじいっとこちらを見る。毎度その一瞬《ひととき》ばかりは羽根が生えて天にも昇る心地で、ホホホ、馬鹿な女郎とお笑いなんし。信様は女のようにまつげが長いやさしい眼をして、その眼を見ただけでわちきゃ腰のあたりがむずむずとなり、腋の下が汗ばむようでありんした。

色男には金と力がないとは昔からよくいったもので、逢瀬の払いは皆こちら持ち、おまけに小遣いまでせびられて。わちきゃそれでも信様と縁を切る気はなく、黄楊《つげ》の櫛《くし》一枚も買《こ》うてくれぬ相手に着物を仕立てたことは幾たびか……ああ、今から思うと腹が立つ、馬鹿らしうてなりいせん。

いくらほかに客人があっても、そちらの稼ぎを貢いでしまえば衣裳代にも事欠く始末。とても座敷持ちとは思えぬ貧相な身なりだといつしか評判も悪くなり、逢瀬の日は気もそぞろで勤めがついおろそかになりもして、しだいに馴染みは数を減らし、二十五の歳をさかいに新たな客人はバッタリ途絶えて、わちきゃ前借を返せぬままに年を重ねておりんした。

ただ古くからのお馴染みで大伝馬町《おおでんまちょう》の太物《ふともの》問屋、伊勢屋の番頭だけは、ホホホ、この口で申すのはおこがましいが、わちきにべた惚れで、身請け話を幾度も蒸し返してくんなましたおかげで、あるときすっぱりと思いきることができ、信様にはその身請け話を打ち明けて別れを告げる気になったざます。

例によって床柱に背中をもたせかけて、膝を抱えたかっこうで、向こうはこっちの話を黙って聞いておりんした。何度かゆっくりとうなずいて、時にふっと切ないため息がこぼれて。最後はみごとに居住まいを正して「身に甲斐性がないばかりに苦労をかけた。許せ」と首《こうべ》を下げられ、わちきゃすっかりうろたえて言葉に詰まり、ただワアッと声をあげて泣きんした。

かりに年季明けまで待ったところでお武家の女房になれるわけでもなし、どうせ日陰の身となるなら金持ちの男に養われて安楽に過ごすのが何よりと、しっかり算盤《そろばん》をはじいた上の決心なれど、情はまた格別で、愛しい相手に変わりはありいせん。わちきゃまたも身揚がりをして、見世の座敷できちんと別れの杯を交わす気になったざます。

わちきがついに悪い情人《いろ》と切れる話はたちまち皆に伝わって、その夜は見世の若い者や幇間《たいこもち》がどっと部屋に押しかけて、いつにない賑やかな宴《うたげ》となり、こっちが湿っぽくならないよう気を引き立ててくれたものでありんす。

見世じまいはどこも娑婆の四ツより一刻遅い引け四ツと定まって、お引けの拍子木が鳴るころには座敷も廊下もしんと静まり返り、あとは最後の契りを待つばかり。わちきゃ思う存分抱かれて未練を残さぬつもりでおざんした。

ところがいったん部屋を出ていった相手がなかなかもどってこず、どうしたことかと案じて廊下に出たざます。お客人が小用を足す手水場は、ソレ、この廊下を右にとってすぐのところにありいすが、案の定そこにしゃがみ込んだ黒い人影が見えんした。

「信さまか」と呼ばわれば、「ああ」と蚊の鳴くようなかぼそい声。月影に血の気の失せた青白い顔が浮かびあがって、わちきゃ思わず「どうしなました」と大きな声で叫んでしまい、あわてて口を押さえたざます。

信さま……いいえ、あの男はけっして下戸《げこ》というわけではなく、よほどに過ごしても、めったに乱れるということはありいせんで。それが酔いつぶれるどころか、めずらしく気分が悪《あ》しうなって手水場でしたたかに吐いた様子。反吐《へど》で襟を汚し、薄っぺらな肩を小刻みにふるわせて床にしゃがみ込んだ姿はまさにぶざまを絵に描いたよう。それを見て、愛想も小想《こそ》も尽き果てたと申せたら、ああ、どんなによろしかろう。どういうわけか自分でも心のうちが読めぬままに、わちきゃ身請け話を断る気になりりんした。

思えばそれまで幾度《いくたび》も逢瀬を重ねながら、あの男がわちきに見せた顔は一色《ひといろ》でありいした。品のいいすました顔で、いつもやさしい眼でこちらを見て、にっこりと微笑《わら》って。まるで春先の白みがかった青空を見るような心地がしたものざます。

こちらはむちゃくちゃになるほど惚れて、毎日でも会いたいとジタバタして、ようやっと会えたら涙が出そうなほどなのに、向こうはいつも涼しい顔なのがなんだか癪で。別れ話を持ちだしても、向こうはきっとこっちほどに苦しみはすまいと勝手に決め込んでおりいした。

思いもかけず、春先の青空に野分《のわき》の嵐が吹いて黒雲が走るのを見ると、わちきゃあの男を放っておけなくなったざます。反吐で酸っぱくなった着物を洗ってやりながら、どんな苦労をしようとも、かならずこの男と添い遂げてやろうと心に決めて、年季が明くまでの日数《ひかず》をゆっくりと待つことにしたざます。

で、どうなったのか？　ホホホ、そりゃ申すまでもありんすまい。このざまを見ればおわかりのはず。

年季が明く半年前から、あの男はぴたっとここに寄りつかなくなりんした。もしや患いかと案じられ、手紙《ふみ》を日に何度も出したがなしのつぶて。ここを出てからの相談をしようにも方途がつかず、そうこうするうちに楼主から、ここを出て行くあてがないなら番新で勤め直すようにいわれて……。

それから半年か一年ほどして、丁字屋の花魁で座敷持ちの売れっ妓が、情夫《まぶ》にえらく入れ込んで見世の者が困っているという噂を耳にしたざます。その情夫というのが、話に聞く人相風体からして、どうもあの信次郎ではないかという疑いが起こり、丁字屋の見世先を見張ってたしかめようとしたが、途中で馬鹿らしうなりんした。

よしんば同じ男であっても、なくとも、結句まんまとだまされたことにちがいはありいせん。向こうはこっちが金蔓《かねづる》にならなくなるとみたとたんに、あっさり捨てたものでありんしょう。廓《さと》には昔からその手の性悪《しょうわる》な情夫がざらにいると、これはあとで遣手に聞いた話。世間では客をだますが女郎の習いというが、女郎が客にだまされておれば世話がない。ホホホ、底の抜けた馬鹿な女郎とお嗤いなんし。

葛城さんが花魁になったばかりのころ、わちきゃこの顚末《てんまつ》を笑い話のようにして聞かせた覚えがありんす。葛城さんは最後まで真面目な顔で黙って聞きなんしたが、最後は妙に感心したように深くうなずいて、にっこりとしなました。

「そこまで惚れぬくのもまた女子《おなご》の本懐と申すものでおざんしょう」と実に涼しい声でいわれて、ひやっとしんした。ああ、この方はわちきとちがって真《ほん》に利口なお方なのだ。若いうちからここまで何もかも見えておいでなら、わちきのようにつまらぬ男の手で将来《さきざき》を台なしにされるような気づかいはあるまい。愚かな身の上話を聞かせて戒めようとはお門違《かどちが》いも甚《はなは》だしいと、恥ずかしうなったほどで。

それがまさか……あの騒ぎは一体なんだったのか、逆さまにこちらがおたずね申したいくらいで、わちきゃそばにいても詳しいことは何も存じんせん。ただ思うに、あのような賢い花魁がなさったことなら、けっして間違いではなかったものと信ずるばかりでありんす。

伊丹屋繁斎《いたみやはんさい》の弁

ああ、そこにぼっと座ってないで、お茶などなんなと出したらどうじゃ。近ごろの娘は気がきかないねえ、まったく。いわないと腰をあげようともしない……フフ、しかし好い女《おなご》じゃよ。お前さんも見たじゃろ。何をだなんて、とぼけちゃいけない。今そこの障子を開けて出てったじゃないか。脂がのって旨《うま》そうなあの娘《こ》の尻を見なかったというのかい。

まあ仕方あるまい。お前さんの年齢《とし》だと女を見たらまず顔に目がいく。あの娘のよさはわかるまい。大きな盤台面《ばんだいづら》のくせに目鼻はちんまりとして、およそ別嬪にはほど遠い娘じゃが、肌はまさしく搗《つ》きたての餅で、フォフォフォフォ、真っ白に光ってぴたりと吸いつくようじゃよ。

あれは伊丹屋《うち》の女中じゃが、もっぱらこの離れで隠居の世話をしておる。番茶も出花の年ごろで、女としてはまだ六分咲きというとこかのう。女の花盛りは二十から三十にかけて、三十路《みそじ》半ばが実の熟れどきなれど、わしのような年寄りはあれくらい若いほうがいい。向こうもお前さんのような若造よりも、こちらのほうがよいと思うておる。

男はおかしなもので、若いうちは妙に年増にそそられたりもするが、女もそれは同じらしい。

お互い年を取れば、相手はなるたけ若いほうが望ましい。つまりは精があり余ってるうちは相手にお裾分けをして、足りなくなると相手に分けてもらうという寸法なんじゃろ。

盛りを過ぎた女に男が見向きもせんように、女もわしのような年寄りには冷たくなる。うちの嫁がいい例じゃよ。昔は何か届け物があれば、真っ先にお舅《しゅうと》様に差しあげてくれという可愛い嫁じゃった。いずこも同じで姑とは折り合いが悪かったから、わしのほうも陰になり日向になり何かとかばってやった。ところがどうじゃ、その嫁が三十路を越えたあたりから、急によそよそしくなりおった。仲が悪かった婆さんのほうとはそれでも女同士で何かと話しておるが、わしとはもうまともに口をきいてくれんようになった。倅《せがれ》も倅で、店に顔を出すと露骨に煙たそうな顔をする。されば離れで日がな一日、フォフォフォフォ、こうして猫か、あの娘を膝に抱いて過ごすんじゃよ。

これも牝猫《めねこ》でのう。春先には妖しい声で鳴いて身もだえをしよる。今でもこう、腰骨のあたりの毛を弄《いじ》ってやると、ソレ見い、身をぶるっとさせよって、ファファファ、可愛いもんじゃのう。人であれ猫であれ、わしの手にかかればたちまち喜悦の声をあげるというわけじゃ。

お前さんが聞いての通り、わしはたしかに吉原《なか》で水揚げに手を貸す男として通っていた。それでわしに話を聞きに来たとはなんと物好きな、とは申すまい。ファファファ、若い男なら聞きたくなって当然、知りたいことが山ほどあるじゃろうよ。

ナニ、水揚げの謂われ？　女郎が初の客を迎えるのはなぜ水揚げというのか知りたいじゃと？

またえらくつまらんことを訊くもんじゃのう。若い女郎を新造と呼んで舟に見立て、その舟から重い荷物を水揚げするからじゃという説もあるが、まあ謂われなんぞはどうでもよかろう。ただ、お前さんのような若造の手には負えんもんじゃということだけははっきりとしておる。

わしは哀しいかなもう歯が抜けて、頭はつるつる、肌はかさかさで、こうなるとさすがに吉原へは足が向かんが、つい四、五年前までは鬢《びん》の髪も少しは残り、顔にもつやがあった。見ての通り鼻柱は太くて、唇が分厚い。フォフォフォフォ、ひと目で強蔵《つよぞう》と知れる人相じゃ。

水揚げを頼まれた妓はだれが最後じゃったか……ナニ、葛城？　あの騒ぎを起こした葛城のことか……たしかにわしは葛城の相手もしたが、お前さんなんでそれを？　ああ、なるほど、当てずっぽうか。たしかに近年またとない噂を振りまいた妓じゃから、吉原の花魁といえばすぐにその名が出るのじゃろう。わしは葛城のあとにまだひとりかふたり手がけたような気もするが……ああ、情けない、年を取ると忘れっぽくなっていかん。

それにひきかえ若いころのことは妙になんでもよく憶えてるもんじゃ。初めて敵娼《あいかた》をつとめてくれた女の顔は今でもまぶたに浮かぶ。きれいな富士額の花魁じゃった。あんなに美しいかたちをした額はあとにも先にも見たことが……いや、あったかもしれんが、なにせ五十年も昔の話じゃ。そのあと何人と枕を交わしたか、ファファファ、人数も定かならずじゃ。

にもかかわらず初めての敵娼は妙にしっかり憶えておるから、水揚げした花魁も皆わしのことをしっかり憶えておるはずじゃ、心のうちできっと憎からず思うにちがいないとみておった。ところがあるとき、それは男のおめでたい独りよがりなのかもしれんという気がした。女は男よりも情が深いようにみえて意外と薄情だし、つまらんことをいつまでもぐじぐじと根に持つかとみれば、大切《だいじ》な約束をあっさり反古《ほご》にして平気だったりもする。男の目から見て女の魂には魔が宿るとしか思えんところがあるゆえに面白いともいえるのじゃが、ともあれわしは、あるときそれでずいぶん痛い目に遭《お》うた覚えがある。

源氏名は……たしかそう、花邑《はなむら》といった……。小作りな細面で、口もとにひとつのほくろがあって、それがいかにも艶めいて見えた。新造の時分から年齢《とし》のわりに大人びて見える顔立ちじゃった。

もっともいくら大人びた妓でも、禿立ちは存外うぶなもんじゃ。幼いころから廓で育って耳年増、目年増にはなっても、身をもって知るのとはまるきりちがう。そこでわしのような男の出番となるわけじゃ。女はなにしろ初手でつまずくと、あれが苦痛にしかならんという。苦界の勤めとはいえ、いや、苦界の勤めだからこそ最初が肝腎で、苦患をいささかでも安んじるのがわしの役目じゃと思うておった。

お前さん、まだ女房はあるまい。ということは、仕立ておろしの襦袢を着て蒲団に横たわった女の肌に触れる気持ちもわからんはずじゃ。たいがいの男は花嫁を迎えるときくらいしか、その桃源郷は味わえぬ。フォフォフォ、わしが迎えた花嫁は両手を併せた指の数よりもずっと多いぞ。

伊丹屋《うち》は見ての通りの酒問屋で、商うのはもっぱら下り酒じゃ。濁り酒で旨いのはこっちにもあるが、清酒はやはり上方にかぎる。その清酒が四斗樽《しとだる》に詰められて大坂《おおざか》の湊で船に乗り、年に何十万樽もここ新川の河岸にたどり着くという塩梅じゃ。うちは「剣菱《けんびし》」の仕入れで一、二を争う酒問屋じゃによって、向こうの酒造りの連中が江戸表に出て来ると吉原に案内するのも仕事のうちじゃった。

舞鶴屋にとっては、親父の代から上得意のはずじゃから、わしに初穂を進上したいという申し出があるのもふしぎはなかった。こっちはちょうど四十を迎えた年で、婆さんが嫁に来て二十年近くたってたから、ファファファファ、その申し出がうれしくないはずはなかろう。

婆さんのときは初穂を摘むのが面倒に思うたのは、こっちがまだ若かったせいじゃろう。四十になればその申し出が面白うてならなんだが、もっとも廓の初穂とやらを真に受けるつもりはなかった。舞鶴屋はおそらく何人もの客に初穂を摘ませて荒稼ぎするとみた。それが邪推と知れたのは、ファファファファ、蒲団の上に乗ってからじゃよ。

花邑は新造の時分から何度も顔を合わせておった。何かと勘のいい妓で、座敷でわしが戯言《ざれごと》をいうと、花魁よりも先にくすっと笑ったりする。すました顔は大人びていたが、無邪気に笑うと実に可愛かった。

その可愛い顔がこわばって、めっぽう青白く見えたもんじゃ。襦袢の合わせ目から手を差し込むと、肌がひんやりとしておる。そっと乳房《ちち》を揉んだら、ソレ、この猫と同じでぶるっとしよった。

猫はどんな猫でも同じじゃが、女《おなご》がいい音《ね》を出す勘所《かんどこ》はおのおのちがう。千人あらば、千人ちがう。万人あらば、万人のちがいがあろう。さほどの数も知らぬ男にかぎって得々と語りたがるのは、それこそ笑止千万というやつじゃよ。あんたのような若造はあべこべにいろいろと聞いてみたかろうが、教えてやれるもんではない。ファファファ、自分の手で探り当ててみるがいい。

ただひとつ、これだけは教えといてやろう。女を相手にしたら何にせよ気を長く持たねばならん。若い男はここを押さえていい音が出ると、またすぐ別の勘所を探したくなるもんじゃが、あちこち弄《いら》うと女は気が落ち着かなくなって逆に白けてしまう。大切《だいじ》な道具や器を磨きたてるように、ひとっところをじっくりと丹精込めて撫でさすり、揉みしだいておれば、女はしだいに身も心も蕩《とろ》けてゆく。そりゃなかには手荒に扱われるのを悦ぶ女もあるが、たいがいは嫌う。ことに初手はいやが上にもやさしくしてやらねばならん。ちょっとでも怖がらせると貝殻がぴしゃりと閉じて、それまでの苦心も水の泡じゃ。そうなると若い男は気が焦るから、あれこれいじくりまわして余計にこじらせてしまう。ファファファファ、わしも婆さんを相手にしたときは危うく失敗《しくじ》るとこじゃったよ。

花邑のときは、こちらも年相応の余裕があったし、向こうもひと通りのことは聞いて覚悟してたはずだ。おとなしく身をまかせておったが、肝腎の段になってわしが足首を持ちあげると、とたんにびくっとして蒲団から身を滑らせよった。それでようやく本物の初穂が頂戴できると知れたわけじゃ。いやはや、そのうれしさといったら、ファファファファ、吉原であれほどのいい思いをさせられたことは後にも先にもない。

といっても厄介なことは婆さんのときと変わりがなかった。花邑はすっかり取り乱して、わしの首をふくら脛《はぎ》で締めつけたり、二の腕に爪を立てたりしよった。いかにも辛そうに眉根を寄せて、歯を鳴らし、口もとのほくろがぴくぴくとふるえていた。それが哀れに見えたが、途中でやめるわけにもいかん。わしはまず深く息を吸った。ゆっくりと吐きだして、花邑に息を合わせるようにいった。すると内股の肉がまただんだんと弛んで、何度か息を合わせているうちに門口の戸がするりと開いた。わしは花邑に文字通り初の客人として迎えられたわけじゃよ。フォフォフォ、部屋はまだ窮屈で身動きがしづらかったから、すぐに引き揚げたがのう。

ああ、想いだすと懐かしい。あの夜のわしは花邑が世の中で一番愛おしい女に見えた。婆さんが聞いたらさぞかし怒るだろうが、男とはそうしたもんじゃよ。

花邑のほっとしたような顔を見て、わしは目尻にたまった涙をぺろっと舐めてやった。向こうはわしの匂いを嗅ごうとでもするように、胸や脇腹へ鼻先を押しつけてきおった。ふたりは犬がじゃれ合うようにして簾紙《みすがみ》で始末をつけたんじゃ。

花邑を敵娼にしておったのは一年か、一年半くらいかのう。向こうはめきめきと売りだして、ほかに馴染みがたくさんできた。床のほうも見ちがえるように上達しおったが、こちらの気持ちはふしぎと冷めていった。どうやらわしはもともと執着が薄い性分らしい。もうこちらの手を離れたとみれば、肩の荷が下りたような気分になる。けっして深追いはせんのじゃよ。そうこうするうち、また突出しのお披露目があって、あとは同じことの繰り返しじゃから申すまでもなかろうて。

花邑とは縁が切れたのちもよく顔を合わせた。ほかの妓も同じじゃ。フォフォフォ、一時は舞鶴屋の花魁でわしを知らぬ者はないといってもいいくらいじゃった。で、座敷に呼んだり、廊下ですれちがうと、どういうわけか皆一様に堂々と胸を張り、まるで勝ち誇ったような顔でにっこりと微笑《わら》うんじゃ。

花邑が身請けされた話を聞いたときは、心《しん》からめでたいという気持ちが湧いた。年季明けまできっちり勤めて廓を無事に出られる花魁は数少ない。途中で躰《からだ》をこわすか、悪い客や情夫にひっかかるかして、無惨に身を果たした例は、わしが知るだけでも数えきれんほどじゃ。たとえ相手がだれであれ、全盛で身請けをされる花魁は万々歳じゃ。顔も見知らぬ男に嫁がせられる素人の娘に比べたら、枕を交わした相手と一緒になれるだけ花魁のほうが幸せかもしれん。

花邑がどこのだれに身請けされたかは見世の者がいわなかったから、こっちもたずねはしなかった。馴染みのなかには藩邸《おやしき》の御留守居役もいれば、名が通った大店の主人もいた。いずれも遊ぶ金に不自由はない連中じゃが、身請けの金となればそうやすやすと出せるもんではない。このわしがいい例じゃ。あれだけ廓に入り浸っても、花魁を請けだして囲い者にするというような真似はついぞしなかった。ファファファ、婆さんに遠慮があったんじゃよ。

身請けをするのは意外に馴染みが薄い近在の大百姓だったりする。彼奴《きゃつ》らは江戸の花魁を根曳きしたのが自慢だから、まるで家宝のように大切《だいじ》にするというし、花魁のほうも江戸で肩身の狭い思いをするよりは気楽でよいともいうが、本当のところはようわからん。ただ見世の者がだれとはいわなかったので、花邑もおそらくそうした手合いに請けだされて江戸を離れたのだろうと勝手に思い込んでいた。

ところで婆さんの実家《さと》は兄貴が跡を継いで、これが俳諧を嗜《たしな》んでいたから、わしも付き合いで始めて、何度か句会にいった。俳諧は独りで吟じてもつまらんもんで、皆どこかの句会に出てへたくそな句を披露し合うんじゃよ。で、ある句会で知り合ったのが大伝馬町の鈴鹿屋という太物問屋の大番頭だった。もっぱら松坂縞の仕入れで名高い大問屋で、主人の身は伊勢にあるから、大番頭といっても江戸の出店では主人も同然の身の上じゃ。日本橋辺の太物問屋は皆こうした手合いだ。年恰好はわしとさほどに変わらんが、俳諧が実に巧みで、わしに歌仙を巻くという遊びを教えてくれた。

歌仙を巻くとは、ひとりが五七五の発句《ほっく》を詠み、次の者が七七の脇句を付けて順々に三十六句を連ねるんじゃが、これがなかなか面白い遊びでのう。鈴鹿屋が向島の別荘で秋にその歌仙を巻くというので、わしは義理の兄と連れだって面白半分に出かけたんじゃ。

別荘はみごとな数寄屋普請《すきやぶしん》で、そのときは薄《すすき》と萩《はぎ》が露地を飾っていた。わしらのほかにもふたり集まって、これに鈴鹿屋が夫婦で付き合い、都合六人で歌仙を巻くことになった。

その鈴鹿屋の女房としてあらわれた相手を見て、わしゃびっくりして腰を抜かしそうになったものじゃ。髪は丸髷に結いあげ、眉を落とし、渋い利休鼠《りきゅうねずみ》の縞縮緬《しまちりめん》を着てすっかり様変わりはしたが、顔はまぎれもなく花邑で、口もとのほくろが何よりの証拠じゃった。

わしは大いに慌てたが、向こうは何喰わぬ顔で、尋常な挨拶をして席に着いた。あまりにも平然として見えるから、他人のそら似かと一瞬疑ったが、やはりそんなはずはない。考えてみれば鈴鹿屋は出店で男所帯じゃ。内儀《かみ》さんが店にいて近所づきあいをしなくて済むから、妻とは名のみの囲い者で事は足りる。花魁あがりには絶好の落ち着き先じゃよ。

花邑ほどの花魁になれば廓で歌や俳諧はひと通り習っておる。見れば男五人に女ひとりという絵に描いたような六歌仙の一座にあって、まさしく小野小町といいたい才色兼備の女房が鈴鹿屋はさぞかし自慢じゃったろう。

片やわしのほうは合縁奇縁の再会で気もそぞろじゃ。おまけに座敷では三人ずつ並んで向き合うかっこうだったから、真正面に相手の顔がある。何度かちらちら顔色を窺うと、相手はそのつどゆったりと微笑み返してくる。その笑顔がまた謎じゃった。

ふつうの男ならただの愛想笑いと見たかもしれんが、こっちはなにせ相手の素性どころか、肌まで知っておる。しかも門口を最初に開けた客だとの思いがある。これは神仏のお引き合わせというよりも、花邑の一念がわしをここに呼び寄せたのではないかという気がしてきた。

こちらを見て微笑うには、何か理由があるにちがいない。どこかでまた忍ぶ逢瀬を楽しもうというつもりではなかろうか、などとさまざまな妄想《もうぞう》が浮かんでは消えて、もうまともに句を吟じておるような気分ではなかった。とうとうわしは思いあまって、発句でたしかめようとした。

一つ家《や》に白き萩をば見たりけん

この発句は申すまでもなく芭蕉翁の『奥の細道』にある「一つ家に遊女も寝たり萩と月」を踏まえて、萩を脛《はぎ》に通わせたつもりじゃった。わしはかつて遊女だったお前と同じ屋根の下にいて、白いふくら脛を目にしたのではなかろうか、と、問いかけたわけじゃ。

かならずや何らかの返しがあるものと信じて、わしは相手の顔をじっと見守っていた。花邑は内心かなり揺らいだはずだが、顔は静かな微笑を湛えた能の小面《こおもて》のようにちっとも変わりがなかった。で、次に吟じた脇句がこうじゃ。

血を吸うて鳴く　秋の蚊ぞ憂《う》し

やられたっ、と思わず叫ぶとこじゃった。ファファファファ、最初の男のことが忘れられないだろうなどと今さらいわれても、こちらは鬱陶《うっとう》しいだけだ。あんなことは蚊に刺されたほどにしか思うておらんと、花邑はみごとにわしをやり込めよった。

いやはや男の自惚れを思い知らされた塩梅で、以来、わしは女というものが怖くなった。而《しか》してかの廓《さと》では、もっぱら新造か若い花魁だけを相手にするようになったというわけじゃよ。

葛城の水揚げを頼まれたときは、わしも還暦《ほんけがえり》を過ぎていたが、フォフォフォ、男は若いだけが取り柄ではない。舞鶴屋ではいつのころからか、わしの手にかかった妓はかならずよく売れるという評判で、突出しが次々とまわされてくるようになっておった。こっちもまた若い妓が相手だと妙に元気が出たもんじゃ。

葛城はわしが見た妓の中でも別嬪のほうだったが、ことに眼がきれいな妓じゃった。蒲団の上でいつもと勝手がちがったのは、そのきれいな眼をぱっちりと開けていたことにはじまる。かすかに首を曲げて、無心の顔つきでこちらを見ていた。素人の娘ならともかく、廓育ちで、これから何が始まろうとしてるのか、わからんはずはない。それまでに賢い妓だというのを知らなければ、少し足りないと思ったかもしれん。

あの眼に見られて、わしはめずらしく焦った。まぶたに手を伸ばしてそっとふさいでやった。そこからはいつもと同じで合わせ目から片手を差し入れて、もういっぽうの手で細帯を解いた。で、次に困ったのは脇腹に手をやったときじゃ。また眼を開けて、くすぐったそうに笑いだしよった。笑われるとやりにくいが、これはまあ、おぼこな娘ではしょうがないことだから、こっちもそう慌てなかった。くすぐったがるのは勘所が鈍くない証拠じゃ。笑い声もいつしか甘いものに変わった気がした。

足首を持ちあげたとき、ウッウッという忍び泣きが洩れたので、わしは満足して葛城の顔を眺めた。顔は真っ赤になってふるえていた。が、どうも様子がおかしい。うまくいえんが、ほかの妓が泣いたときとは少しちがうような気がした。よくよく見れば泣いてるのではない、唇を嚙んで笑いをこらえているのだとわかってわしは啞然とした。図太いといおうか、恐れげがないといおうか、あきれてものもいえなかった。

すでに他人の手が入っておるのかと思いきや、どうやらそういうわけでもなく、そこからさらに手を焼いた。あの妓はおぼこに過ぎて、怖いのを笑いでごまかそうとしたのかもしれんが、こっちは何を馬鹿なことに血道をあげるのかと嗤われてしまったようで、とたんに気持ちが萎えてしまった。何度か試みたものの、わしの倅はあの妓の門口でお辞儀するばかりでどうにもならず、年寄りの冷や水という言葉が想いだされたほどじゃ。

というわけで、あの妓を女にしたのはわしではない。わしは初めて床に入って枕を並べた男であるにすぎん。なら葛城の最初の男はだれかだと？　そこまでわしが知ったことか。遣手婆《やりてばばあ》にでも訊くがいい。おお、そういえば、逆さまにあの妓が男にしてやった若旦那が倅の知り合いにいて、その話はなかなか面白かった。たしか茅場町《かやばちよう》の米問屋で、信濃屋といったかしらん……。

ところでさっきも話したように、花邑にしろだれにしろ、わしが女にしてやった花魁は、その後どこで顔を合わせようと、にっこり勝ち誇ったような笑みを浮かべてわしを見たもんじゃ。それが葛城だけはちがった。あの妓は廊下ですれちがうたびにハッとした顔で、かすかに頭を下げ、目を伏せて通り過ぎる。その様子がいかにも恥ずかしそうに見えた。さもありなん、と最初は思った。わしに済まないと思う気持ちがどこかにあるのだろうとみたものの、何度すれちがっても同じ調子だから、どうもそういうことではなさそうだという気がしてきた。

あるときわしはハッと気づいた。葛城はもしかするとわしのことを、初めて契った男と見て恥ずかしいふりをしておるのかもしれん。むろんそれはまっかな嘘じゃ。ただ花魁に嘘はつきもんではないか。そう思うと、こっちがかえって恥ずかしくなった。わしとしたことが花魁に気遣われるようでは、なんとも情けない話じゃ。葛城がどんどん売れて全盛の評判が聞こえだしてからも、わざと恥ずかしそうな様子をされると、こっちは逆さまに妙な引け目を感じてしまい、相手のほうが一枚も二枚もうわ手にみえてくる。

むろん、こっちの思いすごしということも大いにある。いかに花魁に嘘はつきもんとはいえ、まさかそんな手の込んだ嘘をつく理由がどこにあろう。あの妓はあの妓なりに、わしを見るたびに水揚げで失敗《しくじ》ったのが想いだされて、本当に恥ずかしかったのかもしれん。たぶんその見方のほうがふつうじゃが、当時のわしは素直にそうは思えなかった。それほどに葛城は利口な妓じゃという評判だったし、わしのほうは身にしみて老いを感じはじめたころだけに、フォフォフォ、多少なりとも僻《ひが》み心があったんじゃよ。

あげくの果てに、そのあべこべを想ってみた。初めて契った男なら、葛城がわしを見て恥ずかしがるのは当然だが、そうでないのに恥ずかしがるふりをするのが花魁の嘘であるなら、逆もまた真なりとはいえまいか、となあ。

花邑を筆頭に門口の戸を開けてやった花魁は、皆どこかでわしに弱みをにぎられたような気がしておったのではないか。だからこそ虚勢を張って、廊下で会えば勝ち誇ったように微笑い、「秋の蚊ぞ憂し」というような句が浮かんでしまうのではなかろうかと。まあ、虫のいい考えかもしれんが、フォフォフォ、男としては、それくらいには思いたいもんじゃよ。

ただそう考えると、葛城は年老いたわしを心のうちで哀れみながら、わざと恥ずかしそうに振る舞っていたということになって、これまたあんまり愉快な話ではないなあ……。

だれにもたずねたわけではないから、本当のところはわからん。かりにたずねたところで、本心は明かさなかったじゃろうし、婆さんにいわせれば、女は当人ですら自分の気持ちがわからんことも多いらしい。まして男にとって女の気持ちはどこまでいっても謎だらけじゃ。

フォフォフォ、男が甘くみればみるほど、女はこれ幸いと思うじゃろう。そこが女の怖いところだと、お前さんに教えておこう。

信濃屋茂兵衛の弁

ええっ、吉原の話が聞きたい？　あなたちょっと困りますよ。店先でいきなりそんなことを、大きな声でいったりしちゃァ。店の者が変な顔でこっちを見るじゃありませんか。付き馬だかなんだか知らないけど、あたしゃ吉原なんか行った覚えもないんだから、お門違いもいいとこさ。

コレ、太助どん、お前もお前だよ。小僧が呼びに来たならともかく、手代のお前が来て「若旦那にお客様が」といわれたら、こっちは出てこないわけにゃいかないじゃないか。なんだってちゃんと用をたしかめてから……ナニ？　てっきりお遊びのお仲間かと思った。よしとくれよ。わたしに廓通いの仲間があるかどうか、日ごろを見てればわかりそうなもんじゃないか。ああ、そうとも、石部金吉を絵に描いたようなつまらない男だって、お前たちが陰で噂するのを、わたしが知らないとでも思ってんのかい。

まあ、あなた、そんなわけで。何かの間違いだと存じますから、どうぞ塩を撒かれないうちにお引き取りを。ええ、ナニ？　近ごろのこっちゃない、だいぶ前の話だって。以前、吉原京町一丁目の舞鶴屋に……あなたなんだってそんなことを、しかも今さら……いや、なんであれ、こんな店先でするような話じゃない。ともかく奥へ……いやいや、奥はいけないよ。外へ出ましょう、ねっ、外へ。太助どん、ちょっと出かけるが、すぐもどるから、奥にいわなくてもいいからね。

ああ、あなた、ご一緒にどうぞ。どこへといって別に行くあてもないが、きょうは幸い日和《ひより》もよし、ぶらぶらと歩きながら話をいたしましょう。たまにはこうして外の風にあたらないと、家にばかりいたら息がつまる。さりとて用もなしに大の男が独りでほっつき歩きもできず……アハハ、こりゃいいお相手ができて、どこのどなたかは存じませぬが、お礼を申したいくらいですよ。

こう見たところ、あなたはまだ独り身のようだが、今から覚悟なさっておいたがいい。所帯を持てば何かと気詰まりになる。とりわけ婿養子にでもなれば、今のわたしの気持ちもおわかりいただけましょう。いくら貧乏しても小糠《こぬか》三合あれば入り婿はするなというが、そりゃ当たってますよ。とは申せ、こんな愚図な男でも婿養子となれば信濃屋の若旦那で通るのだから、文句をいったら罰が当たるかもしれません。

信濃屋のあるじとなってもうかれこれ三年にはなりましょうか。お舅様はご隠居なされたのに、わたしは店の者からいまだに若旦那と呼ばれて、さっぱり頼りにされてはおりません。もっともそれまでは奉公人の分際で、わたしをあごでこき使ってた古参の番頭もまだ店におりますから、向こうは向こうで何かとやりにくかろうとは存じます。

しかし長年お嬢様と呼んでいた相手を女房にした身は、もっと気苦労が絶えませんよ。店でぬけぬけと吉原の話をしてるところなんぞ見られた日にゃ、あとでどんなに嫌な思いをするか、どうぞ察してやってくださいましな。

信濃屋に奉公したのはもう十五年やそこら昔の話で。小僧で入って養子になるまでの辛抱は、まあ、どこの店も似たり寄ったりですから、申しあげるまでもありますまい。ただわたしにとってはその十余年の辛抱よりも、この三年の気苦労がまさるようにすら思えるほどでして。

自分でもとうてい主人の器ではないと思いつつ、なった以上はそれらしく振る舞わぬと、まわりがかえって迷惑をする。とかく好むと好まざるとにかかわらず、人は分に応じてそれぞれの役をこなせば、世の中はあまりぎくしゃくせずにまわってゆく。わたしもそうした浮世の仕組みを知らないわけではないが、時折ふと、わりきれない気持ちが込みあげて参ります。

こんなぐずぐずした男を舅が……と申すよりも大旦那が養子になさった理由《わけ》は、郷里《くに》が同じということに尽きるのでござりましょう。大旦那も婿養子の身で、わたしと同じ信濃の出だと聞いております。信濃屋はそもそも初代が信濃の出で、昔から奉公人も信濃が多かったんですよ。実家《うち》のほうでも大旦那となんらかの縁があって、わたしを奉公に出したんでございましょうが、血縁にあたるわけではございません。大旦那はつねづね信濃は律儀者が多いと仰言って、わたくしのような愚図にでも目をかけてくださいました。

大旦那はご自身の過去に照らし合わせて、養子になる身の辛抱をこんこんとお説きになりました。その上でなってくれと、向こうから頭を下げられまして。わたしとしては、ありがたいやら、もったいないやらで。しかしいざ養子に入ってみると……いやいや、これ以上はいわぬが花でございます。

女房もきっと根は気だてのいいやつなんでしょうが、なにせわたしが愚図だもんで、しょっちゅうがみがみと文句をたれます。ついこないだまで主従《しゅうじゅう》の間柄だったから、勢い向こうはいいたい放題で、こっちは黙ってこらえるしかない。だらしない亭主を庇《かば》ってくれる者はだれもおりません。まあ、お互い共白髪になれば、大旦那とお内儀様のようにしっくりといくんでしょうけど、それはまだまだ先の話。今はなんといっても大旦那がきちんと退《の》いてくださらないと、奉公人がわたしの指図を聞いてはくれず、つまるところ女房にも馬鹿にされるはめになります。

譲ると仰言ったくせに、なんだかんだといまだに口をお出しになれば、こっちは逆らうわけにもいかず……いえいえ、滅相《めっそう》もない。いくら気苦労が多いといっても、大恩ある大旦那をお恨みするだなんてとんでもない。わたしにとっちゃ実の親父よりも大切《だいじ》に思えるお方ですよ。養子の話が出たころは、それこそ実の息子同然に可愛がっていただきました。

吉原に連れていってくだすったのも大旦那で。わたしにとっては、あれが最初で、最後の吉原通いとなりましょうか。舟を降りてからだらだらと坂を下りまして、大門口をおっかなびっくりでくぐったときのことは今でもはっきりと想いだせます。道沿いにずらりと辻行灯が並んで、夜桜がたいそうきれいに見えました。どこもかしこも明るくって真昼のような賑わいで。わたしがあっちへきょろきょろ、こっちへうろうろするたびに、大旦那が袖を引っ張られたものでございます。

いや、大旦那はけっして廓遊びをよくなさるお方ではございません。あのときも廓の作法をよくご存知のお方にご同道願って、案内を任せておられました。こっちはなにせ初めてでございますから、もう面喰らうことばっかりで。

吉原にかぎらず、わたしはそれまで岡場所というものにすら足を踏み入れたことがなく、アハハ、つまりは恥ずかしながらまだ女を知らずにいたんですよ。まあ、それくらい身持ちの堅い男だというのを見込んで養子になさったんでしょうが、いくらなんでもまるっきり何も知らないのではまずいというので、あちらへ連れていってくださったようなわけでして。

女は最初が肝腎。男が扱いを知らぬようでは娘が不幸になると申されて、わたしは自分でどうにかするつもりでおりましたが、男も最初が肝腎だから、わしに任せろと仰言って。こっちは喜び勇んでお供つかまつったのでございます。

大旦那のご恩を数えだせばきりがないが、あのときほど深いご恩を感じたことはあとにもさきにもなかったといえるかもしれません。いえね、あなた、そりゃ何も吉原に連れていってくだすったからというだけじゃないんですよ。

「いいかい、茂兵衛《もへえ》、お前が信濃屋の主人になれば、奉公人あがりの負い目があるから、よその旦那衆との付き合いで何かと遠慮が出よう。そこで今宵は存分に贅沢な遊びを味わわせてやろうと思う。されば向後はどのような場に出ても、けっして気おくれはすまいぞ」と仰言ってくだすったのが、今もこの耳にしっかりと残っております。出かけるときは、ご自身が若いときにお召しになった羽織と小袖を貸してくだすったもので。

信濃屋は大店とまではいかずとも、そこそこの家《うち》には入りましょうが、大旦那はふだん至って地味な、慎ましい暮らしぶりで。それがあのときは幇間《たいこもち》や女芸者まであげて大散財をなすって。こっちは竜宮城の浦島太郎といった塩梅で、見たこともないご馳走に舌鼓を打ち、呑み馴れた安酒とは雲泥の美酒を味わって大喜び。で、いざ花魁を呼ぶ段になって、大旦那はさらにこっちをびっくりさせたんですよ。

その茶屋の名はたしか桔梗屋だった……おお、そうそう、仰言る通り、幇間や女芸者も顔負けの実におしゃべりな内儀《おかみ》でした。大旦那はその内儀に、金はいくらでも出すから吉原一の花魁を呼んでくれと仰言って。やってきたのが、そう、それもあなたが仰言る通り、舞鶴屋の葛城という花魁でした。

座敷に入ってきたとたん、伽羅《きゃら》だか沈香《じんこう》だか、ぱあっといい匂いがしたのを憶えてます。姿がどうだったかはあんまりはっきりとしません。こっちはなにせ竜宮城で乙姫に出会った気分で、眩《まぶ》しくてまともに見られなかったというのが正直なところでして。

しばらくして気持ちが落ち着いてからそっと見ますと、豪勢な衣裳もさることながら、大名の姫君も顔負けなくらいお付きの女がぞろぞろとくっついてて、まあ、なんとごたいそうな代物《しろもん》だとびっくりしたような次第で。すぐに祝言の杯事のような真似をさせられたのにも驚きました。

茶屋を出たあとは誰哉《たそや》行灯《あんどん》とかいう辻行灯にあかあかと照らされた仲之町の広い通りを、花魁のあとについてほろ酔い機嫌でゆっくりと足を運んだものでございます。時折さあっと吹きつける夜風に花びらが舞い、花魁の髪や肩にはらはらと散りかかる風情といったら、あなた、こちらはもうなんだかすっかり夢見心地で。

舞鶴屋の二階でもまたひとしきり酒盛りとなりました。通された十畳ほどの座敷は床の間にみごとな一行書のお軸がかかり、きれいな花が生けられて。床の間の横には琴と三味線と胡弓《こきゆう》が飾ってあって、違い棚に手文庫《てぶんこ》と硯箱《すずりばこ》が並んで、その下に碁盤が置いてあったのを憶えています。花魁は床柱を背にただじっと座ってるだけなので、そうした調度のなかに溶け込んで見えました。だれかが「お召し替え」と声をかけて一度姿を消したあと、ふたたびあらわれたときは裲襠《うちかけ》を脱いだ姿でしたので、少しは人間《ひと》らしう見えてきました。

座敷のほうはいつの間にか人数が増えていて、茶屋から連れだって来た幇間や女芸者のほかにも、入れ替わり立ち替わり挨拶に顔を出す者がいて、そのつど紙花とやらいう祝儀がぱあっと散りました。あのひと夜の散財を想うと空恐ろしいばかりで、すべて大旦那がわたしひとりのためにしてくだすったんだから、今想いだしてもありがた涙がこぼれます。

とやこうするうちに夜も更けて、一座の人数が減ったあたりでふと見れば、大旦那が茶屋の内儀と何やらひそひそ話の最中でした。内儀は困った顔つきで首を横に振り、大旦那は手を合わせて拝まんばかりの恰好。廓の案内を頼んだお方も内儀と同様、困ったふうで首をかしげておられました。

あとで聞いて知ったんですが、葛城ほどの花魁になれば、初めて会った客とは言葉も交わさずに、その日はあっさりと引き揚げるものだとか。二度三度と会って花魁のほうが気に入れば相手をするという建前のようでして。これまたずいぶんごたいそうな話だとあきれました。もっとも世間の決まり事にはなんでも抜け道というものがあるようでございます。

大旦那はふたりと話しても埒があきそうにないとみられたんでしょう、まあ、酔いもかなり手伝ってたのかもしれませんが、なんといきなり花魁に面と向かって直談判に及ばれました。

「コレ、花魁、わしはちと折り入ってそなたに頼みがある」と仰せられて、相手がかすかにうなずいたように見えました。ああ、そこから先の照れくさいような、晴れがましいような気分といったら。大旦那のお気持ちがあまりにもありがたくて、うれしくて、顔もからだもぼうっとのぼせたようになっておりました。大旦那はわたしを指さして「この茂兵衛はわしの大切《だいじ》な息子だ」と、はっきり仰言ったんですよ。

「大切な息子に三国一の花嫁を娶《めと》らせてやりたい。どうか花魁、最初の花嫁になってやってはもらえまいか」

そう仰言ると大旦那は両手をついて花魁に頭を下げられました。わたしはもう腰を抜かさんばかりに驚いてあたふたといたしましたが、これには皆もあっけにとられた様子で座敷がしんと静まって。なので花魁の声がしっかり聞きとれたもんです。

「よろしうおざんす。されば今宵かぎりの嫁入りをいたしんしょう」とかなんとか、ちょっとかすれたような甘い声が聞こえたとたんに、座敷中が急にざわざわといたしました。おまけに一座の中でだれかよそへご注進にいった者がいたんでしょう、またしても座敷の人数が増えだす始末でして。

これもあとで聞けば、葛城はまず初めて会うのにも半年は待つ覚悟がいるといわれたほどの花魁だったらしく、例の案内役のお方に大旦那が半年前に頼んでおかれたからこそ会えたのだといいます。だからきっとまわりがなんとずうずうしい申し出かと思ったところで、当の花魁がすんなり承知したからよほど驚いたにちがいありません。

ええっ、なんですって、葛城花魁から左様な幸せを授かった客はあとにもさきにもわたしひとりだなんて、あなたは一体どうしてそんなことを……ああ、伊丹屋のご隠居様から話を聞いてわざわざ訪ねてきたと。へええ、他人様《ひとさま》の口の端にまでのぼるところをみれば、やっぱりよほどにめずらしいことだったんでしょうなあ。なぜそんなことになったのかと、わたしに訊かれても困りますが……いえいえ、花魁がひと目惚れしただなんて滅相もない。見ての通り男前というにはほど遠い、おとなしくて律儀なだけが取り柄の男でございますよ。

あのときは花魁が、たぶん大旦那に気を呑まれたということなんでしょう。立派な男に両手をついてふかぶかと頭を下げられ、三国一の花嫁として迎えたいといわれたら、どんな女でも悪い気持ちはしないはずだ。花魁は大旦那がわたしを思いやる情にほだされたのかもしれません。いや、きっとそうにちがいない。あの花魁は人の情けと義理をきちんとわきまえた女だったんですよ。アハハ、一度しか会ってないくせに、そこまでいい切るのかとお思いでしょうがね。

わたしはまわりの気配を察して、そんなことは思いもよらないと一応は大旦那に訴えました。なにせ当時はまだ奉公人の分際で、まだ養子になる覚悟も定まってはおりませんでしたし。大旦那のほうにしてみれば、こちらにその覚悟をつけさせるための大散財だったのかもしれませんが。

わたしの訴えを聞いてから、大旦那が耳元でそっとささやかれた言葉は忘れもしません。なんと仰言ったのかって？　アハハハ、見ず知らずのあなたにそこまで話してよいものかどうか……。

ともあれ花魁が立ちあがったのを機《しお》に見世の若い者が「ちっとお片づけ申しましょう」と大声でいって、別の男がわたしを手水場へ案内いたしました。幇間らと連れだって小用を済ませ、何やかやと戯言を聞かされながら座敷にもどってみれば、宴のあと片づけはすっかり済んで、大旦那とお連れの姿はもうどこかへ消えておりました。

次の間の襖を開けると、そこには寝床があって。いやもう、羅紗張りの蒲団が五枚重ねで敷いてあったのにもびっくりしました。幇間に手を取られて蒲団にあがると、小舟に乗ったようにふわふわとして落ち着かないこと夥《おびただ》しい。幇間はそこで「ご機嫌よろしう」と立ち去りました。見世の若い者が「左様ならば若旦那、明朝お迎えに参ります」といって消えると、座敷に残ったのは女ばかり、若いのやら老けたのやら幼い子どもやらいろいろで。お辰どんとか呼ばれていた遣手の婆さんが煙草盆をこちらによこして、「モシ、旦那、心配しなんすな。そこでちいとお休みなんし。花魁は今にあらわれますよ」とかなんとかいって薄笑いを浮かべたのが実に嫌でたまりませんでした。

そうなんですよ。肝腎の花魁は部屋を出てってなかなか戻ってきません。これはてっきり、あの場は大旦那の手前もあって承知したふうに見せたけれど、本気で相手をするつもりはなかったのだと思われて、いささかがっかりもしたが、正直ほっとした気持ちのほうが強かったと申せましょう。こうなったら五枚重ねの蒲団にゆうゆうと寝そべって、ふだんは吸えぬ国府《こくぶ》の煙草を存分に吸ってやろうと火をつけました。

煙管の雁首《がんくび》を煙草盆にコンと打ちつけて二服目の吸い殻を落としたとき、それがまるで合図のようにして襖がすうっと開きました。とたんにお付きの女たちが一斉に立ちあがり、幼い子どもがこまっしゃくれた顔で「お楽《しげ》りなんし」とかいって、部屋から皆いなくなる。そこから先は、アハハハ、頭に血がのぼって、よく憶えておりません。からだがかっかと火照《ほて》るせいか、花魁の肌がやけにひんやりと感じられたばかりで。

とにかくこっちはなされるがままでした。ただ、ふかふかした蒲団がまさしく極楽の雲に変わったのは、一度きりではなかったとだけ申しあげておきましょう。最初はあまりにもあっけなく済んで、何かうしろめたいような気になりましたが、二度目はもう妙な自信がついておりました。男は自信がつくとふしぎなもので、さっき会ったばかりの女が心から愛おしく思えて参ります。それればかりではない、大げさにいうと他人様《ひとさま》はみんな自分に味方してくれるし、この世の中は万事おのれに都合よくまわっているような気にさえなるものでございます。

実をいうと、それまでは婿入りの話にも半信半疑のところがありました。自分ごときはとてもあれだけの店のあるじとなる器ではないと思うから、からかわれているのではないかと疑ったり。目の前に餌をぶら下げてこちらをさんざん働かせたあげく、いずれ他家からどこに出しても恥ずかしくない立派な婿殿を迎えられる肚《はら》だろうとか、考えが悪いほうにばかりまわってしまいます。

またかりに大旦那は本気だとしても、こっちがそれをお受けしたいかどうかは本音のところで五分五分でした。若いときは辛かった奉公も、年を取ればだんだんと楽になって参ります。なまじ婿養子になって新たな気苦労を背負《しよ》い込むよりも、あと五年ほど辛抱して暖簾分けを願い、ささやかにでも自分の力で一家を構えたほうがどれほど楽か……今でもそんなふうに思えるときがございます。

とはいえ大恩ある大旦那がたっての願いとあれば、むげにお断りするわけにもいかない。望むと望まぬとにかかわらず、結句こちらは承知をさせられて、あげく他の奉公人から痛くもない肚を探られたり、妬《や》っかんだりされたのではたまらないという気持ちで、つまらぬ取り越し苦労に鬱々としておりました。

それやこれやが葛城花魁のおかげで吹っ切れたと申すのは、アハハハ、なんともお恥ずかしい次第で。

最初はどうもうまくいった気がせず、膝の力が脱けて総身がけだるくて、心持ちが妙に虚しくなりました。花魁はきっと馬鹿にしているにちがいないと思い込んでむしゃくしゃし、手荒にからだを突き放して、口もきかずに寝返りを打つと、花魁の生暖かい息吹が耳をくすぐりました。「寝なんすな、夜はまだ長《なご》うありんす」とかなんとか、甘いささやきで、アハハ、こっちは若いからすぐまたその気になります。が、うまくやろうとすればするほどますます焦りが高じて、またもや迷い道で立ち往生しそうになったところを、花魁の柔らかい手がうまく導いてくれました。

それで何やら悟るところがあったと申せば、悪い洒落にも聞こえましょうが。ただ、この世の中は自分ひとりでいくら力んでみても仕方がない。流れに逆らわず身をまかせたほうがうまくゆくこともあると思えたのは本当なんですよ。俗に遊女は浮き川竹の流れの身などと申しますが、大勢の男に身をまかせて浮き沈みを繰り返しながら命をつなぐ花魁なればこそ、左様な悟りを啓《ひら》かせてくれたのだと存じます。

あのときわたしは花魁の気持ちを肌で感じて、心が和らいだのでしょう、こんどはそっとやさしく抱いて、素直に礼が述べられた。が、そのあと少し照れくさくなったせいで、つい余計なことまでいいました。花魁もこうして毎度いろんな男を相手にしなくちゃならないのだから、苦労だねえというようなことを口にして、いったあとでしまったと思ったもんです。

気を悪くしなきゃいいがと案じたが、花魁は実にきれいな笑顔を見せて「時にはぬしのようなお方とめぐり会い、こうしてうれしい思いもいたしんす」といわれて。いやはや年齢《とし》はこっちとさほど変わらないはずなのに、向こうは実に大人でした。わたしはその言葉を聞いて、こんなにか弱い女でもしっかりと世の中を泳ぎ渡っているのだから、自分がちょっとやそっとの苦労を厭《いと》うては罰《ばち》が当たるという気になったもんです。

吉原でお職を張るほどの花魁はやはり人間ができてるというか、あの葛城はたいした女でした。吉原にいったのはあとにも先にもそれだけですが、わたしには飛びきりのいい想い出として残っております。

えっ、なんですって、話の最後に、大旦那がわたしの耳元でささやいた言葉を教えてくれって？ アハハ、そりゃそんなに面白い話じゃございませんよ。まあ、どうしてもとお望みなら、申しますが。

大旦那はこう仰言ったんですよ。

「親の欲目もあろうが、うちの娘はさほど性根が悪いやつではない。ただ玉に瑕《きず》は母親に似てえらい妬きもちやきだから、そなたを婿にしたら目の黒いうちはけっして浮気を許すまい。せっかく男と生まれて、うちの娘しか知らずにこの世を過ごすというのではあまりにも可哀想だし、親のわしとしても申しわけがない。それゆえ今宵はそなたを一生の想い出となるような女と娶《めあわ》せてやりたいのじゃ」とね。

わたしはその言葉を聞いて、何よりも親が子を思う気持ちに心を打たれたのでございます。

去年の暮れに、アハハ、わたしにもとうとう娘ができましたが、あの子に婿を迎えるときは、きっと同じようなことを申すのかもしれません。

舞鶴屋遣手　お辰の弁

ああ、びっくりした。いけませんよ、お客人。いくら障子が開けっ放しでも、黙ってここを覗いたりしちゃァ。この夜更けに幽的《ゆうてき》でも出やがったかと思って、わちきゃまだ胸がどきついてますよ。

手水場ならこの先に。いや、そうじゃない。なら敵娼《あいかた》を捜しに出ておいでなすったんだね。もうそろそろ引け四ツも近いってのに、部屋にまだあらわれないってのはおかしうありんすねえ。ぬし様《さん》のような男前のお客人を袖にするとも思えませんが、もしそうだったらわちきがあとできっちりと灸をすえてやりますんで、どうぞ敵娼の名を……えっ、ナニ、ちがう？　色事はもうとっくに済ませて、敵娼は部屋でぐうぐう寝てる。自分は寝つけないのでこうしてぐるぐる廊下トンビを。はあ、左様で……ああ、はいはい、こんな婆ァでよけりゃ、いくらでもお相手をいたしますよ。

いえね、こっちもお引けになるまでは寝られない躰なんですよ。この年になると遅くまで起きてるのは辛くてねえ。ついうつらうつらして鍋を焦がしちまったりするもんで、お相手があったほうが……えっ、その鍋で煮てるものは何か？　ああ、こりゃ布海苔《ふのり》にいろいろ混ぜたもんで。はい、たしかに透き通って、とろっとして、葛湯に似てますが、食べるもんじゃござんせん。この煮炊きはすべて階下《した》の台所でやってます。

ならこの葛湯のようなもんはなんだ？　フフっ、当ててご覧なさいまし。いわぬが花で、内緒、内緒。ホホホ、そんなふうにいわれたらますます知りたくなるのが人情だって。そんなら申しますが、聞けば興ざめして、ああ、聞くんじゃなかったとお思いになりますよ。これは花魁方があたしに頼んで作らせてるもんで。妓楼《みせ》によって作り方がちがうなんて申しますがね。フフフ、そもそも女子《おなご》には情けの水とか、心の水とか申すものがござんすが、これはその代わりに。ねっ、これをあそこに塗って。あとはどうぞお察しのほどを……いえいえ、あなた、初手からだます気じゃござんせんよ。したが、日ごと夜ごとに枕を交わす花魁の身を想うてもみなんし。いかに豊かな泉でも、汲み過ぎたら涸れる道理じゃァござんせんか。

まあ、ちょいと一服いたしますよ……ああ、やっぱり花魁の部屋からくすねた煙草はいつも吸ってる一玉四文のとはだいぶちがうねえ。ドレ、お客人、わちきの吸い付け煙草はいかが、なんてアハハハ、なんですねえ、何も飛んで逃げるこたァないじゃないか。化けもんじゃあるまいし。これでもわちきゃその昔は首を白く塗って、緋縮緬の長襦袢《ながじゆばん》をぞろっと引きずってた口ですよ。それがどうだい、今じゃ唐桟《とうざん》の襟付きに八端織《はつたん》の黒帯で、眉《まみえ》を剃った皺くちゃ婆さんになっちまうんだから、人間年は取りたくないやね。

はい、左様。遣手になるのは女郎あがりと決まったもんで、このお役目はいっぺんでも女郎をしたもんでないとつとまりませんのさ。フフフ、わちきも女郎をしてたころは、遣手の婆さんがえらく怖かったもんですよ。廊下ですれちがうたびに、また何か嫌みをいわれるんじゃないかってびくびくしてた。あいつはなんて底意地が悪い婆ァなんだろうって、仲間内でいつも悪口いって。ハハハ、まさか自分がそういわれるようになるとは想ってもみなかったよ。

いえね、身に覚えがあるからいうんですが、女郎ってェのは放っとくとすぐに楽をしたがる、怠けもんばっかりでしてね。時々だれかがぎゅっと締めあげないと、たいした稼ぎもせずに徒飯《むだめし》を喰らうばっかりなんで。わちきゃずっとこの二階で日に何度もぐるぐるまわって花魁の部屋を覗くんですよ。毎日ちゃんと見てたら、だれが月の障りで休んでるか、仮病を使って怠けてるのかがすぐにわかる。なかには気が鬱《ふさ》いで自害の恐れがある妓や、たちの悪い情夫《まぶ》にひっかかって大切《だいじ》な衣裳や櫛笄《くしこうがい》を根こそぎ質入れしようとするような妓がいる。へたすりゃ駆け落ちとか心中をされかねないから、めったに油断はなりません。ぴんと来たら、見世の若い者にいいつけてしっかり見張らせなくちゃならない。

お客人だって見逃しゃしない。ほら、すぐそこが段梯子でござんしょう、下には番頭さんが座っていて、ここにわちきがいて、昇り降りを見て怪しいのが来たらすぐわかる寸法でして。ホホホ、あなたが初手からお独りで来られた珍しい客人だってのも、ちゃんと目のうちに入っておりますよ。

番頭さんは階下《した》で若い者を差配して、わちきのような遣手が二階で花魁を見張ってるのはどこの見世も同じで……ああ、はいはい、仰言《おっせ》えす通り、そりゃ何かと不都合をしでかした女郎には折檻《せっかん》をいたしますが、こっちの一存でむやみにするわけじゃござんせん。するときはこれこれしかじかと楼主《おやかた》にわけを話して断りを入れますし、向こうからしろといわれることだってある。直に手を下すのはあたしらなんで、吉原《ここ》じゃ大の悪者《わるもん》扱いだけど、わちきゃまだそんな酷い折檻をした覚えはありいせん。こりゃあなた嘘じゃない、本当なんだから、そんなに笑わないでおくんなんし。

わちきの若いころは、ハハハ、そりゃもう何十年も前のことになりますがね、舞鶴屋《ここ》とは別の見世におりまして、そこは見るからにおっかない遣手が仕切ってたんですよ。わちきの名はお辰と申しますが、そいつはお熊ってェ名で、口んとこに髭が生えてるような婆ァでした。眼が落ちくぼんで、顔じゅう皺だらけで。えっ？　そりゃお前も同じじゃないかって。ホホホ、あなたは、まあ、なんてお口が悪い。

で、そのお熊ってェ遣手は本当によくみんなを苛《いじ》めてたんですよ。禿や新造はしょっちゅう煙管でひっぱたかれて。それがどうもよく見てると、きれいな顔をしていかにも上玉になりそうな妓にはけっして手をあげない。うっかり顔に傷つけちゃいけないってのもあるんでしょうけど、その妓が稼ぐようになってからの見返りを考えてんですよ。きれいな妓は大切《だいじ》にされるからますます可愛くなるし、逆さまにいつも煙管や塵払《はたき》でぶたれてるような妓はどんどんとひねくれて可愛げがなくなるし……まあ、この世の中はどこでもそうした理不尽なもんかもしれませんがねえ。

わちきも女郎じゃ売れなかった口だけど。お熊なんて、あのご面相じゃ、あたしよりもっと売れなかったはずなのに、売れないと辛くあたるもんで、わちきゃ怖くて仕方がなかった。

「梅の井」ってのがわちきの源氏名ですが、ついに部屋持ちにはなれなかった口でして。二日続きでお茶を挽《ひ》いたりすることもあったりして……ああ、はい、昔は客にあぶれた女郎に石臼《いしうす》でお茶を挽かせたなんて申しますが、ハハハ、今じゃさすがにそんなことをさせてる見世はありいせんよ。ただ客が来ないと肩身の狭い思いをするのは今も昔も変わりませんで、紋日に客がつかなかったり、二日続けてお茶を挽いたりしようもんなら、お熊が食事どきにわざわざやって来て
「おやまあ梅の井さん、昨夜《ゆんべ》もお茶を挽いといて、よく御飯《おまんま》がのどを通るもんだねえ」と皆の前で嫌みをいうんですよ。そりゃ辛いのなんのって。

ご面相ならわちきより下がまだいくらもいたが、たとえおかめでもお多福でもお馴染みがふしぎと大勢いて、客にあぶれたことなんざ一度もないというような閨《ねや》の腕っこきもおりました。馴染みが少ないのは床あしらいがへたなせいだとよく叱られて、手を抜いたら承知しないよと脅されたもんです。

これはただの脅し文句じゃなくて、三日続けてお茶を挽いたり、せっかくのお馴染みを袖にした日にゃ、きついお仕置が待ってました。朝夕の御飯《おまんま》を抜かれるのは序の口で、厠《かわや》の掃除をさせられたり、塵払で尻をさんざんぶたれたりして。

傍《そば》で見ていて、ああ、あればっかりはご免こうむりたいと思ったのは、お熊が「水鏡」と呼んでたお仕置ですよ。おすましの美人で、仲間内にはあまり評判のよくなかった花魁が、あるとき立て続けに客人をふったというので裸にされて、水を張った大きな盥《たらい》を跨《また》いだかっこうでしばらくそこに立ってろといわれましてね。水の面《おもて》に影が映りますんで、見世の若い者がにやにやして覗こうとします。その花魁はきっと舌噛んで死にたいくらい恥ずかしかったんでしょう、しくしく泣いてましたが、許しちゃもらえませんでした。で、そのお仕置のあと、自分のほうから願い出て別の見世に鞍替《くらが》えをいたしました。

まあ、そんなふうに高慢ちきでお灸をすえられた花魁もいましたが、客をとろうにもとれない妓に、お熊はもっと辛くあたったんですよ。悪い風邪をひいて寝込んじまったら、もちろんお客はとれない。それでもって朝夕のおまんまを抜かれたら、治るもんだって治りゃしない。あげく薄暗い行灯部屋に押し込まれて、そこで病み衰えて息を引きとった花魁も、ひとりやふたりじゃなかった……。

あたしゃ断じてそんなふうになるもんかって。ええ、そりゃ死んじまったらおしまいですからねえ。吉原《ここ》じゃせいぜい気を強く持って、お熊みたようにしぶとく生き抜いたほうが勝ちなんですよ。

けど今いったようなのはまだまだ折檻のうちにゃ入りません。万が一ってことがあるから、あなたに申しときますが、いくら敵娼に惚れても、廓《ここ》から連れて逃げだそうなんて悪い料簡を起こしちゃァいけませんよ。廓の出口はあの大門たったひとつで、そばに会所があって四郎兵衛という番人が常に目を光らせてます。そこを避けるには高い塀を乗り越えて、二間幅のお歯黒溝を渡らなくちゃならない。かりにうまく抜けだせたとしても、すぐに追っ手がかかって、日本堤を無事に越すのは容易なこっちゃない。捕まれば客人も半殺しの目に遭わされます。

これも昔お熊のおかげで駆け落ちをし損なった花魁がおりました。源氏名はなんだっけか、あ、そう、唐橋《からはし》さんという昼三の売れっ妓で、ふだんは下にも置かぬ扱いをされておりました。お熊は部屋にしょっちゅうごますりにいってたから、様子がおかしいのにいち早く気づいたんでしょう、花魁がちょっと部屋を離れたすきに手紙を盗み読みしたんですよ。で、駆け落ちの企てがあるのを知って楼主に訴え出たというわけで。

そうなるといくら昼三の売れっ妓でも見せしめにうんと懲らしめられます。唐橋さんは素っ裸にされて、手足を伸ばしたかっこうで梯子に縛りつけられました。そこからはもうお熊が出る幕じゃない。どこの見世でも裏じゃおっかない男の二、三人は飼っとくもんでしてねえ。そりゃ廓の中は何かと揉め事が起きやすいから用心棒にするんですよ。で、その連中が寄ってたかって、尻といわず背中といわず先を割った青竹で力まかせにぶっ叩くから、耳を覆いたくなるような悲鳴が何度もあがりました。

気を喪《うしな》うと頭から水をぶっかける。そうなるとまた麻縄が締まって肌に喰い込むから、尋常な痛みじゃないと申します。まさに地獄絵も同然の惨《むご》たらしい折檻がようやく済んで、梯子からおろされた唐橋さんをわちきらが介抱したときは、尻も背中の肉もそこらじゅうが裂けて、紅殻《べんがら》と青墨を混ぜたようなぞっとする色に変わってました。

唐橋さんは当分のあいだ稼ぎもならず、傷が癒えるまで行灯部屋で肩身の狭い思いをなすってたが、見世のほうは傷物にさっさと見切りをつけたかっこうで鞍替えに。鞍替えした先はしけた小見世で、向こうとしては高く買わされたもんだから、唐橋さんはあと二年も我慢すれば年季《ねん》が明くとこだったのに、五年増しで働かされるはめになったと聞きました。駆け落ちを失敗《しくじ》ったら、こうしてとことん痛い目に遭わせて、それがいかに割に合わないかをまわりに思い知らせるんですよ。ああ、たしかに仰言えす通り、それでも駆け落ちをしようとする者はあとを絶ちませんがねえ。

えっ、お前はどうなんだって？　あたしゃ一度だって駆け落ちをしようと思ったことなんか……いや、そうでなくて、かりに親しい花魁が駆け落ちしようとしてるのを知ったら、情け容赦なく告げ口をするか？　はい、そりゃ申すまでもない。日ごろいくらその花魁と親しくて、心づけをたんまり頂戴したとしても、いざとなったらもちろん楼主に忠義なとこをみせるのがあたしらですよ。気づかなかったら、手の打ちようもござんせんがね。

そりゃお熊と比べたら、わちきゃずいぶん甘口な遣手だし、舞鶴屋の今の楼主は至ってやさしいお方でさほど酷い折檻はさせませんけどね。それでも禿や若い新造の連中には怖い婆ァだと思われてるはずですよ。何事も若いうちの躾《しつけ》が肝腎でして、禿のうちから廓《こ こ》の作法をみっちり叩き込んでおきませんことにはねえ。ただし、あたしゃお熊とちがって、きれいな子でも、ぶさいくな子でも分けへだてなく叱りつけてますよ。

ここの禿は何人いるかって？　そうさねえ、昼三はふたり、座敷持ちでもかならずひとりは抱えてるから、けっこうな大人数ですよ。昼間は廊下で賑やかにうろちょろして。それがうるさくて怒鳴ってばかりいるもんで、こんなに声がしゃがれちまって。いえいえ、あなた、昼間の禿どもはあの道中のようなお揃いのきれいな衣裳《べべ》を着て騒いでるわけじゃァありいせん。つんつるてんで木綿縞の洗い晒しを着た子がドタバタ走りまわって、この廊下がまるで裏長屋の路地みたいになるんですよ。

禿は見世付きの子もおりますが、大方は花魁付きでその部屋で寝起きして、着るもんも小遣いもすべて花魁が面倒を見るし、禿のほうは給仕やら買い物やら身のまわりの用事をせっせといたします。禿を抱えたらそりゃ物入りだけど、昼三や座敷持ちの花魁なら禿のひとりやふたり養うのは甲斐性の見せどこで。まだ海のものとも山のものともつかない幼い子どもを仕込んでうまく花魁に仕立てあげるのもまた姉女郎の腕だとされてます。

そんな幼い子どもを一体どこから連れてくるのかって？　そりゃ貧乏な親が身売りをするんですよ。身代《みのしろ》はわずか二、三両だから、金目当てというよりは口減らしなんでしょうよ。喰うや喰わずの暮らしで育てるよりも、吉原《ここ》にいたら毎日白いおまんまが戴けるし、何かと芸も仕込んでもらえる。うまくいったら玉の輿で身請けされる話がないともかぎらない。だもんで結句わが子の幸せを願って、可愛い盛りに泣く泣く手放す親がいるんですよ。

早い子だと六つか七つで売られて、ここに来たときは虱《しらみ》をわかしてたりするのも多いから、髪を剃ってくりくり坊主にいたします。そんな子どもじゃたいした用事もさせられないし、世話するほうが大変なんですが、早いうちから廓《さと》の水に馴染むんで、後々《のちのち》いい花魁にはなる。昼三や座敷持ちの花魁はたいがい坊主禿の時分から廓にいた者ですよ。幼い時分から廓言葉《さとことば》を仕込まれるんで、いい花魁は廓を出たあともアリンス訛りがなかなか抜けずに苦労するとか申しますが、あたしゃ女郎をやめてからだんだん元にもどっちまって。へへ、こう見えて江戸生まれの江戸育ち、水道の水を産湯に使った口でござんしてねえ。

えっ？　あの葛城も坊主禿の時分からここにいたのかって……ああ、やっぱりその名が出ちまうんだねえ。うちにおいでになる客人は、どうしたってあの花魁の話がしたくなるらしい。ひところは毎日のようになんだかんだと訊かれてうんざりしたもんですよ。例の騒ぎのことじゃ、あたしゃ何も申しませんよ。だって何も知らないんだから、話のしようがないじゃありいせんか。しらばっくれるなっていわれても、知らないことは知らないと申すほかござんせんよ。

ならあの騒ぎとは別の話でいいから教えてくれと仰言えすか。はい、なんでござんしょ。ええっ、葛城を水揚げしたのはだれかって？　ホホホ、ずいぶん変わったおたずねだが、そりゃたぶん伊丹屋の旦那かだれか……えっ、ちがう。本人にも訊いたって。アハハハ、お前さんもたいがい酔狂なお方だねえ。本物の水揚げはだれがしたかだなんて、あたしがそこまで知るわけないじゃないか。自分のことも忘れちまったくらいですよ。フフフ、殿方が気になさるほど、女はあとを引かないもんでしてね。

はいはい、なら昔の話をいたしましょう。たしかに葛城のことを昔から知ってるのは、ここの楼主とあたしくらいのもんでして。禿のときの名はたしか初音《はつね》といって、舞鶴屋《うち》の先代が亡くなって今の楼主になってから最初にやって来た子だから初音と名づけたんだと聞いたような気がします。

当時はこっちも遣手になってまだ日が浅かったから、何かとよく憶えてますよ。初手は呼出しの花魁どころか、座敷持ちにだってなれるとは思わなかったというのが本当で。目が節穴だったといわれても仕方がないが、それにはまあ理由があったんですよ。

さっきも申したように、昼三や座敷持ちの花魁は幼気《いたいけ》盛りに連れてこられて坊主禿の時分から吉原《ここ》で過ごしてるのがほとんどで。どんな片田舎の貧しい家《うち》に生まれた子でも、物心つくやつかずのうちから廓の水で洗いあげたらすっきりと垢抜けがして、どこか浮き世離れした風情が漂います。そりゃなかには他人《ひと》の気をひくことばっかり覚えて、裏表がある、くそ生意気なガキになるのもいて、あたしゃ根が子ども嫌いだから、そういう子を見たら無性に腹が立つもんで、なんその折をつかまえてひいひい泣かせたりしますがね。いっぽうでは飛びきり整った顔立ちで、肌も白くて髪がつやつやしてるし、おまけに性根がまっすぐで、愛嬌があって、叱る気にもなれないような子がいたりするわけでして。そんな子が後に立派な花魁となるんですよ。

左様。禿はみんながみんな花魁になれるというわけでもない。楼主が幼いころから器量をじっくりと見定めて、こりゃ素質《すじ》がないと見られたら部屋持ちにだってなれやしない。ただしこれぞと思った子にはお大名の姫君もかくやといわんばかりの懇ろな扱いで、幼いうちからいろいろと習い事をさせて呼出しの花魁に仕立てあげる。が、さほどの器量を備えた子はめったに見つかるもんじゃァない。

わちきが葛城……いや、初音を見初《みそ》めたときはまず、いやに大きな子がやって来たもんだという気がしました。たしかに色は白いし肌もきれいだし、目鼻がくっきりとして見るからに利発そうな顔立ちをしてるが、如何せん、禿にするには遅すぎて、もうあと二、三年もたてば新造になるような年ごろの子だったから、ふつうなら花魁に仕立てるのも無理なくらいだったんですよ。そんな子をなんで呼出しにまでしたのかって？　さあ、そりゃどうぞ楼主に訊いておくんなさいまし。

ともあれ楼主の目利きはたしかだったんですよ。初音は、いや葛城さんは十年に一度あらわれるかどうかというような立派な花魁だった。しかし、それもあの騒動でおじゃん。楼主も今となってはとんだ目利きをしたと悔やんでおいでかもしれませんがねえ……。

まあ左様なわけで、葛城さんが後にあそこまで出世するとは当時だれも思わなかったから、姉女郎を引き受けようという花魁もなく、見世付きの禿として一から行儀作法を仕込んだのは、何を隠そう、このあたしなんですよ。えっ？　なんだって、お前が行儀作法なぞという柄かだなんて、ホホホ、あなたは真《ほん》にお口が悪うざます。

もっともあの子は年齢《とし》もいってたし、躾ができてたもんで、ちっとも手を焼かずに済みました。凛と張った涼しい眼で、子どもながらに鼻筋もしっかり通って、そんじょそこらの貧乏人のガキとは最初《はな》から一緒にならなかった……。

ただ生意気ってェのとはまた別で、こっちがいうことはなんでも素直にはいはいと聞くが、うっかり昨日とちがうことをいったりすると、黙ってじいっと見る。それが妙におとなびて、たしなめるような目つきなもんで、こっちはたじたじとなりました。「なんだいその表情《かお》は、不服でもあるのかいっ」てな、弱い犬ほどよく吠える始末で。そしたら向こうがくすくす笑いだしたりして、アハハハ、これじゃどっちが子どもだかわかりゃしない。あの子はふだんきりりっとした顔をしてるが、にっこり笑うと実に愛くるしくて、思わずこっちもつられて笑いだすというような塩梅でしてね。左様、仰言えす通り、子どものころから人の心をつかむ術《すべ》に長けてました。それはあの子が吉原《ここ》に来て身につけたというより、持って生まれたもんと、それまでの育ちが大きかったんじゃないのかねえ。当人はちっとも気づいちゃいなかっただろうけど、あたしゃあの子をほとんど叱らなかった。いや、叱れなかったというのが正しいかもしれない。

真にいい花魁は客人にあまり媚びを売ったりしないで、おのずと人好きがするようにできてる。たいがいは物心つかないうちに廓へ来て、お蚕《かいこ》ぐるみで大切に育てられたからそうなるんですよ。まわりがやさしくすると、当人もおのずとまわりにやさしくできるんで、その手の花魁がそばにいたら、お客人ばかりじゃない、見世の者だって男女の別なくだれもがいい心持ちになれるもんです。

見てくれは化粧や衣裳でどうにでもごまかしがきくが、人好きがするかどうかはやっぱり持って生まれたもんと、育ちが大きくものをいって、あとから身につけようとしても難しい。しかしそれが花魁の良し悪しを定める肝腎かなめの……えっ？　床あしらいはどうなんだって。ホホホ、そりゃ持って生まれたお道具も大切ながら、修業しだいで、なんとでも。

見世付きの禿は時に花魁付きの禿に代わって道中のお供をしたり、座敷に出たりもしますけど、ふだんは見世の雑用であれこれとこき使われる。なかに出来損ないの子がかならずひとりやふたり混じってて、そういう子は何をやらせてもできない。無理なのは最初《はな》っから知れてんだから、大目に見てやればいいようなもんだけど、こっちはなかなかそうはいかなくて、ついきつく叱ってお仕置をする。そしたら初音があのたしなめるような目で見るもんで、こっちはやりにくいったらありゃしなかった。

ある日その出来損ないの子に罰として晩飯を抜いてやったら、初音が自分の分をおにぎりにしてこっそり持っていこうとするのを見つけた。あたしゃカッとなって、そんなに喰いたくないなら、お前の飯も抜くよって脅したんですよ。詫びを入れるかと思ったら、あの子は次の日から食べなくなっちまった。丸三日間、水だけは飲んでたけど、おまんまはひと口も喰わなかった。

育ち盛りの子が食を絶つってのがどれだけ大変か、そりゃしてみなくたってわかるこってすよ。

初音は日に日にげっそりして、色が白いから青い血のすじが浮いて見えるようになって、今にも倒れそうなのに、目つきだけは妙に活きがよくて、こちらが顔を見たらきっと見返してくる。その眼がどんどん大きく見えてきて、あたしゃ怖くなっちまった。われながらだらしない話だが、四日目にはお願いだから食べてくれって、あべこべにこっちが頭を下げたようなわけでして。さすがに武士は喰わねどなんとやらってェとこでしたよ。

えっ？　侍の娘だったのかって……いえいえ、あたしゃ何もそんなことをいったつもりはありませんよ。とにかくあの子は見かけによらず強情ってェのか、こうと決めたらてこでも曲げない気性もまた持って生まれたもんだった。だから、あのような……いいえ、とんでもない。あたしゃ何も知りませんよ。いくら禿の時分にひいきをしたからって、あの騒ぎで葛城の肩を持ったなんぞといわれた日にゃァ、ホホホ、首がいくつあったって足りやしない。

仙禽楼　舞鶴屋　庄右衛門《しょうえもん》の弁

ああ、この掛け軸ですかい。はい、これは仰言る通り唐様《からよう》の書で、篆書《てんしょ》というんだそうですが、字というよりも絵を見るような、面白いものでござんしょ。だれが書いたのかって？　ウフフ、こりゃ、わしが書いたんですよ。実は恥ずかしながら、あの東江《とうこう》先生について習っておりまして。いえいえ門人と申しても末席を汚すばかりですが、一応は硯海《けんかい》という雅号も頂戴しております。とはいえ自らの書をこうして軸にして床の間に飾るとはなんと自惚れの強いやつだとお思いでしょうなあ。いや、それだけみごとな筆なら人目にかけたくなるのは当たり前だって。アハハ、うれしいことをいっておくれだねえ。

さあ、そんなことより、そろそろご用の向きを承りましょうか。正直いってこんな夜更けにこの内所へいきなり飛び込んで来られたんじゃ気味《きび》が悪うござんすよ。こう見えてわしは柔《やわら》も習い、声を出せばすぐに若い者も駆けつけますんで、下手な真似をしようったってできるもんじゃないが、お顔を見ればまさか押し込みの賊とは思えぬ。見世のお馴染みでもないから、身請けの相談をしたいというわけでもあるまい。ウフフ、もう、はっきりと仰言いな。お前さん、わしにあの葛城のことを訊きたいんだろ。

人の噂も七十五日とはよくいったもんで、あれから三月《みつき》たった今ではさすがにもうお前さんのような物好きは少なくなったが、一時は本当に大変だった。まあ、玉菊以来の名妓《めいぎ》と評判の葛城があんな騒ぎを起こしたんだから、そりゃわしに根掘り葉掘りたずねたくなるのも無理はないがね。

もっとも玉菊以来とまでいわれるようになったのは、いなくなったあとのことですよ。そりゃ当時この廓《さと》で一、二を争う花魁だったことは間違いない。とはいっても玉菊はかの紀文大尽と双《なら》び立つ奈良屋茂左衛門の敵娼《あいかた》で、仲之町の茶屋という茶屋が今でもお盆には玉菊灯籠とやらを吊して追善供養するような、つまりは百年にいっぺんあらわれるかどうかの名妓だ。葛城は果たしてそこまでの花魁だったかどうか……。

ただ玉菊花魁にしても、全盛で亡くなったからさほどの評判にもなったんでしょう。急にいなくなられるとまわりがえらく惜しんで、いたときよりも評判があがるのは昔も今も、どの道でもありがちな話でしてねえ。まあ、わしは葛城をよく知ったればこそ、いささか値引きして見るようなとこもあるんでしょうが、正直いうと、初手はあそこまで売れる花魁になるような気もしなかった。釣り落とした魚が大きいのとはあべこべに、まわりから本当に惜しい妓を喪《なく》したとさんざんいわれたもんで、こっちの目は節穴だったのかと思うくらいで。

えっ、ちがう？　節穴どころか瓦礫《がれき》の山から宝玉を見いだした大変な目利きだって……ああ、なんだ、遺手のお辰から聞きなすったのかい。アハハ、あの婆さんが知ったらしく何を吐《ぬ》かしたかは知らねども、見ず知らずのお前さんからそんなふうに賞められると、こっちも話をしないわけにはいかない気がしてきたよ。

いや、これもまたおかしなもんだねえ。人の噂も七十五日で、噂がようやく止《や》んだあたりから、当人や身近な者は逆さまに話を聞いてほしくなるのかもしれない。これまで黙《だんま》りを通してきたわしが、ひょいと行きずりのお前さんに口を開こうというんだから、人の心とは実にふしぎなもんだ。フフフ、そういうわしのことなんざ、人の頭数《あたまかず》にも入れたくねえと、世間様は仰言るかもしれないがね。

「忘八」と書いて「くつわ」と読ませるのがわしらの渡世でござんす。仁、義、礼、智、忠、信、孝、悌。つまりは人として大切《だいじ》なこの八つの徳を忘れた者だというわけですよ。わしは仕方なく家業を継いだが、けっして好きこのんでこんな商売をやってるわけじゃない。若いころは親父の跡を継ぐのが嫌で、家を飛びだしたこともあるくらいでして。

家を出て何をしてたかって？　アハハ、これまたお恥ずかしい話だが、役者に弟子入りをしたんですよ。フフフ、自分でいうのもなんだけれど、面長で眼も切れ長だし、鼻すじがしっかり通っている、唇もふっくらしてかたちがいい、立派な役者顔だと見えすいたお世辞を申す者がおりまして……えっ？　お前さんもそう思うって。いや、うれしいねえ。どうして、どうして、こう見たところ、お前さんも実に好い男じゃねえか。さあ、どうぞ、もっとそばに寄んなせえ。フフフ、お互いの目を見てじっくりと話をしようじゃありませんか。

役者は顔がよければなれるわけでもないように、女郎もまた見てくれだけが決め手じゃねえ。お辰が何をいったかは知らんが、わしは舞鶴屋の五代目で、いわば代々の血脈《けちみゃく》が女郎の目利きにしたんでしょうよ。そういえば三浦屋の高尾や松葉屋の瀬川といった名妓と同様、葛城は舞鶴屋がこれぞと見込んだ花魁に名乗らせる源氏名で、あの妓《こ》も葛城の五代目でしたっけ。葛城を名乗った花魁は親父の代にも、祖父《じい》さんの代にもいなかった。わしが久々にその名跡《みょうせき》を蘇らせたら、うまく図に当たって、客寄せになったというわけですよ。アハハ、それもわしの腕だといえばいえるんだがね。

ああ、そうそう。お辰が話した通り、あの妓が舞鶴屋に来たのは中途半端な年ごろで、禿立ちの花魁に仕立てるには歳を喰いすぎてた。ただ容貌《きりょう》はいいし、なんといっても品があるから、うまく仕込めばものになると踏んだのはたしかですよ。

ええっ？　武士の娘だったのかって……まさか、お辰はそんなことまでしゃべったんですか。ああ、なるほど。お前さんが勝手にそう思いなすったってェわけで。そりゃちと穿《うが》ちすぎでござんしょうねえ。なら、どういった素性かって？　うーん。そりゃうちに連れてきた女衒《ぜげん》もいいませんでした。身売りをするには親の判子《はんこ》が要るが、実の親兄弟がいないときはだれかが代わりに印判《いんばん》を捺して親元になる。あの妓の実の両親《ふたおや》はとっくに亡くなって、兄弟もいないという話でしたよ。

ただ育ちがいい子だったのはたしかですよ。そもそも気の遣い方は他人《ひと》を使う者と、他人に使われる者とで大きくちがって、それが俗にいう育ちの良し悪しになるんだが、葛城が客人ばかりでなく見世の者にも評判がよかったのは、他人を使う者の気遣いが自然《じねん》と身に備わってたせいでしょう。物心つくやつかずのうちにまわりから大切《だいじ》にされた者でないと、なかなかそんなふうにはならないもんです。

女郎屋もぴんからきりまであって、うちのような大見世と、河岸あたりのしけた小見世とでは登楼《あが》るお客も、置いてる女郎もまるっきりちがう。大見世で呼出しの花魁になれるような妓は、檜舞台で主役を張る役者と同じで、ただ見た目がきれいで色気があるというだけじゃいけない。そりゃ、そんじょそこらの男なら、女はとかく見た目がきれいで色気があって、何よりも気持ちのやさしいのが一番だと思うんでしょうが、呼出しの花魁を買うほどの客人となれば、何事によらず目が肥えた方々ばかりだから、アハハ、それだけではつまらないと仰言る。何かもうちっと面白いところがないとすぐに飽きられて、お馴染みをつなぎ止めておくのは難しい。吉原の名妓は何にもまして張りってェもんが大切で、女ながらにもどこかすじが一本しゃんと通ってるような妓がいいんだと、親父がよくいってました。

男は全体《ぜんてえ》どんな男でも威張りたいもんだが、呼出しの花魁が買えるほどのお人なら、別に威張ろうとしなくとも、金銀のご威光にひれ伏す輩《やから》が常にまわりに大勢いる。他人にちやほやされるのも馴れっこだ。片や吉原の名妓に欠かせぬ張りとは何か、そりゃひと口でいったら気位《きぐらい》ですよ。

威張るのと気位が高いのとはちょうどあべこべで、相手が自らの前にひれ伏すところを見たいという気持ちと、だれにもひれ伏したくないという気持ちが真っ向からぶつかります。きっとその駆け引きが面白いんでしょう。金銀のご威光一本槍で攻めるにしろ、やさしくしてうまくご機嫌を取るにしろ、フフフ、気位だけは大名の姫君にも負けない女を自らの力でねじ伏せて、わがものにできる喜びはまた格別のようで。

親父が手塩にかけた呼出しの花魁に、陸奥というのがいて、これが葛城の……えっ？　その花魁の話は前に聞いた覚えがあるって。ああ、左様。なかなか気が強い花魁でしたが、客人の受けはけっして悪くなかった。根は可愛い女でしてね。アハハ、裏も表もただきついというんじゃ、男は寄りつきゃァしませんよ。

陸奥が根曳きされたら次はだれに白羽の矢を立てるか、実はほかに決まった妓があったんですよ。その妓は七つのときからうちにいて、習い事をきっちりとさせ、陸奥付きの見習い新造をしてたし、容姿も申し分なかった。どこが悪いというわけでもないけれど、ちょっと稚《わか》すぎたのと、陸奥の後釜にすえるには少々物足りない。無難ではあるが、ちとおとなしいという気がした。

わしは親父の後を継いでまだ間もないころだったから、自分の思い過ごしもあるんだろうが、何かと親父に比べられて、こんどの楼主は手ぬるいといわれているようで、そのことと重なって見えるのが嫌だった。ここで陸奥に負けない呼出しの花魁を自らの手でこしらえてこそ、親父を越えられるはずだという肚があった。

片やいくら容貌《きりょう》よしでも、ほかの子より歳を喰ってここに来た葛城はまともな花魁にはまずなれないと見られてた。フフフ、こういうとますます自惚れ屋のように聞こえてお恥ずかしいが、役者に成りそこなった自分に重ねてたのかもしれない。

そう、お辰が話した通り、葛城がうちに来たのは親父の死んだすぐあとで、禿の名を初音にしたのも、わしが楼主になって初めて名づけた妓だからですよ。まあ、それにも何かの縁を感じたということなんでしょうなあ。

初めて対面したときは、やせっぽっちで、眼がぎょろぎょろして見えた。黒眸《くろめ》がちで、男の子のような力強い眼をしてたから、きかん気でまわりに手を焼かせるだろうと思ったもんだ。しかし案ずるほどのこともなく、遣手や花魁のいいつけをちゃんと聞いて、拭き掃除や何かの下働きを嫌がらずにしておりました。ああ、そうそう、ここに連れて来られたときは木綿縞の布子《ぬのこ》を着てたが、それが妙に不釣り合いに見えたもんだ。馬子《まご》にも衣裳で、いかにも初めて袖を通した一張羅を着てここに来る子は多いが、逆さまに着物が粗末で映りが悪いというのはめずらしかったもんでよく憶えてます。

禿には読み書きと行儀を一から仕込むんだが、葛城は年相応の躾も読み書きもできた上で、実に利発な子だというのがすぐにわかった。そこで親父が陸奥を育てたときに、もうひとり別の妓と互いに競わせたという話を想いだした。

呼出しに仕立てるのは引っ込み禿といって、花魁の世話や下働きをさせずに内所で大切に育ててもっぱら習い事ばかりさせとくんだが、それがさっき話したおとなしくて物足りない妓ですよ。で、葛城のほうは最初その妓のお相手をさせてた。つまり習い事でも互いに競わせたほうが早く上達するだろうとみたわけだ。

花魁になるために一番の習い事はなんだとお思いになる？　人によって多少いうことはちがうだろうが、わしならまず書を挙げる。水茎《みずくき》の跡もうるわしい恋文をもらったら、客人はすっ飛んで会いに来るだろうし、金釘流じゃ愛想も小想も尽き果てたといわれかねない。そこでまず書を習い、次に気のきいた文句のひとつやふたつひねり出す心得として、歌や俳諧を学ぶんだよ。

書はよく書き手の性根をあらわすなんぞというが、葛城が書いた字は案のじょう、女にしては撥《は》ねが強くて勢い余り、一字一字が躍って見えた。だが芯はいささかのくるいもないから、続けて見れば実に華やいで人目をひく、いわばケレン味のある能書だった。

筆や箸は右手できちんと使ってたが、ありゃたぶん根はぎっちょだったんだろう。三味線を習わせると棹《さお》の勘所《かんどこ》を押さえるのが実に巧みだった。撥《ばち》の音が案外と弱くて、ハハハ、この妓らしくないなあと思ったりしたもんだ。琴の弾き方を見て、はっきり左利きだと知れたんだよ。

習い事は実地にそう役立つもんばかりでもないが、まあ、茶の湯と生け花は欠かせない。で、居続けをなさる客人は時に暇つぶしで囲碁や将棋のお相手を所望されるから、これも嗜みていどにわしが手を取って教《おせ》えてやった。

勝ち気なのと、負けん気が強いのは似てるようで少しちがって、どちらかといえば陸奥は勝ち気で、葛城は負けん気が強かった。だから将棋はともかく、囲碁はそこそこうまかった。負けそうになると唇を噛んで、悔しそうにじいっとこちらの顔を見つめる。眼は潤んでも、泣きだしたりはしない。禿のときからあの妓は人前でけっして泣くとこを見せなかった。

そりゃ辛いこと、哀しいことはいっぱいあっただろうからねえ。ときどき、ふいといなくなるんだ。行灯部屋やら物置やら、子どもの隠れ場所はいくらもあるから、皆が手分けして探しまわるんだが、これが神隠しにでも遭ったようになかなか見つからない。家の中を探しあぐねて、外に捜しに出ようとするあたりで、ふいにまた姿をあらわした。こんどの騒ぎでも、またどこからともなくひょっこりあらわれるんじゃなかろうかって、アハハ、何も知らない見世の者がのんきにいってたほどさ。

花魁の部屋では毎日お香を焚《た》いて、それはたいがい練香《ねりこう》を使うが、元の香りもひと通りは知っておいたほうがいいから香道も嗜ませた。香は嗅ぐことを「聞く」といって、聞香《ぶんこう》のなかに組香というのがある。一度試しにいくつかちがった香の匂いを聞きくらべ、次に焚く順番を変えたりして、いくつ聞き当てられるかを競うという遊びで、これにはわしもよく加わった。そういえば、あの妓の禿名は初音だったが、伽羅の中にも初音と称する銘香があったねえ。

香木には伽羅、羅国《らこく》、真那蛮《まなばん》、真那賀《まなか》、佐曾羅《さそら》、寸門多羅《すもたら》の六種があって、その香木を馬の尻尾の毛か蚊の足かというほどに細かく割って雲母《きらら》の小皿に載せ、炭団《たどん》を埋めた香炉で焚いて皆でまわし聞きをする。それぞれ甘い感じやら、酸っぱい感じやら、匂いのちがいは聞き分けられても、一度に何種もの香を聞いてその匂いを憶えておくのは難しい。最初にぴんと来た通りの答えをさっさと紙に書いて出せばいいんだが、聞き直しをしたりすると、また頭から順番がくるっちまうといった塩梅で、フフフ、まさに六道の辻よろしく迷えば迷うほどわからなくなるんだよ。

あの妓は潔いというのか、くそ度胸があるといったらいいのか、聞き直しをせずに答えをさらさらと紙に書いてすぐに出す。それがすべて当たりだったのかって？ アハハ、まさかいくらなんでも化けもんじゃあるまいし。ただ聞き直して迷いに迷ったこっちと、さっさと答えを決めて出したあの妓とで、当たりはずれはそんなに変わらないのは癪だったよ。はずれが多くてもあの妓は一向に悪びれなかったし、毎度あんまり自信たっぷりな顔つきで答えを出すもんで、こっちの鼻が鈍いんじゃないかと情けなくなるほどでね。

そう……思えばあれと同じ顔で堂々と嘘をついたんだ……おやっ、びっくりしなすったかい。アハハ、そうですよ。あの妓は無類の嘘つきだった。いつでも嘘をついたというわけじゃないが、なんでこんなにぬけぬけと嘘がつけるのかとあきれ返ったことが何度かあった。いささか手ぬるい楼主だといわれるわしが、腹に据えかねてぶん殴りそうになったときがあるくらいだ。売り物に傷をつけちゃならんと自分にいい聞かせて、なんとか我慢したがね。そりゃこういうときだ。

舞鶴屋《うち》はこれぞという客人のときに座敷で飾る立派な道具や器を蔵にしまってあるが、その日はたまたま前の日に買ったみごとな景徳鎮《けいとくちん》の壺をすぐしまう気になれず、それ、そこの床の間に飾っておいた。いたく気に入って大枚の金をはたいて買った代物だから、今でも目に浮かぶが、丈は一尺五寸ほどあって、胴膨《どうぶく》らで幅の広いところは六、七寸にもなるそこそこ大きな壺だ。白磁《はくじ》に呉須《ごす》で絵付けした青花《せいか》という手で、底と首に唐草をほどこし、中ほどは白地を多めに残してすっきりと品よく仕上げた器だった。

その日はまた親父の三回忌で朝から寺に出かけて、寺からもどるとその大切な壺がどこにも見えないから、わしは泡を喰ってまわりにたずねたが、だれも知らないという。最初は自分で蔵にしまったのを忘れたのか、だれかが別の座敷にでも持っていったのかと思い、そこらじゅう家捜《やさが》しをしても一向に見つからない。むろん葛城にもたずねた。なにせふだん内所の掃除をしてたのはあの妓だったからね。

あの妓は朝に掃除をして壺があったのは知ってたが、なくなったことは、わしにいわれるまでまったく気づかなかったといった。ただわしの留守中にだれか知らない男が訪ねてきて、台所にお茶を取りにいってるあいだに帰ってしまったというじゃないか。人相や風体をたずねると、中肉中背で唐桟の半纏《はんてん》を着て、月額《さかやき》を伸ばし、色が浅黒く、眼が落ちくぼんで口が大きい強面《こわもて》の男だと、相手が目の前にいるようにすらすらと答えた。

番頭や見世に古くからいる者も一緒に寺へ連れていったから、留守番の連中はいつもより気を抜いて、まんまと賊が忍び込んだということは大いにあり得た。わしは相当な剣幕で、だれかほかに怪しい男を見た者はいないかとたずねたが、皆おどおどして首を横に振るばかりだ。いつもと少し様子がちがったのは二階の禿が下に降りてきて賑やかに騒いだくらいのものだといって、だれに訊いても一向にらちはあかなかった

その晩はさすがによく眠れず、夜中に何度か目が覚めた。厠に行ってもどってきたとき、畳の上で何かがちくりと蹠《あし》を刺して痛かった。有明行灯《ありあけあんどん》を近づけてよく見たら、そこに少し血が滲んでいた。きょうは本当にろくなことがないと腹が立ってますます寝られなくなり、闇の中でふとんをかぶってじっとしてると、遠くになんだか奇妙な物音が聞こえて不気味な感じがしたのを憶えてる。

葛城が見た男の人相は近くの番屋や大門口の番所にも届け出たものの、翌日になっても賊の手がかりは皆目《かいもく》得られず、わしはもうすっかりあきらめの境地だった。次の日もまた眠りが浅くて、朝早くに縁側へ出たら、前栽のうしろに陽があたって、そこの地面が妙にきらきら光って見えるじゃないか。思わず庭に降り立って足を伸ばし、そこに腰を下ろしてじっくり見てると、きらきら光るものの正体がしだいにはっきりしてきた。それは粉々に砕いてごま粒ほどにした陶器の破片、つまりは景徳鎮のなれの果てだったんだよ。

さあ、そうなるとがぜん怪しいのは葛城だ。わしは庭で立ったまま当人を呼んで、箒《ほうき》とちりとりを持ってここにおいでと、精いっぱい落ち着いた声でいったものだ。あの妓は素直にやってきて、何喰わぬ顔つきで、いわれた通り粉々の破片を掃き集めた。わしはあの妓の顔をじいっと見すえて「こりゃ、なんだい」と、さすがにこんどは厳しい口調になった。するとあの妓はぱっち

りした目でこちらを見あげて「なんでござんしょう。わちきゃさっぱりわかりいせん」と流暢《りゅうちょう》な廓言葉を使ってにっこりと笑った。わしは一瞬、自分がとんでもない邪推をしてるのかと思ったくらいだ。まったく、いけしゃあしゃあを絵に描《か》いたとはあのことで、今想いだしても腹腸《はらわた》が煮えくり返るよ。

あの妓は禿の中では年かさのほうだったから、小さい禿の面倒をよく見ていたようだ。想うにその日はわしや番頭がいなかったもんで、ふだん二階にいる禿が下に降りてきて一緒に騒いでたんだろう。そのうちだれかが床の間の壺を倒して割っちまった。葛城はそれをもみ消したんだ。割れた壺をひそかに自分の隠れ場所に持っていって、だれにも気づかれずにそっと始末したんだろうよ。

叱られるのが嫌で子どもが嘘をつくのはちっともおかしくない。ただわしが驚いたのは、あの妓が目を逸らさずに堂々と嘘をついたことだ。それればかりじゃない。あの妓が真夜中に独りで壺を粉々に砕いてる様子を目に浮かべたら、背すじがぞくっとした。そこにはとても子どものしわざでは片づけられぬ、恐ろしい執念のようなものが感じられた。わしはとうとうあの妓を叱らなかった……いや、叱れなかったというほうが正しいのかもしれない。

そんな嘘つきと知りながら、なぜわしがあの妓を呼出しの花魁に仕立てたのかと訊くのかい。アハハ、お前さんはなんだか妙なところで物わかりが悪いお人だねえ。ようござんすか、昔から卵の四角と女郎の誠は無いものだといって、花魁は男をうまくだますのが商売。わしはあの妓が稀代《きたい》の嘘つきだと知ったればこそ、呼出しにしたんじゃないか。あれだけの大嘘つきなら、かならずや廓で全盛を張る花魁になるとにらんだのさ。

えっ？　わしはあの妓に惚れてたんじゃないかって……ああ、そりゃ惚れてましたよ。惚れなくってどうするものか。商人《あきんど》は売り物に惚れてこそいい商いができるんだよ。が、売り物に手を出すのはむろん御法度だ。なかには抱え女郎に手を出す楼主もいると聞くが、わしにかぎって左様な恥知らずな真似をするわけがない。

わしはこの家に生まれて赤子のうちから白粉《おしろい》と紅《べに》脂の匂いをたっぷり嗅いで育ったもんで、色気づく年ごろにはもう飽き飽きしちまって、女郎を見ても別に萌《きざ》すということはなかったんだよ。女房を持てといわれても気乗りがしなかったしねえ。アハハ、お前さん、もうこれだけ打ち明けて話したんだから、そんなに遠慮をせずに、もっとそばへ寄んなさいよ。行灯の明かりは薄暗いから、お互いにしっかりと目を見て話そうじゃないか。

女郎を見ても萌さない代わりにねえ、フフフ、お前さんのような好い男を見ると、なんだか腰のあたりがぐっと重たくなるような気がしてねえ。おや、どうしたい。アハハ、ちょいと手を握ったくらいで、そんなにあわてたりして。フフフ、何も逃げ腰になることたァないだろ。

舞鶴屋床廻し　定七の弁

おっと、お客人、こちらへどうぞ。へへへ、逸《はや》るお気持ちはわかりやすが、そう慌てちゃいけませんせん。そっちへ行くと遠まわりになっちまいます。はあ？　ここをぐるっとひとまわりしてみたい……へえ、左様ならどうぞおひとりでご随意に、といいたいとこだが、似たような部屋が並んでおりますからお間違えになりやすと他のお客の……おっと、こりゃ過分のお心づけを忝《かつちけ》ねえ。へへへ、では、ありがたく頂戴してご案内を続けましょう。

へえ、仰言る通り、ここいらの座敷はまだ騒いでおりますが、なあに、ご心配はいりやせん。あと小半刻もすりゃ、「お引けェー」ってんでどこもかしこもしんとなります。俺はうるさいと気が散って……へへ、できねえなんて仰言るお方があるが、お客人もきっとその口でござんしょう。ただ小半刻もかけてひとまわりなんてのはいけやせんぜ。お客人をこうして外にお連れ申すあいだに、部屋では蒲団を敷いて、花魁は化粧をし直して、お客人がおもどりになると姿をあらわすてェ寸法なんで。こっちがあんまり道草を喰って花魁に待ちぼうけを喰わせると、あとでわっちが叱られちまいます。

はい、仰せの通り、こっちは花魁あっての商売で、何かと気を使います。花魁のご機嫌を損じるようじゃ床廻《とこまわ》しはつとまりません。はあ？　この稼業に入って何年になるか……さあ、かれこれ十年……いや十五年近くにもなりましょうかねえ。へへへ、年季が長い分、顔も長いと悪口をいうやつもいるくらいでして。馬面《うまづら》の定七《さだしち》といやァ舞鶴屋《ここ》の床廻し一番の古株で通っておりやす。はばかりながら馴染みのお客人や花魁に呼ばれたら、ヒヒーンと勢いよく駆けつけますんで皆様から調法にされておりやす。お客人もひとつ今後ともごひいきにしてやっておくんなさい。

おや、こいつァありがてえ、また頂戴をしますんで。旦那はまあ、へへ、こう申しちゃなんだがお若いのによく気が通ってられますするなあ。いやもう江戸っ子は気前がいいのが何よりで……はあ？　それをやる代わり、ここで何か面白い話を聞かせろ……そんな、あなた、悠長ことをしてる場合じゃございませんぜ。肝腎の花魁に逃げられたらどうなさいます。えっ？　花魁に会うのも大切《だいじ》だが、お前の話をぜひ聞いてみたいって……。

ああ、読めました。いえね、旦那ばかりじゃない。へへへ、あるんですよ、ときどき。女郎買いに不馴れで、いざとなるとどうも照れくさいと仰言る方が。ことに舞鶴屋《ここ》はそこらの小見世とちがってきちんと段取りを踏んで手間暇をかけますもんで、余計に照れくさくなられるようで……はあ？　ちがう……じゃァなんですかい、この期《ご》に及んで敵娼が気に入らないとでも……いや、そうでもないって。ああ、なら、こっちもひと安心だ。あの浦里さんは容姿《きりよう》もいいし、なんといっても気持ちがやさしいおひとだから、旦那もきっといい妓に当たったとお思いのはずで。

へえ、たしかに、廓には初心《うぶ》なお客人をつかまえてひどい目に遭わす喰わせ者の女郎がいるという話もござんすが、うちの見世にかぎり、けっして左様な真似はいたしませんから、どうぞご安心を。

ただし旦那のようなお方は、へへへ、お覚悟なさいましよ。花魁もそこは女だから、若くて外見《そっぽ》のいい男を見たら放っときゃァいたしません。ふられて帰る果報者、なんて文句もあるくらいで。もてるお方はそれなりの苦労がつきもの。一度馴染んだが最後、ちょっと顔を出さないと「ぬしが来なんせんは憎うざんす」てなわけで、腕といわず、腿《もも》といわず、めったやたらと抓《つね》られて、ありゃ傍で見てると痛そうだが、そこをぐっと辛抱なさいまし。抓った痕が江戸紫の痣《あざ》になり、かの助六も同然に女にもてた証だといって仲間内で自慢になりやすぜ。

はあ？　きっと水茎の跡もうるわしい恋文もよこすだろうって。ハハハ、こりゃようご存じだ。左様。封じ目に「通ふ神」と書いた手紙《ふみ》が三日にあげず、いや、時には日に何通も舞い込みます。こう見たところ旦那はお独り身のようだが、女房持ちのお方は大変でござんすよ。わっちはよく上書きを頼まれますが、上書きは男の筆跡《て》でも、封を切ればあきらかに女が書いたとわかる艶書《つやぶみ》が出て参りますから、うっかり女房の目にでも触れたら一大事。手紙が来るのを止めるために、嫌でもここに足を運ばないわけにはいかなくなる。「明日から桜が咲きんす。散りんせんうちにどうぞお越しを」てな文句にはじまり、「春の芽ぐみと共に、ちと苦労の種も芽生えそうな兆しあれど、委細はお目もじの上」なんて理由《わけ》ありふうに締めくくってあると、へへへ、どうにも気になってしょうがねえ、てなことになります。

なにせここに勤めてわっちが初手に驚いたのは、花魁が暇さえあれば筆を取ってなさることでして。吉原《ここ》にはその花魁の手紙を先方に届ける文屋《ふみや》なんてェ商売もあるくらいで。わっちらは昼間この二階をぐるっとひとまわりして、まだ生乾きで墨がてらてらしてる手紙をかき集めて文屋に渡すんでさあ。へへ、若い時分には、そいつをちょいと盗み読んだりもいたしました。なぜこんとこ顔を見せないのか、約束の日にどうして来てくれなかったのか、あの朝はなんだか不機嫌そうに帰ってしまってそれっきりだが、何が気にさわったのだとか、いやはやもう、恨みつらみの尻尾に未練がたっぷりくっついた手紙ばかりで。へへへ、旦那のとこにもそのうちどっさり舞い込んで、貼雑《はりま》ぜの屛風《びょうぶ》が拵《こさ》えられるようになりますよ。

ああ、はい、仰言る通り、花魁は手紙でご無心もなさいます……はい、その通り、紋日に仕舞いをつけてくれとか、衣裳を新調してくれとか……しかしまあ旦那はまだ馴染みにもならないうちに左様なご心配まで。

えっ？　ナニ、花魁は男をだます商売だ。女郎の誠と四角い卵は無いもんで、さんざん貢がせて身ぐるみ剝《は》ぐ気だろうって……あなた、そりゃあんまりだ。花魁が欲のかたまりで金をむしり取るように仰言るのは酷だ。そこまでいわれたら、こっちも黙っちゃァいられねえ。いや、こりゃ何も商い口じゃねえ、本音で話すことだから、まずひと通り聞いてやっておくんなさい。

わっちはこの稼業で長年飯を喰ってきたが、さほどに欲深な女郎にゃ一度もお目にかかった例《ためし》が無《ね》えんでさあ。花魁が無心をなさるのは大方よんどころのない理由《わけ》があってのこってすぜ。

いいですかい、旦那。花魁が見世から頂戴してるのは朝夕のおまんまと、行灯の油だけ。部屋の調度はもとより畳の表替え、障子や襖の張り替え、蠟燭代や火鉢の炭代に至るまでこれすべて自らの稼ぎでまかなっておりやす。紙、煙草、むろん髪の油に紅《べに》白粉《おしろい》はけちられず、毎月同じ衣裳も着てられないし、櫛笄の髪飾りは値の張る鼈甲ばかりだ。遣手の婆さんやわっちらばかりか、引手茶屋や船宿の若い衆にも心づけは欠かせないと来てる。禿がいれば子持ちも同然で、一本立ちの女郎に仕立てるまでの費用《かかり》は半端なもんじゃねえ。それでもって慶弔取り混ぜての物入りがまた馬鹿にならない。花魁は皆いくら稼ぎがあっても年がら年中ぴいぴいしておりやす。ちょっと病気をしたり、親元から催促されたらたちまち借金が嵩んで……おっと、いけねえ。わっちとしたことが、つい調子に乗っちまった。

いやはや、とんだ興ざめなことを申してご無礼つかまつりましたが、まあ左様なわけで、花魁をそう悪く思わないでやってくださいましな。旦那も独り身なら、ようし、ここはひとつ恋女房を養ってやろうというくらいの肚でいておくんなさい。無理は禁物だが、けちけちしてたら廓の遊びはつまらなくなりやすぜ。

はあ？　えらく花魁の肩を持つじゃないかって……そりゃ同じ釜の飯を喰ってりゃ、おのずと情が移ろうってもんですが、床廻しは花魁とお客人のあいだを取り持つお役目で、別にどっちの肩を持って得をするなんてこたァござんせんよ。

えっ、ナニ？　怖い話を聞かされた。桔梗屋の内儀《おかみ》から……そりゃ一体どういうお話で？……ああ、それはたぶん伊勢屋の若旦那のこった。あの内儀もたいがいおしゃべりが過ぎるが、またどうしてそんな話を……いや、ちょいと待っておくんなさいよ。旦那をここにお連れ申した引手茶屋はたしか桔梗屋じゃなかったはずだ。それなのになぜ……ああ、なるほど、前に桔梗屋でお仲間の寄り合いがあったときにその話が出たんですかい。

ならばここでちゃんとした話をお聞かせして、花魁の申し開きをいたさねばなりますまい。何を隠そう、伊勢屋の若旦那を初会から取り持ったのはこの私で、一部始終をそばで見ておりやした。経緯《ゆくたて》をわっちが事細かにお話しして、花魁の身の潔白を立てようじゃありませんか。

伊勢屋、稲荷に犬の糞てなもんで、江戸に伊勢屋はごまんとあるが、日本橋の呉服屋で五本の指にも入ろうかという大店の若旦那、栄三郎様が初めてうちにお越しになったのは、もうかれこれ三年も前のことになりやしょうか。草双紙の絵に見るような切れ長の眼をした二枚目で、月額《さかやき》に青黛《せいたい》をべったり塗った伊達男でございました。男にしては色白で、顔がぽおっと赤らんだから、すぐに一目惚れなすったのが知れやした。

その敵娼は当時全盛の……ああ、そう、よくご存知で。それも桔梗屋の？　いや、ちがう。当てずっぽうで口にしたと仰せで。ああ、舞鶴屋といえばその名が出るのは当たり前でしょうなあ。なにせあの騒動で、葛城さんの名はいやが上にも広まったというわけでして。

葛城さんは当時まだ突出しから二年目で、早くも全盛の誉れが高《たこ》うございました。歳はたしか伊勢屋の若旦那のほうがひとつかふたつ上だったと思うが、へへへ、どこからどう見てもしっかりした姉《あね》さんと、甘えん坊の弟といった風情で。

朝になると茶屋の若い衆が客人を迎えに来て、きぬぎぬの別れで花魁が「まだ帰しんせん」とか、「次はいつ来てくれなます」とか「もう来ない気じゃありいせんか」などと袖を引いてからむのを、たいていの客人は軽くあしらって足早にここを出られるのがお定まり。ところが葛城さんと伊勢屋の若旦那は、ハハハ、まるっきりあべこべでした。

花魁の部屋の真ん中には、ぴかぴか光る真鍮《しんちゅう》の獅子《し》嚙《がみ》火鉢が置いてあって、若旦那が文字通りそれにしがみついたかっこうで、火箸の先で炭いじりをなすってた様子が目に浮かびやす。花魁はまるでだだっ子をあやすような調子でお帰りを願うといった塩梅で。

口舌といって、花魁は時にわざと痴話喧嘩をしかけるもんですが、若旦那はこれに本気で腹を立てなさるもんで、花魁が笑ってなだめたりして、つまりはまあ、ガキを相手にしてるようなもんでさあ。

葛城さんには当時いいお馴染みがたくさんおいでだったが、若旦那はただの馴染みじゃ飽きたらなかった。どうしても自分がイの一番の「いいひと」になりたいってことを、あるとき正直にわっちに打ち明けられまして。目を見りゃ真剣だから、なんとかして差しあげたいのは山々だけれど、そいつはとても無理だろうという気がしたもんでさあ。

当時イの一番のお馴染みは平様《ひら》と呼ばれる蔵前のお大尽で、田之倉屋平十郎《たのくらやへいじゅうろう》様と申せば札差《ふださし》きってての大金持ちだから、きっと旦那もその名に聞き覚えがござんしょう。ただ金持ちってェばかりじゃねえ。なにせ札差はお武家と渡り合う商売だけに、性根がすわって、剣術《やっとう》の腕も立てば、書画音曲の嗜みも風流なお大名もそこのけだったりいたします。おまけに色の浅黒い、きりっとひきしまった男前で、廓におひとりでおいでのときは、着流しに鮫鞘《さめざや》の長脇差を手挟《たばさ》んだ助六顔負けの粋なお姿。あのお方にだけは、花魁のほうも本惚《ほんぼ》れだったのではないかと、わっちはにらんでおりやすよ。

仕舞いをつけるというのはご承知の通り花魁を一日丸買いにいたしますが、十五夜の紋日には惣仕舞いと称して、全盛を張る花魁の馴染みが見世を丸ごと買い切ったりもいたしやす。それがいかに物入りかは大方が察しがつきましょう。ただし惣仕舞いができれば廓中にふたりの浮き名が轟いて、当分はだれも手出しができねえって寸法で。

わが身ひとりの仕舞いすらつきかねる花魁も多いなかで、葛城さんには惣仕舞いをつけようとするお馴染みが何人もいたと申せば、全盛のほどが知れましょう。もっとも最後は平様にすんなり決まると思いのほか、伊勢屋の若旦那がどうしても手を引かなかった。で、おふたりが競うかたちになりました。

旦那、ソレ、この欄干から下を覗いてご覧なさいまし。庭がけっこう広うござんしょう。中ほどに池が見えますが、十五夜の晩にはあの池を倍の大きさに広げて舟を浮かべたんでさあ。池のまわりは薄と萩で埋め尽くして、実にみごとな景色だったが、造作の費用《かかり》たるや相当なもんでして。

舟に乗る客人と花魁を唐土《もろこし》の玄宗皇帝と楊貴妃に見立てるつもりで、当夜は見世中の女郎と若い衆が唐人の恰好《かっこ》をするってんで、二丁町《にちょうまち》の芝居小屋から衣裳を借りてこなくちゃならねえは、琴や胡弓の鳴物《なりもの》は検校《けんぎょう》だか勾当《こうとう》だかにお出まし願ったりとまあ、そりゃとてつもなく物入りな趣向となりやした。もちろんこうした趣向は客人にすべてツケがまわりやす。ふたりが張り合ってあとに退《ひ》かないのを見越して、楼主がここぞとばかりに仕込んだってわけですよ。

まともに勝負をすれば、伊勢屋の若旦那に勝ち目がないのは知れてある。なにせ片や己れの金を何に使おうがだれに遠慮もない一家のあるじだし、片や己れで稼いだ金はまだ一銭もないという部屋住みのご身分。葛城さんは若旦那に「けっして無理はしなんすな」と何度か諫《と》めたのを、わっちはこの耳でちゃんと聞いておりやす。だが耳を貸すような若旦那じゃなかった。花魁がついに「もう止めはしんせん。どうぞご存分にしなまして」といったから、若旦那はがぜん勢いづいちまった。

本当のところ、わっちはそれまで、へへへ、ご免なすって、こういっちゃなんだが、腹の底では若旦那のことを、親のおかげで浮き世の苦労をしなくて済む生《なま》っ白《ちろ》い青二才《あおにせえ》だとばかり思って、そう肩を持つ気にはなれなかった。ところがここに来て急になんだか可哀想になっちまったんですよ。

若旦那がどんなに張り合ってみても、あの平様が相手がじゃ所詮は子どもと大人の喧嘩だ。まずまともな勝負にゃならねえ。やっきになって背伸びする若旦那の姿がだんだん哀れに見えてきて、十五夜のひと晩だけでもなんとか勝たせてやりたいと……葛城さんも、おそらく似たような気持ちだったんじゃござんせんかねえ。

つまるところ花魁があいだに立って何かいったのか、あるいはご当人が分別《ふんべつ》を働かせなすったのかは知らず、平様は途中であっさり手を引きなすったんですよ。

若旦那はもうすっかり有頂天で、あの晩はめでたく花魁と一緒に唐人の衣裳で舟に乗り込んだというわけで。池のまわりには見世の者が、それこそ料理番から針女《おはり》の端々に至るまで一同顔をそろえてやんやの喝采でした。舟の舳先で焚いた篝火《かがりび》が勢いよくパチパチと燃えて、若旦那の顔が真っ赤に輝いて見えたのを想いだしやす。

歌や管弦《かげん》がひとしきりあって、若旦那は芝居の所作《しょさ》めいたことを済ませると、舟の上から紙花をぱあっと散らしなすった。皆がわれがちに池へ飛び込んで、そこら中に水しぶきがあがっておりやした。なにせその紙をあとで帳場に持っていけば一分の金に換えてくれるってんだから、そりゃ目の色を変えてずぶ濡れになりやす。わっちは遠くから様子を眺めて、あんなふうな遣い方ができるのは、やっぱり自分が汗水たらして稼いだ金じゃねえからだろうなあなんて、ぼんやり思ってました。

えっ？　お前は水に飛び込まなかったのかって……へへへ、わっちは若旦那が舟に乗られる前に唐人の扮装《みごしらえ》をお手伝いして、先にしっかり四枚も頂戴しておりやす。それが帳場で一両の金に化けたってわけでさあ。懐紙ひと束は四十八枚、つまりはひと束で十二両もの金に替わる勘定だが、若旦那があの一夜でお使いになった懐紙はひと束どころじゃなかったはずですよ。

片見月は縁起が悪いといって、十五夜に惣仕舞いをつければ、九月の十三夜にもまたつけなくちゃならねえ。それを併せた勘定書が伊勢屋に届いたのは十月の晦日《みそか》だ。

若旦那はお気の毒に、いやまあ、こりゃ当然の成りゆきでござんすが、お定まりのご勘当と相成りやした。きっと旦那も親御から勘当するぞと脅された覚えがいっぺんくらいはござんしょうが、本当にされたら奉行所で帳付けをされて、親類一統や近所中にも回状がまわり、だれも相手にしてくれなくなりやす。江戸にいたんじゃその日のおまんまも喰いあげってんで、落ち行く先はこれもたいがいお定まりで。

伊勢屋の若旦那はまたぞろ舟に乗んなすったが、こんどは暢気に唐人の衣裳なんかじゃねえ、振分け荷物を肩にかついで編笠を深くかぶった道中着でござんす。舟も小さな池ではなく、一度は広い海に出て、州崎まわりで江戸川を遡り、関宿《せきやど》から利根川を下って、たどり着いた先は下総《しもうさ》のとっぱずれにある銚子の湊だ。

向こうでは鰯の網引きと醬油造りに人手が要って、流れ者《もん》でもわりあい気安く身柄を引き受けてくれるといいやす。潮風にさらされて網を引くにしろ、麴室《こうじむろ》で汗だくになって桶を担ぐにしろ、箸より重いもんは持ったことのねえ若旦那にとっちゃ佐渡へ島流しも同然の艱難辛苦《かんなんしんく》にちげえねえと存じやした。

若旦那が親御から七生までの勘当をいい渡されたという話を聞いたときに、わっちらはえらくうろたえました。ところが当の花魁はちっともあわてず騒がずで……といえば冷酷無慈悲なようにも聞こえましょうが、けっしてそうではございませんで。花魁はそのときただ静かにひと言、

「栄三《えいざ》さんはたしかひとり息子でありんしたなあ」といったんですよ。

いくら勘当をいいわたしても、ひとり息子なら向こうで一年なり二年なり辛抱させてから、きっと親御が赦免舟《しやめんぶね》を出すだろうと見抜いたんでしょう。あの花魁のこったから、へへ、ちったァ良い薬になると思ったのかもしれねえ。とはいえ若旦那を見捨てるような薄情な真似はしなかった。月に一度はかならず見舞いの手紙を書き、四季の変わり目には着物を仕立てて向こうに届けさせておりやした。案のじょう、若旦那は一年ぶりに無事な姿をあらわして、見世の者一同ほっと安堵いたした次第で。

桔梗屋の内儀が久々にここへ若旦那をお連れ申したときは、一瞬だれだかわからなかった。日に灼《や》けて顔がひきしまって見えたということもあるだろうし、首まわりが少し太くなったような気もしました。といってそんなにがらっと変わったわけじゃねえ。二枚目の面影は相変わらずで、こっちが案じたほどにお窶《やつ》れでもなかった。

聞けば銚子では大きな醤油屋に居候をして、寒仕込みのときにちょっとした手伝いを買って出たが、大方は磯釣りなんぞを楽しんでおいでだったとか。なにせ魚は活きがよくて美味《うま》いし、人情に厚い土地柄だそうで、若旦那はすっかり水に合ったらしく、江戸に帰るのが嫌だったと仰言

ったのには驚きました。

その日は惣花で見世中の者にご祝儀が出て、引け四ツまで呑めや歌えのドンチャン騒ぎになりましたが、若旦那は格別にはしゃぎもしなければ白けた様子もなく、一同の騒ぎをよそに花魁と和《なご》やかに差しつ差されつしておいでで。こんなことを申すのは口幅《くちはば》ったいが、わずか一年のあいだで見ちがえるほど大人になられたようでした。

かくして以前はしっかりもんの姉さんと甘えんぼの弟にしか見えなかったおふたりも、ぐんと釣り合いがよくなって、傍目《はため》には以前に増して仲が良さそうだったから、こりゃひょっとすると身請けまでいくかと思えました。が、葛城さんには平様を筆頭にほかにもいろいろとお馴染みがあるし、伊勢屋の若旦那はまだ部屋住みだから、とてもすぐに身請けというわけにはいかなかったようで。そうこうするうち、まさかあんな騒ぎが起ころうとは……えっ？　いえいえ、わっちは騒ぎについては何も存じませんで。身近にいながらちっとも気がつかなくて、いや、人ってェのはつくづくわからねえもんですねえ。

葛城さんは伊勢屋の若旦那と結ばれたらきっとお幸せになれたんじゃねえか、わっちゃ今でもふと、そんなふうに思ったりします。花魁から見たら、そりゃ頼りない男かもしれないが、組み合わせとしてはけっして悪くなかった。若旦那の前だと花魁はご自分をあまり抑えず、いいたいことをはっきりいって、のびのび振る舞ってるように窺えました。なにせ若旦那は育ちがよくって気散じで、ちょいと頼りないところが可愛らしくて、そこが花魁をほっとさせたんでしょう。

しっかりもんの女は結句ああした方と一緒になったほうが、むしろ余計な気苦労はせずに済むのかもしれません。

へえ、左様で。仰言る通り、こういう稼業をしてますと、どうしたって男女の仲をあれこれと考えちまいます。それこそ岡目《おかめ》八目《はちもく》ってェやつで、この客人は花魁のだれそれと相性がいいにちがいないとか、今はだれそれと仲良くして見えるが、追っつけ駄目になりそうだとか、あの手の客人とは早く切れたほうが身のためだとか、逆にあの客人を手放したのは実に惜しいとか。アハハハ、わっちらは日ごろ陰で勝手なことをほざいておりやす。

花魁のそばには常に新造や遣手がいて、直に気持ちを聞かされたりもしてるのに、客人との仲がどうなるかを当てるのは存外わっちらのほうが上でして。男だからこそかえって見抜けることもあるんでしょうよ。

ですから旦那、旦那は浦里花魁をきっと気に入るにちげえねえ、でもって花魁も相惚れは疑いなしだと、わっちゃにらんでおります。さあ、もうそろそろ部屋にもどりませんと、その花魁がきついおかんむりで。

幇間　桜川阿善の弁

おやっ、お客様、おひとりでしたか。お連れ様は厠にでも？　えっ、もともとおひとりだと仰言る。へええ、こりゃまたおめずらしいこって。私をお名指しだったんで、てっきりどなたかご存知のお方がご一緒だとばっかり。いや、ともかくも初めましてのご挨拶を申しあげます。

たいした芸もできませんが、どこでもすっ飛んで参りますんで、どうぞ可愛がってくださいまし。お月様のようにまん丸な顔に糸を引いたようなお目めで、いかにもめでたそうだから、祝いの席にはもってこいだという評判を頂戴しております。桜川善孝《ぜんこう》一門の阿善《あぜん》を今後とも何とぞごひいきのほどを。

それにしても旦那はお若いのに吉原《なか》にひとりで来られて、私のようなもんをお召《め》しになるとはなんとも粋でござりまするなあ。さぞかし廓馴《さとな》れたお方とお見受け……いや、そうじゃない。幇《たいこ》間を召《もち》ぶ《よ》のはなにぶん初めてで、不馴れだが勘弁してくれだなんて、あなた、何も頭をお下げにならなくとも……やっ、そんな、私に杯を取らせて、酒までお注ぎくださる。いやいや、左様なお気遣いはご無用になされませ。へい、気を遣うのは私らの商売でして。

しかしまあ、こうして男同士が差し向かいってェのも気がきかねえ話でござんすが、これもちょっとの間のご辛抱で。今にここへきれいな花魁が駆けつけまして……えっ？　なんですって、花魁はあらわれない。今宵この茶屋に召んだのはお前だけだって……ああ、こいつァどうも、たまげましたねえ。

おひとりで来て、しかも肝腎の花魁とは会わずに幇間《ほうかん》だけをお召しになるとは、なんとも粋を通り越して、どう申しあげてよいやらで……（おいおい、変わりもんだよ、このお客は。祝儀《おはな》のほうは大丈夫なんだろうねえ）。いやいや、こりゃこっちの話でして。へへへ、私はいつも坊善《ぼうぜん》という相方と組んでお座敷をつとめておりますから、その癖でつい相方と話すような独り言が出ちまいます。

ああ、こんなことならその坊善の野郎を一緒に連れくるんでしたねえ。あいつに三味線を弾かせて私が歌うなり、踊るなりすりゃ、もうちっと座がはずんで賑やかに……えっ？　ああ、はい、左様で。私らは太鼓や鼓はもちろんのこと笛や三味線もひと通りは。長唄、小唄に一中《いっちゅう》、河東《かとう》、義太夫の一節《ひとふし》くらいはへたでも唸ってみせますんで、どうぞお笑いぐさに聞いてやって……ええっ、ずいぶん芸達者だなあだなんて、ハハハ、こちらがお賞めにあずかっては困ります。賞めるのは私らの商売でして、お株を奪われちゃかないません……やっ、またそちらからお酌を。はあ、どうも忝《かたじけな》いこって……（こりゃ勝手がちがって調子がくるっちまうよ）。いやいや、こっちの話で（ああ、うっかり独り言もいえやしない）。

さて、せっかくお招きにあずかったんだから、なんぞ芸をお見せいたしませんと。さしあたり何がよろしうござんしょう。今から楽器《なりもの》を持ってきてパッと賑やかにするといっても……おひとりじゃねえ……おお、そこにある衝立《ついたて》を使って芝居をするのも……おひとりじゃねえ……あっ、そうだ。芝居といえば、かぶき役者でだれかごひいきの方があれば仰言ってくださいまし。「江戸紫の鉢巻に髪は生締《なまじめ》、ソレ、刷毛先《はけさき》のあいだから覗いてみろ。安房上総《あわかずさ》が浮き絵のように見えるわー」なんて。こりゃご存じ市川団十郎の助六でして。お次は松本幸四郎《こうらいや》の薩摩源五兵衛《げんごべえ》で「いかにも鬼じゃ。身どもを鬼には、おのれらふたりが致したぞよー」てんで。へへへ、どうです私の声色《こわいろ》は？……はあ、芝居はあんまり見ないから似てるかどうかわからない。へえ、左様で……（なんだってんだい、このお客は。何しにここへ来てんだか。ええ、こうなりゃせいぜいおだてるしか手がねえや）。

いや、若旦那はえらい。芝居を見にいく暇もないほど商売に打ち込んでらしたが、商いには人づきあいも大切だから、吉原にでもいってちょいと遊び方を習ってくるがいいとかなんとか、親父様にいわれなすった口ですね。だから吉原《ここ》に来ながら花魁とも遊ばずに、私をお召しになった。いやもう頭が下がります。親御の脛《すね》をガリガリ齧って身代《しんだい》を喰いつぶしにかかる道楽《どら》息子のお歴々に、あなた様の爪の垢を煎じて呑ませたいくらいのもんで。

さぞかしお家の躾が厳しかったんでしょうなあ。ご商売がら、金はうなるほどあっても、身持ちは派手にしないというご家訓があったとか。ご家業は両替屋？……はずれましたか。数が多いところで呉服店《だな》？　また、はずれた。米屋？　薬種屋？　材木屋？　いやもう、これでは江戸中の商売を片っ端からあげなくちゃなりません。何とぞ若旦那の口から仰言ってくださいまし。えっ、嫌だ、教えられねえって、そんな、あなた。

えっ？　ああ、はい、こっちの話を訊くよりもまず、そっちは話をするのが商売だろうって。そやあ、これは一本とられました。たしかに面白いお話をお聞かせするのも芸のうち。ならばどうぞ笑って聞いてやってくださいまし。昔あるところに……えっ、落し噺の類いは聞きたくない。それよか自分の身の上話をしろ……はあ、そうした稼業なら時には意地悪な客に泣かされることもあるだろうって……（そりゃ、お前さんのこっちゃないか）……いえいえ、こっちの話。

へえ、まあ、たまに酔っぱらって私どもを苛めてくださるお客様もあるにはありますが、それでお客様が日ごろの鬱憤を晴らせるってんなら、こちらも召ばれた甲斐があろうというもんでございます。お客様がパアッと撒かれた紙花を、犬のように口でくわえて取れと仰せになれば、もう鼻の頭がすりむけるほど畳の上を這いずりまわってでも拾い集めてみせます。へへへ、なにせ紙一枚が一分の金に換わりますんで、恥ずかしいなんていっちゃおれませんや。

ああ、はい。そりゃ悔しいときや、腹が立つときだってないと申せば嘘になりますが、そこを辛抱できないようじゃ、この稼業はつとまりません。酔った上での無理無体はどなたにもあることでございます。朝になって、大門口でお見送りをするときに、「昨夜《ゆうべ》はすまなかったなあ」のひと言を頂戴すると、かえって申しわけないような気がするくらいでして。ああ、またお酒を。

どうもさっきから若旦那は少しもお呑みなさらず、私ばっかりが頂戴してるようで気がひけますよ。

はあ、逆さまに好きなお客はいるかって？　そりゃもう沢山おいでになります。あなた様にもこうしてお酌をたまわりまして、へへへ、こんないいお客様はめったにございませんよ。あたしゃ大好きになりそうで……いや、そんなお世辞でなく、本気で惚れたお客様はいるのかって……（また変なことを訊きたがる客だねえ）……ああ、はい、長年この稼業をしておりますと、正直申して苦手なお客様もあれば、本気で惚れたお客様もございます。なかでも平様《ひら》というお大尽……ああ、はい、左様でございます、よくご存じで。たしかに田之倉屋平十郎様と申せば蔵前の札差でも一、二を争うお方だけに、世間に広く名が通っておりましょう。私はあのお方にぞっこん惚れ込んでおります。もっとも男が男に惚れたなどと申すのはおこがましいようで、所詮こちらから見れば雲の上のお人でございますがね。

私がこの稼業を始めて間なしのころ、さっき申した犬の真似を最初にさせたのがこの旦那でした。いえいえ、これはけっして皮肉やあてつけをお聞かせ申すのではございませんで。まあ、その仔細をとっくりとお聞きになってくださいましな。

平様は上背があって恰幅《かっぷく》もよく、遠目で見てもすぐにそれと知れる身の輝きのようなものがございました。色はやや浅黒いほうだが、幸四郎《こうらいや》のように鼻が高く、団十郎《なりたや》ばりの鋭い眼をして、二丁町の役者衆そこのけの立派なお顔立ち。髪の毛はくろぐろしてたっぷりあり過ぎるから、厚ぼったい野暮な髪形《あたま》にならないよう、鬢《びん》を削いでいるとかいった、ホホホ、髪が薄くてお困りの方には腹立たしいようなお話でした。

髪の毛ばかりか何もかもあり余っておいでのお方でして、廓の者はみな平様と気安く呼んでおりますが、その身代たるや二十万両とも三十万両ともいわれて、一年十両そこそこで暮らす私らにはちょっと見当もつかない大金持ちの旦那様でございます。

ご存知の通り幕府《おかみ》は春、夏、冬と一年を三度に分けてお旗本や御家人《ごけにん》衆にお扶持米《ふちまい》を給わり、札差はそれを売りさばいて金に換えて差しあげる商いですが、お武家のほとんどは先々までの扶持米を抵当《かた》に借金をしておいでして。つまりはお武家相手に金貸しをなさる旦那だから、吉原においでの節も並の町人とは身なりが一風ちがっております。着流しで一尺七寸もある長脇差をぼっ込んだ出装《いでたち》で、ハハハ、紫の鉢巻を締めたら芝居の助六そのままといったとこでしょうか。もっとも平様は助六のように喧嘩っ早くはございませんで。我慢と辛抱の二文字がなければ札差稼業はつとまらないと、これは私がお目にかかった最初に教わったことでございます。

平様はときどき札《ふだ》旦那を吉原《ここ》へ案内される。札旦那と申しますのはお扶持米を託されたお武家のことで、フン、裏を返せばしこたま借金をしてる連中ですが、それでも頼まれたら年に一度は廓で接待もしなくちゃならない。なあに、ここだけの話、小普請《こぶしん》で貧乏してる御家人にかぎって、町人と見ればやたらに威張り散らしたり、無理難題をふっかけて刀の柄をひねくりまわすような手合いが多いんですよ。まあ、札差の蔵に取りついた質《たち》の悪い穀象虫《こくぞうむし》とでも申しましょうか。

私が最初に召ばれた座敷はそれでして、まだ幇間になったばかりのころだったから、連中の前で犬の真似をさせられるのが情けなくてたまらなかった……えっ？　幇間になる前はなんだったのかって……フフフ、そりゃ申すも恥ずかしながら、昔は客人として吉原《ここ》に入り浸っておりました。廓遊びの好きが高じて、とうとう稼業にしちまったというのは私ばかりじゃございませんで。ほかにもけっこういるんですよ。ただ同じ廓遊びでも、客でするのと稼ぎでするのとでは雲泥万里の差、地獄極楽のちがいがあったというわけでして。

私が座敷の隅でもじもじ尻込みしておりますと、平様が見つけて「おい、そこの、もっと前に出ろ」と仰せになる。なおもためらっていると、襟髪《えりがみ》を取られ、座敷の真ん中にひきすえられました。ほかの幇間や見世の若い者がすでに拾い集めたあとに、平様はまたパッと紙花を撒き散らし、皆が見ているなかで私ひとりが畳を這いずりまわるかっこうでした。まわりでヤンヤと囃《はや》されて、いや、恥ずかしいのなんのって。そのときはずいぶんと恨めしく思ったもんです。

平様は翌朝さらに私ひとりを呼びつけて、こんこんと諭《さと》されました。幇間になったらなったで、潔くやれ。人はどんな稼ぎをするにもそれなりの辛抱が要る。そう仰言って、指でご自分の額をお示しになる。そこにはもうかなり薄くなってはいたが、傷痕がはっきりと見えました。ご自分が田之倉屋の身代を継いだばかりのころ、借金が相当かさんでいた御家人に無理な用立てを求められて、断ったとたんに刀の鐺《こじり》で面体《めんてい》を叩き割られた傷だとか。その場では腹に据えかねて、相手と刺しちがえようと思ったほどだが、我慢してよかったと今は思う。そういってにっこりと笑われました。

私はもう、平様がご自分の苦労に重ねてこちらを見てらしたことに胸が熱くなりました。それでまた幇間を続ける覚悟ができたというわけでございます。以来、平様にはずっとごひいきにあずかって、吉原においでになると、こっちは何を置いても駆けつけますしだいで。

ああ、いい話を聞いたと仰言ってくださいますか。そんならこっちも話した甲斐があろうというもの。おや、またご酒《しゅ》を頂戴に。こりゃどうも重ね重ね、忝いことで……えっ、ああ、はい。仰言るように、もちろん平様とあの葛城花魁との仲も、私はそばで見てよく存じておりますが、あなた様はまあ、なんでもようご存知で……（ははん、どうやらその話を訊きに来たというわけか）いや、ひところは廓中があの花魁の騒ぎで持ちきりでしたが、本当のところは何がどうなったのやら、だれも詳しいことは存じませんで。はい、私が存じておりますのも平様との仲だけでして。

あの騒ぎが起きる少し前まで、平様と葛城花魁は五丁町でだれひとり知らぬ者はない、他人《ひと》もうらやむいい仲でしたが、馴れそめを知る者は、はばかりながらそう多くはございませんで。されば、私が見たままをひと通り語ってお聞かせ申しましょう。

そもそも平様はさほど女好きではないらしいと、こりゃそばにいて、理屈でなく勘でそう思ったもんです。何軒もの見世で、かならずそこのお職と浮き名を流しておいでだったが、いずれも取り立てて深い馴染みというわけではございませんでした。花魁方も独り占めするのは悪いとでも思うのか、なぜか平様にかぎっては浮気を許していたようなところがございます。それでいて、今宵はうちにおいでになると知れば、朝からそわそわして気が落ち着かなかったとか。

いっぽう葛城さんは突出しから間なしに堂々とお職を張られて、その年明けの初買いにはついに平様が舞鶴屋にご登楼《とうろう》という段取りでした。なにせ平様の初買いは縁起物《えんぎもん》といわれるくらいで、うまくいけば葛城花魁は舞鶴屋でお職を張るどころか、吉原一の稼ぎ頭にだってなれなくはない。平様の露払いをつとめて私が舞鶴屋の暖簾を開けたときは、見世の者のうきうきした気分が手に取るように伝わりました。

平様と葛城さんは初会だから、引付の式もひと通りはしておこうということになったんでしょう。花魁の部屋には例のごとく三ッ足の燭台を二本置いて、台の物がずらっと賑やかに並んだ。女芸者が三味線を弾いて、私は坊善と一緒に獅子頭のかぶり物で石橋《しゃっきょう》を舞い、めでたく舞い納めると、すぐに襖が開いて花魁の立ち姿が見えた。とたんに座敷中がしんとして、見世の若い者が軽い咳払いをしただけで耳障りな気がするくらいで。

裲襠《かけ》は黒の繻子《しゅす》地《じ》に波模様と宝船を金糸銀糸で刺繍《ぬいとり》し、これに蓬萊島《ほうらいじま》の錦帯を取り合わせた実に正月らしい新調の衣裳だったのはよく憶えております。豪的《ごうてき》な衣裳のわりに、着ている花魁はちと浮かない顔つきに見えたが、そのときはさして気にするほどのことでもありませんでした。

平様のほうはたいそうご機嫌の様子で、葛城さんがまだ席に着かないうちに「花魁、さすがにめでたい衣裳じゃのう」と声をかけられた。これは異例とはいえ、平様なら許されることでして、いっぽう葛城さんが何も答えなかったのは初会だから当たり前といえなくもない。だが平様を相手に何もそうしゃっちょこばらないでもよかろう。にっこり微笑うくらいのことをしても罰は当たるまい、と、これは座敷中のだれもが思ったことでして。

　床の間の前に座ってからも葛城さんは仏頂面といっていいくらいの無愛想な顔つきで、平様が何を話しかけられても押し黙ったままでした。並の客人を相手の初会ならそうなくてはかなわないところだが、吉原で名うての平様を相手にして、片や花魁になってまだ日の浅い妓《こ》がそりゃないだろう、と、しだいに皆はらはらしだしました。

　案のじょう型通りの杯事が始まるころには平様の顔色が変わって、花魁が中座をしたら、さっさと席を立たれてしまい、私らはお供をして引き揚げましたが、そのあとの見世は大変だったようで。悪くすると花魁は折檻されかねないところを、帰り際に平様がまた明晩裏を返すと仰言って、事なきを得たようです。

　一体全体こりゃ何事だろうって、私ばっかりじゃない、あの場に居合わせた皆が思っておりました。葛城さんも馬鹿でないなら、勿体ぶる相手かどうかわかりそうなもんでして。月の障りで虫の居所が悪かったというわけでもなし、いまだにあのときの謎は解けませんや。

　えっ？　あなた様は平様が花魁に格別の扱いを望んだほうがおかしいとお思いで。初会であれば、葛城さんの振る舞いもすじが通ってると仰言る。そりゃたしかにごもっともだが、蔵前きっての札差ともなればそこは……えっ、ナニ、かえってそれが悪かったんだろうとはどういう意味で？
はあ、葛城は相手が札差だから嫌ったんだと仰言る。私にはなんのことだかさっぱり……ええっ、葛城はきっと武家の娘だと。だから札差とは敵同士だって……へええ。あなた様はまあ、ずいぶんと穿った見方をなさるもんですなあ……（知ったかぶりで何をいうんだか。ああ、ここまでくると摩訶《まか》不思議な客としかいいようがないよ）……あっ、はい、次の日はどうなったかと申しますと、やっぱり同じようなことの繰り返しでした。葛城さんは吸い付け煙草を差しあげるときもそっぽを向いたなりで、こりゃどうしても平様をふる気にちがいない。まさか平様を袖にするような花魁があらわれるとは思ってもみなかっただけに、見世の連中も私らも皆あっけにとられて、葛城さんをたしなめる者さえあらわれない始末でした。平様はそれでも見世の若い者に裏祝儀をきちんと渡して、はやばやとお引き揚げに。

裏が不首尾なら三会目はなしのはずが、平様はめげずに三日立て続けのご登楼で。そうなるともう見世の者は平様のご機嫌を伺うよりか、花魁のご機嫌をとるほうが先だ。なんとかなだめすかしてうまくお床入りまで持ち込まなくちゃならない。で、もっぱら私らだけが平様のお相手をして、時がたつのを待つ塩梅でした。

その夜は惣花で見世の者一同にご祝儀が出て、花魁はもうあとには退けぬはずで。とうとう部屋に五枚重ねで蒲団が敷かれて、私らが案じながらもそろそろお暇《いとま》をと思った矢先に、平様が「帰るぞ、供をせい」と仰言って一同があっけにとられました。

平様はこれまでの仇を取ったおつもりか、私の顔を見てにやっとお笑いになる。そのまま廊下をすたすた歩いて階段を駆け降りると帳場で脇差を受け取って、すぐに暖簾の外へ出られた。私らはあわててあとを追いかけましたが、見世の者はどうすることもできずにただ手をこまねいて見送るばかり。まあ葛城花魁は今後どう売りだそうが、将来《さき》はなかろう。それも自業自得で仕方がないと思われました。

ところが平様のやり方はちがった。なんと次の日も舞鶴屋にご登楼なさると知って、私どもや茶屋の連中はびっくり仰天したし、見世のほうはもっとうろたえたようで。

花魁もその夜はさすがに気がさしたものか終始伏し目がちで、心なしか姿が小さく見えたもので。片や平様は上機嫌で皆とおしゃべりをなすって、花魁にも屈託なく話しかけられて、器がひとまわりもふたまわりも大きく見えました。これで花魁もさすがに観念するかに思われたが、平様はまたもやあっさり引き揚げて、こんどは花魁のほうがおあずけを喰らったかっこうでした。

さらに次の晩。五夜も立て続けで同じ座敷に同じ顔ぶれがそろうと、皆すっかり打ち解けて、他人のような気がしなくなっております。見世の者はどうしたって花魁の肩を持つし、私らはお客人に味方するんですが、お互いもうそんなことはいっちゃおれません。仲人と親族が束になって男女の見合いに立ち合うようなもんでして。平様が何か冗談を仰言ると、花魁が口もとを押さえただけで、座敷中がほうっとため息をついて互いに目くばせをいたします。ハハハ、当人同士よりも気が張った座敷は後にも先にもなかったといって、しばらくは皆の語りぐさになったもんで。

引け四ッの拍子木が鳴って、平様がさあこれでとばかりに腰をあげかけたとたん、とうとう葛城さんが袖を引いた。「ぬしは意地が悪うおす。今宵はけっして帰しんせん」という声がはっきりと聞こえまして、一座はどっと沸き返りました。

とどのつまりは葛城さんが根負けして折れたというわけですが、平様があそこまで向きになったのは、そりゃ男の意地ってもんでしょう。初会と裏で虚仮《こけ》にされて、このまま黙って引っ込んでられるかというお気持ちですよ。平様ほどのお方がそりゃおとなげないといえなくもないが、やり方が憎いじゃありませんか。で、やっぱり平様はたいしたもんだという評判に。

片や葛城さんも葛城さんで、まだ若い花魁が左様に舐めた真似をしたらただでは済むまいに、あの平様をそこまで本気にさせたのは生意気どころか立派なもんだと、これまたえらい評判になりまして。どんな花魁だか一度見てやろうというのでますます売れて、舞鶴屋は大繁盛でございます。

初会と裏で花魁が冷たくしたのもこういうことを見越して、舞鶴屋が仕組んだんじゃないかとまでいわれまして。平様はそれにまんまと乗せられたのか、ひょっとするとぐるになって葛城の売りだしにひと役買ったんじゃないかなどと、あざとい見方をする連中もおりましたようで。

ともあれどっちもいい勝負だといわれて双方の顔が立ち、以来、平様は月に何度も舞鶴屋に登楼なすって。私もここで大勢の花魁と客人を見ておりますが、馴染みとなってからのおふたりは文字通り傍目もうらやむいい仲におなりでしたから、初会のあれは一体なんだったんだろうって、ハハハ、皆が首をひねっておりました。

ああ、はい、仰言る通り、おふたりは気が合ったんでしょうなあ。えっ？　お互い負けず嫌いのところがよく似てる……なるほど、似たもん同士で気が合ったというわけですか……たしかにそれはいえる。いや、おふたりをご存知ないのに、あなたは実に穿った見方をなさいますなあ。

おっと、またご酒を頂戴。へへへ、けど若旦那、どうもそれだけじゃなさそうなんですよ。いえね、私は平様のお口から直に聞いたんですよ。あの一夜が明けた朝、茶屋の連中とお迎えにあがったとき、平様はこの耳元で、へへへ、「案外よかったぞ」と、ささやかれましてね。にやっとお笑いになるんですよ。ですからね、たしかにお互い気も合ったんでしょうが、きっとあちらのほうの相性も。へへ、じゃなきゃ、とても、ああは。

葛城さんは見かけばっかりじゃねえ、エヘヘヘ、きっと肝腎のあそこもよかったんですよ。えっあそことはなんのことだって？　嫌ですねえ、とぼけちゃって。いい加減にしておくんなさい、あたしゃ怒りますよ、といいたいところだが、気に入った。若旦那はなんだか変わっててご神馬《じんめ》だ。へへ、尾も白《しれ》えや、なんてね。こうなりゃもうなんだって訊いておくんなさいよ。私が知ってることとは洗いざらい話そうじゃありませんか。

馴染みになってからも、おふたりの仲はそうすんなりとまとまったわけじゃない。そりゃいろいろとございました。えっ？　十五夜の紋日に伊勢屋の若旦那と鞘《さやあ》当てをした話……へええ、こいっァ驚いた。あなた、そんなこともご存知なんで。けど、あれはもうおふたりの仲がしっかりできあがったあとのお話で、そこに至るまでの経緯《ゆくたて》が実はけっこう大変だったんですよ。

片や楊貴妃もかくやという傾城傾国《けいせいけいこく》の美女にして吉原全盛の花魁。片や蔵前きっての札差で役者も顔負けの男前。しかも独り身とくれば……ああ、左様。申し遅れましたが、平様こと田之倉屋平十郎様はお内儀を早くに亡くされ、後妻《のちぞい》もお迎えにならず、まあ、それだけに花魁方も放ってはおきませんで。松葉屋の瀬川さん、扇屋の花扇さん、丁字屋には今の唐琴さんの前に長山《ちょうざん》さんという名妓がいて、いずれもそうそうたるお職の面々が皆われこそはと引き合って、平様はいずれもとお馴染みになってられた。並の客人が左様な真似をしたら、皆で寄ってたかって袋だたきにするところなんでしょうが、平様だけはふしぎとそれが許されておりました。むしろ花魁方のあいだでは平様を独り占めしてはならぬという暗黙の取り決めがあったのではないかと思えるほどで、まさに当世の光源氏を取り巻く渦の中に新参の身で飛び込んだ葛城さんは、そりゃ無事で済むわけがありません。

さっそく長山さんの禿がお菓子を添えた付断《つけことわ》りの手紙《ふみ》というものを持参いたしました。これは先口の花魁が手出しをさせないように釘をさす手紙ですが、相手はなにせ平様だから、長山さんは葛城さんを仲間に加えてやるという儀式のつもりだったんでしょう。葛城さんのほうもまた形ばかりの詫び状に酒の肴を添えて送り返したそうです。ここまでは、まあ、無事だった。ところがすぐにまた七草の節句、二月の初午《はつうま》という紋日に平様が立て続けで舞鶴屋へご登楼になったから、起こるべくして禍《わざわい》が降りかかったというわけで。

いやはや女同士の争いは光源氏の昔も今も変わり映えはいたしません。まず道中に嫌がらせがはじまった。大きな野良犬が道をふさいだり、天水桶の上に積みあげた手桶が急にバラバラと崩れ落ちたりといった怖いことが何度かあったそうです。駆けだしの花魁なら取り乱して恥をかくところだが、そこはそれ修業がしっかりしてたらしく、葛城さんは何が起きても慌てず騒がず悠々と外八文字を踏んで道中を滞りなくつとめたとか。まあ、もともと気丈夫な女だったんでしょうなあ。

あるとき葛城さん宛で鶴屋の米饅頭《よねまんじゅう》が見世にどっさり届けられた。当人は贈り主に心あたりがないから手をつけないようにいったらしいが、遣手と番新が捨てるのをもったいないとみて見世の者と分け合って喰ったら、たちまち腹を下したそうです。命には別状なかったといっても、この手の嫌がらせが相次いだらたまったもんじゃない。気が弱い花魁ならそれだけで病の床に臥したでしょうよ。

ただこうなると舞鶴屋のほうも黙っちゃいませんで、仕返しはできないまでも、一丸となって葛城さんの身を守ろうといたします。それでこぞって平様に告げ口をしたらしい。葛城さんが賢かったのは、自分からはひと言も悪口や愚痴をいわなかったとこでしょう。女であの気性はたいしたもんだと、平様はあとで私に仰言いましたよ。

さっきもいいました通り、平様は根が女好きじゃなかった。女はとかく料簡が狭いから何かと意地悪をしたりするもんですが、平様は女のそういうところが大のお嫌いなもんで、おのずとほかの見世には足が遠のいて、舞鶴屋にばかり通われた。ハハハ、要はふたりの仲を取り持ったのは、ほかの花魁方だと申してもいい過ぎじゃァない。

で、春になると、これは案外どなたもご存知ないことだが、吉原中の妓楼がある日一斉に見世を休んで、花魁方を廓の外に連れだして丸一日のんびりと花見をさせてやります。新造や禿もお供にくっついて、吉原中の女が総出で花見をいたしますから、その華やかさ、艶《あで》やかさといったものは申すまでもありますまい。この女のお祭り騒ぎには私らも賑やかしに参りまして、またごくかぎられた客人をお招きしたりもいたします。

花魁の姿はふだん薄暗い行灯か、せいぜいが燭台の明かりで見るばかり。たとえ昼見世があるとはいっても、屋根の下で見るのと、お天道《てんと》様の真下で眺めるのとではおよそちがうのが当たり前。されば招かれるのはお身内も同然というほどのお馴染みでして。むろん宴の席には幔幕をめぐらして、覗き見なんぞされぬよう、見世の若い者がしっかりと見張りをいたします。平様は毎年これにお顔を出されたが、いつもひとっところには腰を据えず、それぞれの花蓆《はなむしろ》に祝儀《おはな》を撒くだけ撒いてさっさとお帰りになります。

花見の場所は年々変わって、その年は橋場から向島に渡り、寺島《てらじま》の一角に幕を張りめぐらしておりました。平様はたぶん御厩河岸《おうまやがし》から隅田川を遡《のぼ》られたんでしょう。例によって到着しだい早々に幕の内をひとまわりされ、舞鶴屋の花蓆でしばし立ち止まられた。

薄暗い見世の中だといずれも同じように美しう見える花魁が、明るい陽射しにさらされるとそれなりのあらが目につきやすい。病いづいたように顔が青白かったり、眼の下に黒い隈があったり、吹き出物やしみが目立つ花魁方の中で、当時まだ飛び抜けて若かった葛城さんは肌の色つやがまるでちがった。素顔に近い薄化粧で整った顔の造作がかえって引き立ち、さらにまたこのときの衣裳が洒落てました。

花見の衣裳は皆が贅《ぜい》を凝らしますが、派手な色遣いはせっかくの桜を台なしにしてしまう。葛城さんは白無垢の縮緬に銀泥《ぎんでい》で光琳風の桜をすっきりと描いた衣裳を着て、これは私が目にした中でまさしく白眉の出来映えでした。平様はそこに目を奪われたように腰をおろして、動こうとはなされず、ハハハ、ついに勝負あったというわけでございます。

ああ、はい、仰言る通り、葛城さんはただ美しいばかりじゃない、実に利口でしっかりした気性の花魁で、平様もそこを大いに買ってらした。えっ？　それがなぜうまくいかなかったのかって……さあ、それは……。

思い返せばふしぎなもんで、葛城さんと平様は本当に相性がよかったんだかどうか疑わしくなります。初会からしてぎくしゃくしたが、馴染みになったあとも、花魁はほかの客人が相手だとそうでもないのに、平様には妙に突っかかった。それがよくある口舌とはひと味ちがってたんですよ。

口舌ってのはそれ、「ぬしはまたどこぞで浮気な真似をしなんしたな。ちと、おたしなみなんし」といって抓ってみたり、「ぬしはわちきを真《ほん》に愛《いと》しう思うてくんなますのか」といって泣いてみせたり、花魁が素人の小娘のような嫉妬《やきもち》をわざと口にいたしますが、葛城さんは平様にその手で痴話喧嘩をしかけることはまずなかった。代わりによく揉めたのが、ハハハ、想いだしてもおかしいが囲碁の勝負だ。

平様はもちろん手合割でなさって、それでも花魁が勝てないのは当たり前なんですがね。ハハハ、そこを本気になって悔しがるのが葛城さんのおかしなところだった。平様は毎度にやにやしながら煙管に火をつけて余裕の一服をなさる。花魁はそれにまた腹を立てて口喧嘩がはじまるってわけでして。そういったとこはなんだか子どもっぽくて、妙に可愛らしい気がしたもんです。

えっ？　ああ、なるほど。葛城さんは平様に心を許して子どものように甘えてたんだと仰言る。そいつもまた穿った見方でござんすねえ。たしかに平様ほどのお方なら、女がどんなに本気でぶつかろうがびくともしない、ぐっとねじ伏せるだけの力がおありだ。葛城さんはそれを見抜いて遠慮なく突っかかったというわけだ。

ただ世間ならそれで通りましょうが、廓だと……いや、ここがちょっとばかり厄介なところですが、廓では何から何まで本気だと辻褄が合わなくなる。廓の色恋はお互い嘘で固めて成り立つもんでして。だって旦那、そうでござんしょ。花魁は妻とはいえど一夜妻、かりにいくら本気で惚れたにしても、男のほうは客のひとりであることに変わりがない。囲碁の勝負に負けて腹を立てるなんてのは、いかにも女らしくて可愛いが、何もかも本気で斟酌《しんしゃく》なしにいわれたら、男のほうはたまったもんじゃない。

さっきあなたがちょっと口にされたあの伊勢屋の若旦那の一件でも、平様はお気の毒だったんですよ。伊勢屋の若旦那は何をとちくるったか、身のほどを顧みず、十五夜の紋日にどうしても自分が仕舞いをつけるといいだしてあとにひかなかった。まさか花魁がそれを相手にするとは思わなかったのに、平様はいつの間にか若造と張り合うはめになって、ありゃ花魁がどうかしてたとしか思えない。

いいですかい、平様がそれまで花魁にいくら貢いでこられたか、縫箔《ぬいはく》のたっぷり入った裲襠《しかけ》やら鼈甲の櫛簪《くしかんざし》はいうに及ばず、積み夜具で披露した三枚蒲団、蒔絵定紋《まきえじょうもん》散らしの重ね箪笥《だんす》、阿蘭陀《オランダ》渡りのギヤマン鏡、高麗《こうらい》茶碗に古筆切《こひつぎれ》の掛軸《かけじく》とまあ、私の知るだけでも数えあげたらきりがない。だがそれだけ貢いでも、十五夜の紋日に仕舞いをつけなければ、一番のお馴染みという証にはならない。だから平様としてもここは断じて譲るわけにはいかなかった。ところが当の花魁がそこに水をさしたんですよ。

「ぬしは勝てる相手に勝ってさほどにうれしうおざんすか。囲碁と同じで、真《ほん》におとなげないことをなさりいす」と決めつけられたときの平様の顔が、あたしゃ今でも忘れられない。

花魁が何人の男を相手にしようが、自分だけはちがうと信じてその証を見せたい。廓の色恋はそこにかかっております。女の口からそれをおとなげないといわれたんじゃ、男の立つ瀬はありませんよ。

以来、ふたりはぎくしゃくしはじめた。いや、ちがう。そうじゃなかった。ぎくしゃくしはじめたころだったから、平様はどうしても譲りたくなかったんだ……。

おっと、またですかい。いけませんよ、あなたはさっきから少しも召しあがらずに、私ばかりがご酒を頂戴しては罰が当たります。アハハ、こりゃなんだか酔いがまわってきた……はあ？ふたりがぎくしゃくしだした因《もと》はなんだって。さあ、その深いところを知るのは吉原広しといえど、えへん、私ばかりかと存じまする。さればとっくりとお聞きなされませ。

ある朝いつものようにお迎えにあがって、大門口でお見送りをしたときに、平様は私の耳もとでぼそっとこう仰言った。「おい、善公、昨夜《ゆんべ》、俺は妙な夢を見た。この年になって子どもができる夢だ」ってね。

さっき申した通り、平様は独り身だった。土台お気の毒な方なんですよ。最初のお子たちが死産で、共にお内儀を亡くされて。うなるほどのお金があって何ひとつ不自由のない暮らしのようでも、ふたを開けてみたら人はわかりませんよ。で、早死にした妻子に義理立てをなすったわけか後妻は迎えずに、年の離れた一番下の弟を養子にして跡継ぎと定められた。ですから子どもができる夢を見たというのは、けっして軽い戯言と聞き流すわけにはいかなかった。本音がぽろりとこぼれたような気がしたもんです。今からでも遅くはない。自分の子どもを作ってその子を跡継ぎにしたいという本音がね。

フフフ、自慢じゃないが、平様はあたしが相手だからつい本音が洩れたんだと思いますよ。なぜといって、あたしゃこれでも昔は若旦那と呼ばれた身で、放蕩のあげく弟に家督を譲って家を飛びだした口でしてね。前に一度そんな身の上話を平様にお聞かせしたことがあったんですよ。今さら心を翻して弟を廃嫡にしたりすれば、どんなに大変な騒動になるか、あたしなら察してくれるだろうと思われたんでしょう。

次にお座敷で会ったときは、いささか酔った勢いで「俺と葛城《あれ》の子ならさぞかし利口な倅か、容貌《きりよう》よしの娘だろうぜ」と仰言った。平様に心を翻させたのはだれあろう、葛城さんだったんですよ。葛城さんはまさに殷《いん》の紂王《ちゆうおう》を誑《たぶら》かした妲己《だつき》も同然。とんだ金毛九尾《きんもうきゆうび》の女狐が田之倉屋の身代を乗っ取ろうとして平様を焚きつけたと、ふつうなら決めつけるとこだろうけど……。

葛城さんが寝物語で平様の耳に毒を吹き込んだということは、まんざらあり得ない話ではなかった。けれど平様の人となりからすれば、女に誑かされて道を誤るとは思えなかった。花魁のほうからもし身請けをねだったりしたら、即座に縁を切ってしまうようなお人だった。幾人《いくたり》もの花魁と浮き名を流しても、女にはどこか冷めたところのある方で、まあ、いちいち本気でのめり込んでいたらとてもあんなふうにはできなかったでしょうなあ。

平様が心変わりしたのは葛城さんが焚きつけたせいじゃない。ご自分の種をどうしてもこの世に残したいという肚になったんだろうと存じます。いい女に自分の種を植えつけて立派な子どもを産ませたい。へへへ、あなた様にはまだわかるまいが、男もだんだん年を取ってあの世が近づいてくると、どうしたってそんな気になる。ただ廓の女を相手にそうした気持ちを起こされたら、まわりはたちまち困ります。平様は葛城さんを身請けはできても、女房にするのはどだい無理な話でした。

ああ、たしかに。仰言る通り、田舎のお大尽や大店の番頭なら身請けして女房にするのもおりましょうが、江戸で指折りの札差のあるじともなれば、天地がひっくり返ってもできない相談ですよ。平様もそこは重々承知の上で、おそらく話の段取りを間違えられたんだろうと、あたしゃにらんでおります。

まず座敷で葛城さんに、酔った勢いか何かで俺の子を産んでくれと仰言ったんじゃないか。花魁がどう思ったかは別として、その場で一緒に聞いた新造や禿どもの口から噂になり、やがて噂が廓中に広まった。そんな気がいたします。いえね、あたしも噂を聞いてびっくりしたんですよ。ふつうならよくあるうれしがらせで立ち消えするんだが、なにせ相手が平様だから面白おかしく尾ひれがついて噂がどんどん広まったという寸法でしょう。で、むろん廓には大勢の客人がおいでだから、めぐりめぐって田之倉屋にまで届いたらしい。

そこから先は大方察しがつきます。田之倉屋では当然ながら、金毛九尾の女狐が旦那に取りついて家を潰しにかかるとみたにちがいない。中でも跡継ぎのご養子は泡を喰って親類一門中に訴えたはずだ。平様にはたしかほかにもうひとりの弟と妹があって、いずれも立派な家に婿入り嫁入りをなさってる。ほかに暖簾分けをした連中やなんかも入れると一門は相当な人数だろうし、皆が寄ってたかって騒ぎたてたら、さすがの平様もお困りになったでしょうよ。

そこでひとまず周囲が納得するような手だてを講じて、矛先をかわそうとなさったんだと存じます。こんど妹の嫁ぎ先を通じて後妻を娶ることにしたというお話を伺ったとき、正直いってそんなにびっくりはしなかった。すぐに続けて「かたちばかりの女房だよ。これで大手を振って葛《あ》城《れ》の根曳きもできそうだ」と仰言いましたんでね。

後妻を迎えたら、妾を置いても文句をつけられずに済む。私から見ればこれ以上うまい捌《さば》きのつけ方はないような気がしますし、平様は心変わりをしたつもりなぞ毛頭なかったはずだ。葛城さんの腹に子どもができたら、跡継ぎにはしてやれないまでも、分家をさせて立派な暮らしが立つよう計らうおつもりだったにちがいない。かたちだけの後妻はお気の毒だが、男はそこまで気をまわしてられないってとこですよ。

ところが女ってのは男の深謀遠慮がとんと読めないもんらしい。平様が後妻を迎えると、葛城さんとのあいだがとたんにぎくしゃくし始めた。平様は私に聞かせたのと同じ文句を並べたはずだ。「かたちばかりの女房だよ。これで大手を振って身請けが」ってね。賢い花魁がそんなふうにいわれたら納得すると思うのがふつうだが、意外にそうはならなかった。

葛城さんを伊勢屋の若旦那にさらわれた十五夜の晩の平様は実に気の毒でしたよ。ほかの花魁も皆すでに仕舞いがつけられて、廓に入ることもならず、仕方なく柳橋の船宿でこの私なんぞと酒を酌み交わしながら、ハハハ、まさしく光源氏と惟光《これみつ》が配所の月眺めるといった風情でして。

しかし源氏とちがって、平様のほうは以来どうしたことか、ふしぎとツキでも落ちたように花魁方の人気がなくなりました。花魁ばかりでなく取り巻きの新造や遣手、茶屋の内儀や女芸者のあいだでも人気があったのは、なくなってからわかったことで、以前は平様が姿をあらわすと廓中が浮き立つような気分に包まれたのが、いつの間にかほかの客人とちっとも変わらなくなってしまった。二枚目役者が女房をもらうと急に人気がなくなるという話はよく聞くが、素人のあいだでならともかく、廓の女にそうしたことが起きるのはちとふしぎでした。最初はこっちの気のせいかと思って鶴次《つるじ》という女芸者に訊いてみたら、やっぱり間違いない、平様は前ほどもてないはずだという。そりゃなんでだって訊くと、少々じじむさくなったからだろうってんですよ。

独り身の男は薄汚くなるか、めっぽう身ぎれいになるかのどっちかでして。足袋でも、ふんどしでも一度身につけたもんはかならず捨てた平様が、たしかにいわれてみると、後妻を迎えてからは前ほど粋な感じはしなくなった気がする。じじむさくなったとはちといいすぎだが、同じ身なりでも何かがちがう。そこんとこの微《かす》かなちがいを女どもはいち早く見抜いたようでして。

ただそんなつまらぬことで、女は今まで好きだった男が急に嫌になるのかって、あたしゃまた訊いてやったんだ。そしたら鶴次がいうには、見かけばかりじゃない。平様は心がじじむさくなったからだなんて、ひどいことをぬかしやがった。

田之倉屋の一家一門をうまく丸め込むために後妻を迎えたというのが、葛城花魁の目には姑息《こそく》な手だてに見えて、どうにも潔い気がしなかった。本気で惚れてた相手だっただけに、がっかりして熱が冷めたんだろうって。あたしゃすっかりあきれて、なら平様はどうすりゃよかったんだって、訊いてやった。いっそ親類中の鼻つまみになって、田之倉屋の身代を抛《なげう》ってでも花魁と一緒になったらよかったのかって。そしたら女は本望なのかって。アハハハ、ばかばかしいったらありゃしねえ。そんな昔の芝居に出てくるような男ばっかりだったら、世の中は成り立たなくなっちまいますよ。

まあ、事の真偽はさておいて、身請け話はいつしか立ち消えとなり、平様も以前のようには吉原《こ》にあらわれなくなって、私は淋しい思いをいたしております。

ただ葛城花魁が平様を袖にしたのはきっとほかに何か理由がある。おそらくたちの悪い情夫《まぶ》でもついていたんでしょう。あの騒ぎだって本当のとこは何がどうなってんのか、さっぱりわかりゃしない。なにせ舞鶴屋の連中は口が堅くて、いや、というよりも真実を知る連中が少ないのかしれません。いまだに謎だらけですよ。

それにしても花魁が平様の潔さに惚れてたというのは、少しわかる気もいたします。潔い男というものは、自分はいつ死んでもいいと腹をくくってる。弟に身代を譲るつもりで独り身を通してこられた平様には、そういった潔さが見えたんでしょう。しかし足袋やふんどしをぽんぽん捨てるようには、田之倉屋の大身代を捨てることはできなかった。そりゃ、あなた、当然じゃありませんか。

えっ、なんですって？　そしたら家を捨てて幇間になったお前のほうがよっぽど潔いじゃないかって。おやおや、またお賞めにあずかりました。アハハハ、困りますねえ、若旦那。賞めるのはこっちの商売でして。

女芸者 大黒屋鶴次の弁

あら、やだ。お前さん見番《けんばん》の男《ひと》じゃないのかい。こんどまた若いのが入ったと昨夜《ゆんべ》聞いたばかりだから、あたしゃてっきりそうだと思って。装《なり》も外面《そっぽ》もいいから喜んで家ン中に入れちまったじゃないか。おかしいとは思ったんだよ。迎えが来るには早すぎるからねえ。で、お前さん一体どなた？ 亀代《きよ》さん、このひと知ってる？ 知らない。あっ、そう。じゃァますます怪しいねえ。ちょいと、あんた、昼日中から女所帯に押し入って何しようってんだい。へたなことしたら近所中に聞こえるようにわめいてやる。ここらはおっかない金棒引きの男衆やなんかも住んでんだから、あばら骨の一本や二本へし折られたって知らないよ。

えっ、なんだって？ 阿善さんに聞いて来た……ああ、あの米饅頭に針の先でぽつんぽつんと小っちゃい穴あけたような顔した素人あがりの男芸者ねえ。あいつに何をいわれてここに来たんだい。はあ？ 色んな話を聞かせてくれる。話って何を？……まあ、いいや。そんならそこにぼっと突っ立ってないで、どうぞおあがんなさいな。亀代さん、お茶を淹《い》れてよ。あたしのも一緒にね。ああ、久しぶりに啖呵《たんか》をきったら喉が渇いちまったよ。

ホホホ、大きな声は持ち前でねえ。なにせお座敷の騒ぎのなかで歌わなくちゃならないでしょ。地声がだんだんでかくなっちまうんですよ。ああ、歌だけじゃない、三味線だって弾くし、踊りだって。そら女芸者だもの。あたしらはお女郎衆とちがって売るのは芸。色はけっして売らない。

フフ、自分でいうのもなんだけど、あたしゃ、ほら、色白の細面で眼はぱっちりしてるし、口もとに色気はあるし、ホホホ、そんじょそこらのお女郎さんよか好い女だなんて、ときどき口説くお客があって困るんですよ。なるたけ地味な装《なり》でお座敷をつとめても、顔立ちが派手なのに目をつけられて、花魁方に憎まれるんだから割に合わない話さ。そこいくとこの亀代さんなんか、いいんですよ……あら、亀代さん、あんた、怒ったの？　何も怒ることたァないじゃないか。あたしゃあんたがぶさいくだとか、へちゃむくれだとかいったわけでもなし。

アハハ、お前さんがそんなに心配することたァないんだよ。あたしたち、ほんとは仲良しなんですよ。でなきゃ一緒に住んでなんかいるもんですか。どこのお座敷に出るのもふたり一緒だし、家に帰ってきてもそうなんだから。仲が悪かったらとっくに殺し合いがはじまってますよ。

ええ、そう。女芸者はかならず二人ひと組でお座敷に出るのが吉原《ここ》の決まりでしてね。まあ、ひとりだとおかしな真似をするかもしれないんで、お互いに見張らせとくつもりなんだとかいうけど、子どもじゃないんだから、しようと思ったらできますよ。何がって、フフフ、おかしな真似。あとはいうだけ野暮。

昔は女芸者なんていなかったそうですよ。踊りや歌が得意な花魁が座敷で披露してたらしいけど、いつの間にかそれに代わってあたしらが。あたしらはみんな大黒屋という仲之町にあるただひとつの見番を通してお茶屋や妓楼に出向くんですよ。えっ？　見番に籍を置く芸者の人数……さあ、男芸者と併せたら百人は超してるかもしれない。で、二人ひと組で伺って花代はたったの一分金《いちぶ》。銀だと十五匁《もんめ》のとこを見番が四匁もさっぴいちまうんだから嫌になりますよ。あらやだ、初対面のお前さんにこんな内輪の愚痴を聞かせたりして。

今じゃ岡場所あたりでも芸者と名乗る女がいるようでして。深川あたりじゃ羽織着て辰巳芸者だなんて威張ってるらしいが、本当に女芸者がいるのは吉原《ここ》だけなんですよ。なにせここじゃ素人よりも身持ちが堅くないと女芸者はつとまらない。芸は売っても身を売るなって、あたしら見番に厳しくいわれてます。深川あたりじゃきっとどっちもしてるはずですよ。でも吉原でそれをしたら花魁の商売敵になっちまう。

だから見番はいちいち細かいことまでうるさくいうんですよ。男芸者の幇間《たいこもち》は五十間道《ごじっけんみち》をぞろぞろくっついてってお客にご祝儀をねだるけど、あたしら女芸者は大門口から一歩たりとも外に出てはならないとか。髪の飾りも櫛は一枚、簪《かんざし》や笄《こうがい》は併せて三本までにしろとか。衣裳も紬《つむぎ》で、なるべく地味な色で揃えろとかね。

座敷でたまたまお客とふたりになったらさあ大変。すぐに部屋を飛んで出ないと、見つかったらさいご見番に告げ口をされて、芸者の看板をおろさなくちゃならない。それでもあなた、何事にも抜け道ってェのはありますからね。フフフ、京町や角町の裏あたりには芸者とお客が逢い引きする宿がごまんとある。

ま、そんなこたァどうでもいいけど、お前さん、何を聞きに来たの？……ああ、そりゃ仰言るように、お座敷に出てたら色んな客人とお話しするし、親しい花魁から打ち明け話をされることだってあるにはあるけど。

えっ？　葛城さん……ああ、あんたまだしつこく聞きたいわけ。一時はあの騒ぎで持ちきりだったけど。さすがにもうほとぼりは冷めたってェのに。ああ、そりゃ吉原一の花魁が神隠しにでも遭ったように消えちまったんだから、当初はだれもが仰天して大騒ぎになりましたよ。フフフ、桔梗屋の内儀《おかみ》なんてもう半狂乱で。あのおしゃべりが、一時はうんともすんとも声が出なくなっちまったんだから。しかしそら無理もない。あそこを通じて身請け話が決まってたらしいし。おまけになんだか最後に会ってた客まで一緒に消えちまったってんでしょ。その客の払いまで踏み倒されて、ほんとにまあ、踏んだり蹴ったりだったってェから。

葛城さんがその客と駆け落ちした？　アハハ、そりゃァまずない。なにせ初めての客で、おまけに侍だったてェしね。どんな侍か？　知りませんよ、そこまでは。あたしらは座敷に召ばれなかったんだから。そう、きっと桔梗屋は浅葱裏を間違って舞鶴屋に送り込んだんですよ。で、浅葱裏のほうは勝手がわからずにさッさと帰っちまったってわけで。それが花魁がいなくなったのとちょうど時が重なったってだけの話ですよ。

いやもう、あたしらが浅葱裏とか新五左《しんござ》とか呼んでる田舎の侍、ありゃ廓馴《さとな》れないのを絵に描いたようなもんでしてね。お座敷で目を白黒させてる様子がわかって、面白いのなんのって。えっ、馬鹿にしてるのかって？　そりゃァそうですよ。こう見えて水道の水で産湯を使った口だ。馬鹿にしなくってどうするもんか。

ああいう連中は一口でいって世間が狭いから、世の中にゃ侍ほどえらいもんはないと思い込んでるけど。なにせこのお膝元じゃ田舎大名の駕籠を見かけたって頭ひとつ下げるわけじゃなし、侍にもピンからキリまであるってェのはだれしも承知だからね。

世間知らずってのはたいがい臆病で、そのくせ厚かましいんですよ。ひとりだと意気地がなくて吉原《ここ》にも来られない連中が、座敷でずらっと何人か並んだらもう遠慮もへったくれもない。酔った勢いで「江戸の女郎買いは勿体ばかりつけおってけしからん。さっさと帯を解いて横になれ」なんて平気でいうやつが出てきたりしたら、お女郎衆が気を悪くするのは当たり前でござんしょ。その辺の娘っこをつかまえて秣《まぐさ》の上に押し倒すのとはわけがちがうってェことを、連中はさっぱりご存知ないんですよ。

フフフ、あたしが聞いた話では、あるとき敵娼が逃げだして、それを追っかけて廊下を出た侍に見世の若い者が「お侍様の敵娼は今あっちほうへ」ってまるっきり逆さまの方角を指さした。で、そのあとも若い者が次々にわざと前を通りかかって嘘を教える。こうなりゃガキの隠れんぼと一緒で、その侍はとうとう夜が白むまで二階の廊下をドタドタ歩いてたって話だから、まあ、連中の辛抱強さ、粘り強さにゃ江戸っ子はとても太刀打ちできませんよ。

中には本気で花魁に入れあげて、月に何日と決めて律儀に通ってくる侍がいたりするけど、連中は参勤交代とやらで一年たつと国元に帰らなくちゃならない。そういう時期になると見世の者がえらく用心するといいますよ。なにせあまり純な心持ちでお女郎衆に惚れたりする男は、思いつめたら何をしでかすかわからないから恐ろしい。

あたしらはこうして笑い話にしてるけど、直に色んな男と肌を触れ合うお女郎衆の身になったら、そりゃ大変ですよ。吉原《ここ》で暮らすあたしらは皆その余慶にあずかってお飯《まんま》を喰ってるんだから、お女郎衆にはいつも掌《て》を合せてないと罰が当たる気がします。

はあ？　そんなに悪いお客ばかりでもないだろう。お女郎衆に人気がある客人もいるはずだって……ああ、あの米饅頭から平様のことを聞いたんですね。そりゃあの方は金離れがいいから人気がありましたよ。廓ではなんといっても金離れのいい男が一番。えっ？　おまけになかなかの男前なんだろうって……そうねえ、たしかに役者みたようなお顔だけど。そばで見るとなんだか大仰《おおぎょう》で暑苦しくって、あたしゃもうちっと涼しげなお顔のほうが、フフフ、お前さんのお顔なんて、あたしの好みですよ。

平様と葛城さんとの仲ねえ。さあ、ほんとのとこはどうなんですかねえ。お女郎衆の気持ちは、あたしらにはわからないとこもあるから……。

ああ、そりゃ米饅頭は平様のことを悪くはいいませんよ。フン、腰巾着《こしぎんちゃく》だもん。陰間《かげま》じゃあるまいし、べたべたしちゃって気色が悪い。あいつ、あの顔でひょっとしたら衆道《しゅどう》の気《け》があったりして。アハハハハ、想ったただけでもお腹《なか》がよじれそうだ。えっ？　米饅頭は平様も女嫌いだっていってた……ああ、そりゃそうかもしれない。でもって、女嫌いが女に好かれるなんてことはあんまりないような気もしますしね。

正直いって、あたしゃ苦手でしたよ。ご祝儀をたんまり頂戴して、こんなことをいうのもなんですけどね。ああいう自信と自慢を鼻の先にぶら下げてるようなお人は。そりゃ田舎侍とはわけがちがうけど……でも、やっぱりどっか野暮なんですよ。まわりはへいこらしたほうが得だから、ご当人は一生それに気がつかなくてすむんでしょうが、傍で見てたら嫌みなもんですよ。大籬のお職というお職が靡《なび》いたってのも、本当はどうなんだか。フフフ、女はとかく金銀のご威光には弱いもんでしてねえ。

そこへいくと葛城さんは立派でしたよ。ええ、あたしゃこの亀代さんと一緒に初会の座敷から出て、馴染みになられるまでの一部始終をそばで見てましたけどね。初会で花魁はすじをきっちり通して平様に一歩も譲らなかった。そんなんで平様は意地になって自分から花魁をふってみせた。ずいぶんおとなげない真似をなさるもんだって、あきれてました。どんなに立派な男もひと皮向いたらガキだってェけど、まさにその通りでね。葛城さんはそういうのをあからさまに嫌って、しばしば口喧嘩になった。ありゃなんのときだったかねえ……葛城さんが平様に「ぬしは淋しいお方でありんすのう」と仰言って一本取りなすった憶えがありますよ。図星だったんでしょう、平様はぐっと返事に詰まってました。

ああいうお方は本当にお淋しいんでしょうねえ……ええ、そう。米饅頭からお聞きになったように妻子もろとも早くに亡くされたと聞くし、これもいつぞや小耳にはさんだところでは、お小さいときにお袋様を喪われたんだとか。お身内にご縁が薄い方なんですよ。それでいておまけに蔵前一の札差で、二十万両とか三十万両とかいう、あたしらには見当もつかない大金持ちでしょ。そうなると家人であれ他人であれ、自分に近寄ってくる者は皆お金目当てかと疑ってかからなくちゃならない。そりゃ淋しくもなりますよ。だれしもお金が欲しいのは山々だが、ホホホ、持ち過ぎてェのも意外に不幸せなもんかもしれませんねえ。

葛城花魁は唯ひとり自分に逆らった。だからこそ平様が惚れなすったんでしょうよ。葛城さんが初手で邪慳にしたのは、ひょっとしたらそこまで勘定に入れてたのかもしれない。いや、あなた、正直いってそれくらい知恵がまわるような女でないと、吉原でお職は張れませんよ。自分のほうから媚びて身請けを頼んで、ほいほい引き受けてくれるようなお客がいるもんですか。うかうかしてるとほかの男にさらわれると思えばこそ、何がなんでも自分のものにしたくなる。ばかばかしいけど、それが人情ってもんですよ。えっ？　結句、平様が葛城さんを身請けしなかったのはなぜか……さあ、そこまであたしが知るもんですか。

ええっ、平様が後妻《のちぞい》をおもらいになってから妙にじじむさくなったんで、花魁の気持ちが冷めたんだろうとあたしがいった？　あの米饅頭の野郎、お前さんにそんなことまで話したんですか。いやですねえ、そりゃ女同士でよくいう悪口ですよ。

いえね、こりゃご当人から直に聞いた話じゃないんで、どこからどこまで本当かどうかは知らない。けど一時は大変だったそうですよ。差出人のわからない嫌がらせの書状が次から次へ舞い込んだらしい。田之倉屋の身代を乗っ取ろうとする奸婦《かんぷ》は天誅《てんちゅう》を受くべしなんて脅し文句が並んだ手紙を受け取る身にもなってごらんなさい。花魁もさすがに鬱《ふさ》いで見えたって、聞いた覚えがあります。もし身請けされて田之倉屋に乗り込んでったら、だれかに毒でも盛られかねない。花魁はそう思ったんじゃありませんかねえ。

葛城さんは平様と馴染みになったときにもいろいろと嫌がらせを受けてたようだし、他人の妬みを買うのがどんなに恐ろしいか、よくご存知だったはずだ。それでもまだ廓の中なら自分を守ってくれる見世の者がいるが、ひとりで向こうにいって平様よりほかに頼る味方がないとなれば、あたしだったら怖くて遠慮いたしますよ。そりゃたとえ二十万両だか三十万両だかの大身代でも、命と釣り替えにはなりません。厄介な騒動が目に見えてる先に、無理して身請けされることたァないんですよ。

ああ、十五夜の紋日を平様と張り合った伊勢屋の若旦那もたしかにいいお馴染みだったけど、それで平様を袖にしたなんてことはありっこない。あの方はまだ部屋住みのお身の上だから、身請けまでは、とてもとても。だもんで、葛城さんはおふたりとは別の新たなお馴染みとの身請け話がまとまって、ようやく廓を出られるという寸前に神隠しに遭われたってわけで。あたしらは何がなんだかさっぱり。

いや、ご存知かどうか知りませんけど、廓を抜けるってェのは大変なことでしてねえ。ことにあれだけの花魁になると目立つから、独りで抜けられるわけがないんですよ。神隠しに遭ったとしかいいようが……えっ、ナニ？　情夫《まぶ》がいて、そいつが手引きしたんじゃないかって。さあ、そういわれてもすぐに思い当たる相手は……ちょいと亀代さん、あんたあの花魁に情夫がいたの知ってる？　ああ、知らない。こういうことはあんたに訊くだけ野暮だったわねえ。

そりゃ葛城さんに情夫がなかったとはいえませんよ。花魁に情夫はつきもので、苦界の楽しみというくらいだからねえ。毎日好きでもない男に抱かれると身も心も鈍っちまう。情夫はそれを治す良薬だといいますよ。まあ、良薬か毒薬かは知らないが、フフフ、妙薬であるのはたしかなようで。だから見世のほうも商売に差し障りがないかぎり大目に見てやるらしい。なかには質《たち》の悪いのがいて、さんざんぱら金をむしり取るって話は聞くけど、意外に客人との仲を裂いたって話はあんまり聞かない。だってそれをしたら大切《だいじ》な金づるを取り逃すじゃありませんか。

フフフ、ただ俺とあの客とどっちがいいなんて訊いたりするってェから笑っちまいますよ。大の男が時には花魁の口舌を逆にしたように妬《や》いてみせる。花魁にしたらそこがたまらないんだろうし、情夫のほうにもそれなりの手練手管があるんでしょうねえ。

おお、そういえば、あたしが知ってる船宿の船頭に富五郎ってェのがいましてね。富公、富公って呼んでんだが、この男が前に俺は吉原で名だたる花魁の情夫だといって自慢してましたけど、その花魁の名は明かさなかったし、本当だかどうだか。だってどっからどう見ても情夫って柄じゃないんですよ。船頭のわりに躰つきは貧相だし、別にとりたてて男前でもない。取り柄といっちゃ歯並びがいいってくらいのもん。ただこの男の話を聞いて、あたしゃ妙に納得させられたんですよ。

富公が花魁のもとを訪れるのはきまって明け方だそうで。いうまでもないが、客人が帰ったあとですよ。花魁は早く躰を休めたいと思っても、気がたってすぐには眠れないときがある。そこへ行くと歓迎されて、生暖かい蒲団の中にもぐり込めるんだといってました。きょうは駄目だといわれたらさっさと引き揚げてくる。フフフ、まあ何にせよ、あんまりしつっこくしちゃァいけないんだそうです。

寝床にそっと入って、向こうが途中で寝ちまうくらいに、やさしくする。こんなふうにしてくれといわれたら、なんでもいうなりにしてやるんだとかいって。花魁はどんなことをさせるんですかねえ、そこまであたしゃ訊けなかったけど。フフフ、月の障りで休んでるときに行ったら、かえって歓ばれたんだってさ。

せっかく足を運んでも追い返されることが多いけど、富公はあきらめずに雨の日も、風の日も、せっせと通いつめる。お天気がめっぽう荒れる日に行くと客人は来ないし、花魁は心細くしてるから、何もかもいい塩梅で小遣いをたんまりもらうんだって。

情夫なんていうと二枚目役者のような男があらわれて、馬鹿な花魁がそいつに金をむしり取られるように思うけど、真実はどうして、どうして、富公ほどのまめな尽くし方はなかなかできるこっちゃない。フフフ、お前さんは同じ男でどうお思い？

あたしゃ女の身で花魁の気持ちが少しはわかるような気がする。男に身を売って暮らすつらさまでは量りかねても、うしろめたさってェものは見当がつく。いえね、このあたしにだって、フフフ、若いころは情夫がいたんですよ。外面《そっぽ》はまあまあだが、今思うと実にどうしようもない男だった。とある大籬の見世番で、道中のときに花魁に肩を貸して歩いてる姿はいかにも頼り甲斐がありそうに見えたんですが、これがてんで怠けもんのいかさま野郎で、あたしゃなけなしの稼ぎの中からしょっちゅうむしり取られてましたよ。

でもね、そりゃ今だからこそいえるんで、当時はそうは思わなかった。あたしゃそのいかさま野郎に小遣いをやるたんびに、ちょっといい気持ちになったんですよ。なにせお座敷ではだれかれなしに遠慮をして、おへつらいをいったりしてお金を頂戴する身分じゃありませんか。なんだか情けなくなるときがあるんですよ。あべこべにそんな自分が小遣いをやるときの気持ちってェのは、たぶん花魁とそう変わらないように思うんですよ。

いかさま野郎は家《うち》に入り浸って、やがてあたしン家《ち》から堂々と見世に通うようになった。当然ながら噂が立って、そこの見世には出入りできなくなり、こっちの商売にも差し支えが出てきた。ところがそうやすやすと縁は切れない。こいつが悪いんだとわかっていても、なにせ薬だから切れると困るんですよ。正直いってやっぱり淋しいんですねえ。男っ気がまるっきりないと寝床がひんやりして、心細いってのか、気が落ち着かないってのか。で、すったもんだのあげく別れた末にまたぞろ別の似たようなのを引っ張り込んでる始末でして。女は弱いもんだって、つくづく感じたときもありましたっけ。

しかしそれもまあ、若いときの話でね。亀の甲より年の功っていうのはおかしいけれど、女も年増になると割り切りが早いというか、男にそうそう振りまわされてたまるもんかという気になってくる。フフフ、たしかに男からもあんまりちやほやされなくなっちまうし。そこで執着する女もいるが、あたしゃそこんとこは実にあっさりしたもんで、あるときを境にすっぱり男を断っちまった。

ホホホ、そりゃ今でも好い男を見たら何かと親切にもしたくなるし、だから見ず知らずのお前さんにこんな話までお聞かせしてんですがね。面倒くさいことはもうこりごりってェのも案外と正直な本音なんですよ。

ただ男断ちはできても、独り暮らしするのはどうにも淋しいから、こうして仲間と一緒に暮らすことを覚えました。自分は男断ちできたけど、できない女芸者はたくさんいる。今はいなくても、そのうち男ができそうな妓と一緒に暮らすと、相手を引きずり込まれたりしてこっちが嫌な思いをするじゃありませんか。だからこの亀代さんと一緒に。ホホホ、亀代さんとだったら、まず大丈夫だと思って。

えっ？　ナニ、亀代さん、あんた、もしかして怒ってんの。なんで怒ることがあるのさ。あたしゃあんたがぶさいくだから男にもてないなんていってないじゃないか。いったも同然だって？

そりゃ悪く気をまわしすぎですよ。あたしゃ今じゃすっかりあんたのことを頼りにしてんだから、ねえ、そう怒んないでよ。でね、ちょっとの間、はずしておくれでないか。いやね、こんな好い男を前にして、ただで帰す手はないからね。ちょっとだけ、ふたりっきりにしてほしいんだよ。

柳橋船宿 鶴清抱え船頭 富五郎の弁

旦那、ここからいよいよ大川に出ますんで、もちっとお平らになすっておくんなさい。そう、あぐらをかいて、船梁《ふなばり》に片肘《かたひじ》をついて、それに寄っかかるようにして乗んなすったらこっちも漕ぎやすいんで。ご覧の通り、この猪牙舟《ちょき》てェもんはなにせ細身にできた舟だから、へたな乗り方されたらたちまちひっくり返っちまう。

いやなに、こいつァちょいと脅したまでで、左様なご心配にゃ及びませんよ。オギャアと生まれて以来《このかた》、柳橋と山谷《さんや》を往来した数は掛け値なしに万とはくだらねえ。その万が一にも旦那を濡れ鼠にするようなどじは踏みやせんから、どうぞ安心しておくんなせえ。

なら、棹を艪《ろ》に持ちかえるんで、ちっとばかり揺れやすぜ。おっと大丈夫。お平らに。なまじ腰を浮かすと余計に揺れやす。すぐに馴れますから気をお楽になすって。

ほうらね、だんだん馴れてくりゃァどうってことねえんだ。そこの煙草盆で一服やっちゃァどうです。片肘ついてすぱすぱやらかすのも乙な風情で。おっと、もう首尾《しゅび》の松だ。ああ、はい、そこの川面《かわづら》に枝を張った松のこって。へへへ、往きはこれを見て首尾よい逢瀬を願うんですよ。

て。

で、向こうっ岸に黒く見えるのが、めでたく逢瀬を遂げた帰りに通る「嬉《うれし》の森」ってェわけでし

さあ、こっからは走りますぜ。山谷堀はあっという間だ……えっ、ナニ？　そう急《せ》くな。もっとゆっくりやれ。なんでえ、なんでえ、江戸っ子らしくもねえ。ゆっくりやるなら馬道《うまみち》をとぼとぼ歩いてくがいい。猪牙舟に乗ったら「コウ船頭、急いでくんねえ。敵娼《あいかた》が首を長くしておいらを待ってんだよ」とかなんとかいってくんねえと。それともなんですかい、まさか船酔いてェんじゃ……はあ？　お互いせっかく会ったんだから、舟の上でゆるりと話をしたいって……。

ああ、なんだ、初めてのお客にお名指しと聞いてふしぎに思ったが、旦那は大黒屋の鶴次姐さんからわっちのことを。で、姐さんに、吉原《なか》で評判の色男だと教えられただと……おうっ、冗談も休み休みいえ。この黒くてしわだらけの顔のどこが色男だってんだ。見かけは貧弱な躰だが、コウ、舟の上じゃ引けは取らねえ柳橋のお兄ィさんだぞ。へたにからかうと水ン中へぞんぶりと落とされるのを覚悟しなよ。

ナニ？　そう捨てたもんでもねえ。歯並びがよくって、小気味がいいと鶴次姐さんがいってたって……フン、あの姐さんも何を思ってそんな見え透いた世辞を……ええっ、なんだって。姐さんは俺が名だたる花魁の情夫《まぶ》だとまでいったのかい。こいつァ参った。とちめんぼうもいいとこだ。

姐さんがいったのは嘘なのかって？　へへへ、そりゃまるっきりの嘘だともいえねんだが……

ナニ？　勿体ぶらずに話せって。ああ、たしかに、ここはほかに聞く者はだれもいねえが、しゃべったところでそう面白くもねえ話だから、きっとがっかりするのがオチですぜ。

土台、世間じゃ情夫てェと団十郎《なりたや》だとか三津五郎《やまとや》のような好い男だと思い込んで、こんなしけた野郎が情夫でございと名乗り出たところで、だれも本気にしやしねえだろうが、どっこい、この世には芝居よりもおかしなことがいくらもありますのさ。

どれ、ゆっくりと漕ぎますぜ。へへへ、ゆっくり漕ぐのが好きなのは花魁も同じでしてねえ。急《せ》からしく漕いだところで気が波立つばかりで捗《はか》はいかねえ。コレ、このように波と呼吸《いき》がぴたりと合うように漕いでやれば、どんな女も悦びますよ。コウ、見なせえ、日ごろから舟でこうして鍛えた腰が、フフフ、肝腎のときにものをいうわけでさあ。

そりゃ草双紙の絵に描いたような二枚目で、花魁にさんざん貢がせて喰いもんにしてる野郎がいないわけじゃねえ。わっちも顔だけは何人か知ってる。ただお職を張るくらいの花魁になると、そういう悪い虫に取りつかれたという話はふしぎと少ないもんでしてねえ。たいがい見世の二番手か三番手がそれにやられてる。時にゃこう、見た目のぱっとしねえ花魁が、豪的な美男に惚れて貢いでたりするが、ありゃさしずめ当人がご自慢なんですよ。

見た目で惚れた腫れたをいうようなのは、男であれ女であれ性根がガキと決まったもんだが、花魁はガキだというより、見栄っぱりでつい色男を囲っちまうんでしょう。つまりは朋輩をうらやましがらせたい肚がどっかにあるんだと睨《にら》んでおりやすよ。だれもが一番と認めるお職は、何もそんな見栄を張るこたァねえわけでして。

しかしお職の花魁でも長い勤めのうちで情夫がひとりもいなかったという話は、これまた聞いたことがねえ。そう長続きはしなくとも、とっかえひっかえだれかを引きずり込んでんのが女郎ってもんでさ。

こういうことを聞かせたらがっかりなさるだろうが、へへへ、客人相手だとまず気を遂げることはねえそうですよ。そらいちいち本気でしてたら身がもちませんや。女郎にとってありがたいのは何よりもあっさりした客で、甚張《じんば》りでしつっこい野郎は敵《かな》わないといいますからねえ。とにかく目ェつぶって数をかぞえるしかねえってんで。

男であれ女であれ、何をしようが商売でするのと好きでするのとはまるきりちがう。女郎が身揚がりをして男に逢えば、同じことをしたって気の持ちようが変わる。女はことにこの気持ちてェやつが大切《だいじ》だと申します。棒を呑むように味気ないことでも、惚れた相手なら極楽の雲に乗ってふわふわ浮きあがる心地になるもんだとか。アハハ、だがそういうことばかりでもねえらしい。

男はだれでも自分で楫《かじ》を取って艪を漕いでるが、それではなかなか気は遂げられねえと、わっちのレコはいいましたよ。女に楫を預けていいなりに漕いでくれる度量のある男は、めったにいないんだそうで。へへへ、まあ、そこが情夫の情夫たる所以でござんすよ。

えっ？　お職の情夫はさすがにいうことがちがうって……アハハ、旦那、そうおだてなさんな。したがまあ、わっちが一時よく通ってた先はたしかにお職を張る花魁でした。源氏名ですかい？

へへ、当ててごらんなさいやし。びっくりしやすよ。

とにかく初手は、わっちも夢見たような話でねえ。ありゃだれだったか、さる大店の若旦那に手紙《ふみ》をことづかって、昼間ちょいと見世を覗いたときに、その花魁が今ちょうど暇だから退屈しのぎにあがってくれといったのが始まりだ。いや、もう、お職ともなれば、大名のお姫様もかくやというような立派な部屋にいて、こっちはびくびくもんさ。「可愛らしい船頭さんでありんすなあ」てなことといわれて、ぼうっとなっちまう。へへ、船頭にしちゃ小柄だから、そうとしかいいようがなかったんでしょうよ。

花魁はその場で返し文《ぶみ》をしたためて、先方に届けてくれといった。ついでにこれもと何通かの手紙《ふみ》を渡して、小遣いをたんまりとくれた。吉原《なか》にゃ文使いを商売にするもんだっているが、わっちのようにたまたま顔を出したもんが、思わぬ余禄にあずかるってのはよくある話さ。で、花魁が嫌がらねえのをよいことに、その後も小遣い稼ぎにちょくちょく顔を出したと思いねえ。なにせ小道具が手紙だから、こっちは毎日でも顔出しできるってェ寸法だ。

ある日、部屋を覗いたら、花魁が腹を押さえて苦しそうにしてる。いつもは禿や新造がだれかそばに付いてるのに、その日にかぎってだれもいなかった。花魁は癪《しゃく》病持ちが多いから、差し込みが来たんだろうと思って「大丈夫ですかい」と声をかけたら、手招きでこっちを呼ぶ。それで恐る恐る近づいて、背中をさすってやった。すると花魁はこっちのもういっぽうの手をつかんで自分の懐《ふところ》に入れた。いや、そのときはちっとばかし泡を喰ったが、こっちはされるがままよ。で、胸をだくだく鳴らしながら、懐に入れた手をしばらくじっと動かさずにいたら、花魁がこっちの顔を見あげて微笑った。「男の手は温《ぬく》いから癪によう効くざます」てなことといわれて、こっちはいい気になったが、あとで思うと、そのときはもうからかってたんだよ。

二、三日して部屋にいったらまたひとりだ。こんどは二枚重ねに敷いた蒲団の上に苦しそうな顔が見えた。「花魁、どうしやした」と訊いてそばへ寄ると、掛け蒲団をしきりに手で払いのけようとする。なんで蒲団をめくってやると、紅絹《もみ》の腰巻きから真っ白なふくらはぎが飛び出してた。

うわごとのように「攣《つ》る、攣る」っていうから、ああ、こりゃ女によくあるこむら返りってやつだろうと思ったもんだ。で、「花魁ようござんすか」と断って、ふくらはぎをそろそろさすってやった。羽二重《はぶたえ》餅のように白くて柔らかで、けど冷たいから哀れな気がした。花魁は冬でも足袋をはかない決まりだもんで、きっと冷えて癪病になったり、脚が攣ったりするんだろうと同情したが、ハハハ、それもからかわれてたんだからまぬけな話さ。

しばらくさすってると、けろっとした顔でこちらを見て、口に手をあてやがった。くすくす笑ってるから少しむっとして「花魁、もうようござんすね」と訊いたら「まだでありんす」とぬかしやがる。で、いきなり膝を使ってこっちの手をはさんだまま、パッと股を割ったからさあ大変《てえへん》だ。もろにあそこが目に入ると、だらしがねえが、カアッとのぼせちまって、そのあとどうしたかはさっぱり憶えてねえ。ただ気がついたら、美しい舟に乗っかって夢見心地で漕いでたってわけさ。
そりゃ申すまでもないが、ようござんしたよ。へへへ、いま想いだしても涎《よだれ》が垂れるようだ。お職を張るくらいの花魁はやっぱり床もいいんだよ。ただこっちは客じゃねえから愛想はなしだ。済んだらとっとと帰《けえ》んな、てな具合に突きだされても文句はいえねえ。また次の日はご機嫌伺いにお邪魔をして、小僧並みにあしらわれる始末だった。まあ、どう見たってわっちゃ情夫といえるような柄じゃなかった。

もっとも美しい舟に乗ったのはその一度きりというわけでもねえ。あちらの気が向いたときに、そうさなあ、まあ、月に一度か二度は乗っけてくれた。日にちは大方決まってたような気がする。女心ってのはどうやら潮目と同じで、月の満ち欠けによって変わるらしい。その花魁は月に一、二度、どうしても独りじゃいられねえ日があるようだった。ほかの日に行ってもすました顔で文使いをさせるか、肩を揉めだの、腰をさすれだのと仰言るばかりさ。

で、こっちをからかうんだよ。わざと足を揉ませて前をはだけて見せたりするんだ。こっちがちょっとでもその気になろうもんなら、足で蹴飛ばして「人を呼ぶざますよ」なんてきつい声でぬかしやがる。どうやらその花魁は男をなぶるのが面白《おもしれ》えらしいんだ。ひょっとすると客人の中にもそんなふうにされてたのがいたかもしれねえ。冷たくされたり、邪慳にされて嬉しがる客も案外いるらしいよ。

わっちもそうされて嬉しかった口だろうって？　ハハハ、まあ、どうとでも思いなさるがいいさ。なんであれ、三分の金をはたかずにいい女が抱けたのはたしかなんだ。こういう芸当がだれにでもできるかどうか、悔しかったらやってごらんなせえといいたいよ。

　やっ、あとから来た舟がさっさと追い抜いていきやがったじゃねえか。若い船頭がこっち振り向いて嗤ってやがる。旦那、もうようござんしょう。こっちも舟を走らせますぜ。あんな駆けだしの若造に馬鹿にされたんじゃ、この富五郎様ばかりじゃねえ、鶴清《つるせい》の名折れだ。

　えっ？　まだもう少し話を続けろって……まずその花魁の名を当ててみようと仰言るんで。はあ？　葛城だろうって……アハハハ、へそが茶を沸かすぜ。旦那、へたな冗談はよしになせえや。葛城さんはついこないだまで舞鶴屋でお職を張ってた花魁でしょうが。わっちの顔をよく見てものをいってくんなさいよ。いくら小柄で若く見えても三十《みそじ》はとうに越してるよ。年下の花魁に小僧扱いされてたなんて、いくらなんでもおかしいじゃねえか。いいや、もうわっちからいっちまうよ。その名を聞いて驚くなかれ、丁字屋の長山《ちょうざん》だ。

　なんでえ、なんでえ、そのがっかりした顔つきはよォ。ヘン、お前さんのようにお若え方《わけ》は、丁字屋の長山と聞いてもポンと膝を打つことはなかろうが、そりゃ全盛の時分は仲之町の烏が一羽残らずおっ死《ち》んだといわれたくれえの、たいした花魁だ。葛城さんはまだ見世出しもしてねえころの話さ。

　はあ？　ふたりの全盛を比べたらどっちが上だと思うかって……うーん、わっちは申すまでもなく長山に軍配を揚げたいが、身びいきを抜いてとなると、こいつがなかなか厄介だ。葛城が見世出しをしたころは、長山はもう下り坂だった。それでずいぶん妬きもちをやいてたのはたしかだよ。ああ、そうそう、蔵前の旦那を取り合ってひと悶着あったんだが、旦那はそんなことまでよくご存知だねえ。

ご両人とも廓から姿を消したから話せるんだが、あれには、へへ、わっちもひと役買ってたんだよ。威勢のいい野良犬を二、三匹縄で結わえて仲之町に引きずってゆき、葛城さんが通りかかったところへ放したことがある。天水桶の上にうずたかく積んである手桶の山を、裏にまわって落としたこともあった。葛城さんは敵ながらあっぱれで、いずれも空鉄砲に終わったがね。ナニ、米饅頭に腹下しの毒を盛った？　冗談じゃねえ、いくらなんでもそんな汚《きたね》え真似はしなかった。まあ、当時の葛城さんは長山ばかりじゃねえ、五丁町のお職を残らず敵にまわしてたから、悪さをしたやつはほかにもいたはずだ。

わっちと葛城花魁のご縁はそれが始まりだよ。ああ、そうとも。始まりというからには、終わりもちゃんとあったのさ。

初めて面と向かって会ったのは、もうかれこれ一年くらい前のことになるのかねえ。向こうがお名指しでわっちを呼んだのさ。ハハハ、何も情夫になってくれと口説かれたわけじゃねえよ。ただ俺のことは妙によく知ってるようだった。で、会うといきなり「長山さんはお達者でありんすか」と訊かれて面喰らった。そりゃ狭い廓内はなんでも筒抜けになる。こうして旦那にも知れたくれえだから、葛城花魁が俺を長山の情夫だと知ってもそうふしぎはねえ。ただびっくりしたのは、それを面と向かっていいだした気の強さ、肝の太さだよ。で、すぐに、ははん、これは長山の情夫《いろ》があんまりしけた面だから、肚ン中で嗤ってやがるとみた。

癪だからこっちも何喰わぬ顔で「へえ、長山さんは下総のお大尽がお幸せになさいましたようで」と、こりゃ本当のことをいったんだ。すると向こうは「そりゃ真《ほん》にうらやましうありんすなあ」と来たもんだ。わっちはしばらくこのせりふが解せなかった。葛城花魁はすでに越後のお大尽が身請けしそうだという話が広まってたからねえ。下総と越後じゃどこがどうちがうんだと訊いてやりたいくらいだったが、あとで思えば、ありゃ当てこすりだったのかなあ。心が通わぬ相手に身請けをされても、幸せになれる女はうらやましい。本当はそういいたかったのかもしれねえ……。

おっと、いい忘れたが、わっちは葛城花魁の情夫だけはだれなのかさっぱり知らなかった。そこその売れっ妓はきまって取り沙汰されるんだが、あの花魁だけはどういうわけか悪い噂が立たなかった。だからああいう騒ぎになって、余計に皆がびっくり仰天したってわけさ。

葛城花魁がわっちをわざわざ呼んだのは、船宿や茶屋を通さずに、大切《だいじ》な客人の送り迎えをしてほしいという頼みだったが、そりゃそもそも奇妙な話だった。見世の者が頼むというのならまだ話がわかる。花魁が船頭へ直に頼むってのは聞いた例《ためし》がねえ。もっとも吉原で一番位の高い花魁がじきじきのお頼みとあらば、こっちはありがたくお受けするのがすじだ。

ナニ、送り迎えをさせられたのはひとりじゃありませんよ。併せたら四、五人はいたかもしれねえ。そりゃ客人は茶屋や船宿を通さずに送り迎えをしてもらったら、ありがたいことこの上なしさ。へへへ、船宿と茶屋を通したら、それだけのもんがかかるのは、旦那もよくおわかりでしょうよ。船頭ひとりに出す祝儀ならお安いもんだ。しかし皆にそんなことをやられた日にゃ船宿も茶屋もあがったりだから、ふつうはやらせねえ。舞鶴屋の連中が黙ってたのは、あの花魁がきっと鼻薬をたっぷりきかせてたんでしょうよ。

わっちは月に何度か舞鶴屋へ足を運んで、そのつどあの花魁にご対面して「まあ、一服呑みなんし」と長煙管を手渡されたもんだ。並の船頭じゃ、びびって煙も喉を通らねえだろうが、へへ、こっちゃこう見えて長山の相手をつとめたという糞度胸でゆるりと頂戴したもんさ。

葛城花魁がそうして送らせた客人のなかには遠くから通ってきたのが多かった。芝の金杉《かなすぎ》あたりまで送ったことがあるが、そんな遠くから通ってくる客はめずらしい。大切《だいじ》なというよりも、めずらしい客人ってやつだ。どうやら遠くから来たのをわざと選んで送らせてるふしもあって、取って返すと「猪牙舟は思いのほか遠くにまで行けるものでありんすなあ。品川までも参りんすか」と訊いたりする。「へえ、荒波高き大海原はともかくも、水があるところなら大概《てえげえ》どこでも参りましょうよ」と答えたもんだ。

あるとき「舟はどこに着くざますか」と訊かれたもんで「へえ、山谷堀に」と、こっちはすげない返事だ。「そこから大門まではいかがして?」と、さらに訊かれたもんで、日本堤の土手八丁をまっすぐに歩いて衣紋坂《えもんざか》を下り、そこからさらにまた五十間道《ごじっけんみち》をとぼとぼ歩くんだと、そのまんまを答えた。「思えば船頭のぬしを歩かせて気の毒なことをいたしんす」と、いかにも申しわけなさそうにいうから、「いや、ご心配にゃ及びやせん。急ぎ足で通り過ぎれば小半刻ほどで参りまする」と答えたついでに、衣紋坂から日本堤にかけて編笠茶屋が軒を連ねた様子を問われるままに語って聞かせたんだ。

あれは雨のしょぼ降る晩のことだ。雨脚はそう強くなかったが、細かい霧雨が肌を濡らして少しひんやりした。日が暮れてさほどたってもいないのに、月も星も顔を出せない五月闇《さつきやみ》だった。常なら仲之町を明るく照らす誰哉行灯《たそやあんどん》も霞んで見えるという晩に、舟を出すのはわっちでも気味《きび》が悪かったが、葛城さんに頼まれたとあっちゃ、もうひと肌もふた肌も脱がないわけにはいかない、というくらいの祝儀は受け取ってた。

部屋に入るとなぜかその日は花魁がいなかった。見世の者も、遣手の婆さんの姿もねえ。そこにいたのは若い新造と、送るはずの客人だけだ。

その客人は藤色の染小袖《そめこそで》に仙台平《せんだいひら》の袴をはいた若侍だった。黒い頭巾をかぶってたが、躰つきが華奢なもんで、たぶん前髪のある若衆だろうと見た。新造は花魁からだといって、なんと大枚一両もの金を手渡した。前金で一両も受け取ったのは初めてだが、無事に送り届けりゃ花魁からまた金がもらえるだろうという。肝腎の若侍はひと言も口をきかずに突っ立ったきりだ。ははん、こりゃてっきり情人《いろ》だとにらんだ。葛城はこのお稚児さんのような若造に惚れてやがるんだ。存外に可愛らしいとこのある女だと思ったもんさ。

新造は客人の手をひいてゆっくりと階段を下りた。帳場に刀を受け取りにいったのもその新造だし、侍は若いこともあって、花魁の客というより新造の客のようにも見えた。まだ宵のうちだったから、酒や台の物を運ぶんで階下《した》はごった返して、見世の連中は見送りもそこそこだった。見世を出てから、こっちが持ってきた傘をさすと、若侍は差しかけるのが当然といった具合に入ってくる。それが妙に板について見えたのが、今から思うとおかしいや。こっちは傘を差しかけてとぼとぼとついて歩きながら、黙ってすましてる野郎に「おう、若えの、年増の味はどうだった」と何べん訊こうと思ったかしれねえ。

仲之町に出るとさすがに賑やかだから、そんな生臭いことは訊く気も起きねえ。で、尋常に「お侍様はどこまでおいでになりますんで？」と訊いたが、さっぱり答えちゃくれねえ。あんまりふしぎに思って顔を覗き込もうとした拍子に、ぷんと白粉が匂った。そりゃ移り香なんてェもんじゃない、きつい匂いだった。

アッと気づいて顔を見つめたら、その若侍はようやく口を開いて「ここらで犬を放てばさぞ面白かろうのう」といった。わっちゃ頭からざんぶりと水を浴びせられたような気がした。天水桶の前を通りかかると「あの手桶を裏から落とせば面白かろうのう」といった。こっちはもう身の毛がよだって観念した。

番所の前を無事に通り過ぎて大門の外に出てからも、若侍はたいした度胸で堂々と道の真ん中を歩いた。衣紋坂をゆっくりと登り、見返り柳の手前でうしろを振り向くほどの余裕だ。わっちゃ背筋がぞくぞくしてたまらなかった。

男のくせにだらしがねえといわれりゃそれまでだが、ただ怖かったというんじゃねえ。その若侍の度胸のよさに心底惚れちまったのよ。もうこれ以上は話さなくても、旦那はおわかりでしょうが。わっちがそんなふうになる男だってことを、長山の例で、葛城さんはお見通しだったのさ。

はあ？　その若侍を舟に乗っけてどこまで送り届けたのかって。フフン、そいつは口が裂けてもいえねえなあ。舟にはその侍だけで、ほかにだれも乗っけなかったのかって？　アハハ、そいつもいえねえよ。

ただ送り届けたあと、わっちは十両もの大金を頂戴しましたぜ。そりゃ申すまでもなく葛城花魁からですよ。

指切り屋　お種の弁

ああ、そんなにきつく持っちゃいけない。やさしく持たないと折れちまう。ほら、そうやってじっくりとご覧な。われながらいい出来映えだよ。ああ、お前さんが仰言る通り、人間《ひと》の指は手から切り離して見るとおかしなかたちをしたもんさ。えっ？　気味《きび》が悪《わり》いって……フフ、ちょいと齧ってみるかい？　アハハハ、飛びあがんなくたっていいやね。見かけはどうあれ、そりゃ糝粉《しんこ》細工だ。ああ、そうとも、長細いお団子に食紅を塗ったようなもんなんだよ。近づけてよく見れば偽物だとすぐにわかるが、箱の底に本物の血がついた綿を敷いて、その上に置いて渡すと、男はたいがいちらっと見て、すぐに箱のふたを閉めちまうんだとさ。フフフ、男は女ほど血を見馴れないせいか苦手のようだねえ。

一本いくらで売るのかって？　さあ、あててごらん。一両？　ハハハ、それだけ頂戴したらおまけにあと三本お渡しするよ。なにせそう元手がかかってないからねえ。ただ、あたしが作ってるのは女の指だけど、お前さんがそれ買って、どうするつもりなのさ？

ほう、別に糝粉指が買いたくて来たわけじゃない。話が聞きたいんだって。ああ、あたしゃ暇な婆だから、聞きたいことがあったらなんでも訊くがいいよ。えっ、いつからこんな商売を始めたのか？　あたしゃ先代の婆さんに習ったのさ。その婆さんも前《さき》のお人に習った口だ。まあ、代々ほかに稼ぐあてのない婆が口すぎでやることとなんだよ。アハハ、仰言る通り、あたしゃ世間じゃ婆というほどに老いぼれちゃいませんがよ。だけど吉原《ここ》じゃ三十路を過ぎたらみな婆と呼ばれるのさ。

ああ、昔は本当に指を切って客に渡した女郎がいたんですよ。でなきゃ、こんな商売あるわけがない。あたしゃ指の切り方ってェのをひと通り聞かされたこともありますよ。まず部屋にこって襖も障子もちゃんと閉めとくんだとさ。気が散るといけないし、何よりも切ったとたんに指は思いのほか遠くに飛ぶんだそうだ。縁側を飛び越して庭に落ちたりしたら大変だからねえ。で、十人に九人は気を失うから、血止めと気つけ薬としっかりした介添人《かいぞえにん》が要るってェ話だよ。木枕を台にして、ずぶっとまっすぐに切ると不恰好《ぶかっこう》だから、そぎ切りにしたほうがいいらしい。うまくそぎ切りにすると、あとから肉がついて、見た目はそう変わらなくなるそうだよ。

今でも腕に惚れた男の名を入れ墨したりするのはよくあるが、昔はこの指切りや、爪をはがして渡したりしたんだとさ。爪をはがすだなんて、ああ、想っただけでも寒気がする。いや、そうまでしてお客の心を繫ぎ止めたいもんかと思っちまうよ。

もっとも起請文《きしょうもん》くらいはあたしも書いた覚えがありますけどね。熊野牛王《ごおう》のお札はご存知だろ。そう、黒い烏の絵を描《か》いた紙。あの紙に、けっして心変わるまじという誓いの文言をしたためて、客と女郎がお互いに取り交わすんだよ。相手に渡すときに針で指の先を突いて血判を捺《お》さなくちゃならないが、その指も男なら左手、女は右手の中指か薬指で、爪と節のあいだに針を刺すという決まり事まであったりするけど、ハハハ、ありゃ破られるためにある代物だねえ。えっ？　ああ、そうだとも。あたしだって昔は女郎で鳴らした口さ。だから今でも吉原《ここ》に住んでんじゃないか。

さあねえ、お客がこの糝粉指で初めてだまされたのはいつごろのことか知らないけど、今じゃもらうほうだって、たいがい贋物と気づくんじゃないのかねえ。アハハ、だってこんなもんがひと月に一本はかならず売れてんだから、もし本物だったら吉原中の女郎が指をなくしてるはずだよ。きっともらったお客も洒落かご愛嬌と受け取って、ここのいい土産《みやげ》にするんだろうさ。俺にぞっこん惚れて指をくれた女郎がいると人前で見せびらかしたら、ひと夜さの座興にはなるからねえ。

自体、女に惚れたら身をいたわりこそすれ、傷つけようなんて気持ちにはならないはずなんだが、男はとかく独り占めをしたがるのが厄介なんだよ。で、女郎のほうもお前さんだけは格別だと思わせなくちゃならない。ああ、もちろん女郎が惚れたというのはまるっきり嘘でもない、ちったァ本気が混じってたりするから客はだまされるんだよ。フン、お客のほうだって、明日もかならず来るといったようなのにかぎって、案外それぎりになっちまったりするしね。ハハハ、そこんとこはお互い様さ。

だから女郎同士はお客の取り合いをするよりも、意外に手を組むことが多いのさ。朋輩にかならずひとりは仲良しがいて、これが何かと助けてくれたりするんだよ。自分がちょいと憎まれ役を買って出て、もうひとりのほうに花を持たせたり、さんざんのろけ話を聞かされたといってお客をいい気持ちにさせたり、そりゃいろいろと手はあるよ。フフフ、生け簀で囲うようにして、お客はひとりでも逃さない工夫をするのが女郎の智恵さ。馴染みの客が鉢合わせをしたときや何かは仮病を使うが、このときは遣手も見世の若い者もぐるになって、うまく座敷を抜けだせるようにしてくれるしね。

何か些細なことで客が怒りだしたときも皆でなだめにかかるけど、それでも駄目なときは「袖の露」という、とっておきのわざがある。なんだとお思いだろ。フフフ、ただ泣くんだよ。男は女の涙に弱いから、女郎が泣けば客もたいがいは許してくれる。だがそうやすやすとは泣けないから、女郎は着物の襟に明礬《みょうばん》の粉を仕込んどくんだ。それを眼の中に入れたら涙が出てくるんだよ。アハハ、お前さんあきれた顔をしてなさるが、そりゃ色んな手があるわけさ。もっともいい花魁はそんな手を使わなくたって、泣こうと思えばいつでもすぐに泣けるってェけどね。

女郎は客の煙草入れや印籠もしっかり見てるしねえ。廓に来る客はたいていい衣裳には張り込むが、持ち物までは手がまわらないから、本当に金を持ってるかどうかをそれで見分けるんだよ。ああ、そりゃそうさ。ガキが惚れた腫れたじゃあるまいし、客が女郎を売り物買い物とお思いなら、女郎だって客を金で値踏みする。金の切れ目が縁の切れ目、廓で金がないのは首がないのも同然だよ。

はあ？　えらくあけすけにいうもんだ。吉原の話はいろいろ聞いたが、そこまで身もふたもないいい方をした者は初めてだって……ハハハ、そりゃほかの連中は口に出さないだけさ。あたしにいわせりゃ、ここの連中はみんな気取りやなんだよ。ああ、そうとも。あたしゃ女郎をしてたが、ここの根生《ねお》いじゃない。だからこうしていいたいことがいえるのさ。ほら、廓訛《さとなま》りも出ないだろ。女郎をやめたらすぐに抜けちまった。

ここの女郎は女衒に連れられて遠国《おんごく》からやって来たのが多いんだよ。だからアリンス訛りを仕込むのさ。ああ、女衒の連中は山谷堀か田町のあたりにたくさんいるって話だよ。いい花魁はいい女衒が連れてくるなんていうけどね。そしたらこのあたしなんざ大変なもんだ。なにせ女衒がお上なんだからね。ハハハ、びっくりしたかい。そうとも、あたしをここに連れてきたのはお奉行所のお役人なんだよ。

まあ、思いきって身の恥をさらすと、昔はこれでもれっきとした町家の女房だった。ところが貧乏な上に亭主が大の怠けもんと来てる。酒と博奕が飯より好きで、何をやっても長続きしない。あたしもあたしで針仕事の内職に精を出そうてな健気《けなげ》な女房じゃない。お互い楽をして手っ取り早く稼ぐのが一番だとみて美人局《つつもたせ》をした。あたしがほかの男といい仲になって枕を共にしてるところへ、亭主が踏み込んできて相手を強請《ゆす》るって寸法さ。同じ出合茶屋をたびたび使ったもんで、目をつけられて、取っ捕まったあげくにここへ放り込まれたんだよ。亭主はその場から逃げちまって行方知れず。アハハ、割に合わない話さね。

ここに来た当初はまず番所の板の間に十人くらいが並んで座らされて品定めを受けたんだよ。前には楼主《おやかた》の連中が集まってじろじろと眺めてる。こっちは顔を伏せちゃいけないといわれるし、あんなに切なくて恥ずかしいことはなかったよ。いくら囚人《めしうど》だからって、質流れの品も同然に入れ札で競《せ》り売りされたのも心に応えた。

奴《やっこ》女郎と呼ばれてほかの女郎は馬鹿にするし、飯を喰うのも一番あとまわしだ。何かと意地悪されて、ずいぶん辛い思いをしたよ。岡場所で稼いでた連中も捕まってここに来てたが、それにしても外でやったら召し捕られるが、ここで色を売る分には罪を問われないってェのもなんだかおかしな理屈じゃないか。

フフフ、しかし自分でいうのもなんだが、あたしゃまだこの容貌《きりよう》で助かったんだよ。わりといい見世に買われたからねえ。河岸見世にでもやられたら、すぐに病いでくたばっちまうとこさ。只働きで稼げるだけ稼がせて、医者にも診《み》せずに浄閑寺《じようかんじ》へ投げ込むのがここのやり口なんだよ。

いい見世に拾われたといっても、あたしらは部屋持ちの花魁とちがって、廻し部屋でひと晩に何人ものお客を取らされる。そりゃ亭主と組んで楽して稼ごうとしたのとはわけがちがった。見るからに病い持ちでそばに寄りつきたくないような客やら、きつい甚張りで朝まで寝かしてくれないのやら。朝になると口もきけないほどくたびれ果てて、ああ、男はもう顔を見るのもうんざりだった。まあ、同じ見世の勤めでも、花魁とあたしらの扱いは雲泥万里《うつてんばつてん》の差があるんだよ。

ただそうはいっても、ここで育ってここしか知らない花魁方も実に気の毒な身の上でねえ。身請けという幸せにあずかれる花魁はそうたくさんいるわけじゃない。年季明けで放りだされたら、この先どこで何を頼りに暮らすのか途方にくれる。だからあたしの素性を知って、年季明けの前に何かと娑婆の話を訊きたがる花魁が大勢いたよ。あたしゃ運よく前の婆さんが拾ってくれて、糝粉指の作り方を伝授されたってわけだ。作ろうと思ったらだれでも作れるだろうが、吉原《ここ》にはここの商い株があって、どんなちっぽけな稼ぎでも先代に譲られないと許しがおりないんだよ。よそ者が入ってきて荒らされるとまずいし、ここを出ていけない者には何か飯の種が要るしねえ。えっ？　ああ、もちろん糝粉指だけで稼いでるわけじゃないよ。吉原《ここ》は何かと行事があって出てくもんも多いから、それだけじゃとても暮らしは成り立たない。衣裳の洗い張りやなんかの取次もしてるよ。フフフ、ついでに横流しもね。

さっきもいったが花魁も気の毒な身の上でねえ、立派な花魁になればなるほど物入りも半端じゃないらしい。新造や禿の面倒はもちろん、遣手や見世の若い者にも日ごろから心づけをたんまりとはずんでこそ、何かと都合のいいように働いてくれる。まあ、世の中でここほど金が口をきく場所もないはずさ。人をちょっとでも動かすには何より金だ。金さえ出せばどんどん味方が寄ってくる。

てなわけで花魁はいくら稼いだって追っつかない。しかし客人に衣裳や何かはおねだりしても、直に金銭を無心するような真似は、できるようでなかなかできないもんさ。アハハ、そこであたしの出番になるわけだ。

　ここの衣裳はたとえ古着でも岡場所や宿場女郎には調法される。また大籬の花魁が身につけた立派な衣裳なら、小見世の花魁が袖を通すことになる。ただし出所がわかると困るから、染返しや仕立直しはきちんとしなくちゃならない。あんまり目立った衣裳はかえって始末がつきにくくて困るんだよ。衣裳を流したのがばれたら、当人のいい恥さらしだからねえ。衣裳の横流しに手を貸すのはあたしばかりじゃないだろうけど、フフフ、なにせこの縿粉指で名が売れてるもんで、花魁に呼ばれて頼まれることが多いのはたしかだよ。でもって、ちっとばかり上前《うわまえ》を頂戴するって寸法さ。

　えっ？　葛城花魁にも手を貸しただろうって……ああ、そりゃ貸したけど……いや、あんな騒ぎになったからかもしれないが、あのときのことを想いだすと、今でもふしぎでたまらないよ。

　会うのはそれが初めてだった。むろん道中で顔は拝んでたけど、それまではとてもご縁があるとは思えない、花魁のなかでも雲の上のおひとだった。いや、本当に部屋に入ると雲の上なんだよ。極楽さながらに天井にも壁にもきれいな花の絵がいっぱい描いてあって。ありゃなんでも大名の御殿や何かと同じ張付《はりつけ》壁ってもんらしいがねえ。とにかく部屋は広いし、襖でいくつも分かれてるし、こっちは衝立ひとつで間仕切りした廻し部屋にお客を迎えてた口だから、驚きもひとしおさ。敷居越しに錦の蒲団がうずたかく見えた。こちとらが寝てた煎餅蒲団じゃ十枚重ねたってあの高さにはならない。煙草盆ひとつとっても花魁のは朱漆《しゅぬり》の蒔絵散らしだ。ちゃんと炉まで切ってあって、そこにかけた釜がシューシュー鳴ってたのを想いだすよ。

うらやましいと思ったかって？　フフ、そうでもないといや嘘になるが、やっぱりお気の毒に、と思ったよ。こういうひとはきっと小さいころにここへ連れてこられて、世間のことなんざまるで知っちゃいない。お大尽に身請けをされて、ここを出たって所詮はかごの鳥だ。かごがどんなに立派でも、思いっきり羽ばたいて広い空を翔《かけ》るのとはわけがちがう。おまけにあたしを呼ぶんだから、急に金が入り用になったにちがいない。きっと親元がまたぞろ不幸に見舞われたか何かしたんだろう。いくらきれいに生まれても、なぜかこういうひとにかぎって次々と不幸が襲いかかるんだって、勝手に決めつけてた。

用意はもうちゃんとできてて、目の前に裲襠《しかけ》がずらっと並べられた。いずれも極上の品だってのは当たり前だが、その数にはびっくりしたよ。いえね、横流しするにしても、まあ、多くて二、三枚ってとこがふつうなのに、並んでたのだけでも、たしか六枚はあったんだ。それだけいっぺんに手放したら、並の花魁なら着る衣裳がなくなるはずだが、そこはさすがに五丁町一と謳われた花魁だけのことはあると思ったもんさ。

見れば桜あり、菖蒲あり、月に雲あり、楓ありとさまざまだが、ちょっと意外な気がしたのはだれが着たっておかしくないごくありきたりの柄行《がらゆ》きで、色目はいずれ薄い染返しのきくようなもんばっかり。しかもすべて近々の誂えだったからふしぎな気がしたんだよ。まるで最初《はな》から売っぱらうために新調したようにも見えたんだが、アハハ、そりゃいくらなんでも思い過ごしだろうねえ。

ともかくも買値を訊かれてざっと十五両と踏んだ。ずいぶん安く買い叩いたもんだって？　そりゃいくらいい衣裳でも、古着となりゃそんなもんさ。町には持ってけない代物だし、染返しもしなくちゃならない。けど花魁のほうも、きっと、もうちっとはいくはずだと見てたんだろう。しばらく黙って思案してるふうだった。

あたしゃ毎度の例に倣《なら》って「親元をお助けですかい」と訊いた。すると花魁は「そうではありんせん」と至ってすげない返事だ。それを訊いたら十人のうち九人までがちがうと突っぱねる。だけど顔にたいがいその通りだと書いてあるし、おのずと声に力みが出る。葛城さんはありのままにちがうといってるのが、あたしにはすぐわかった。

ならどうして急に金が入り用なんだろう。何に使うつもりなんだろうと勘ぐりたくなるんだが、それはとても訊けなかった。花魁にはつけいる隙がなかったんだよ。ただ簞笥に入り切らなくなった衣裳を払い下げするってな調子でね。それも一度なら、まあ気に入らない衣裳を片づけたんだろうとでも解釈するが、二度三度呼ばれて、いやもう出てくるわ、出てくるわで、その衣裳の数にはたまげちまった。アハハ、簞笥が空になったらどうする気なんだろうなんて馬鹿な心配まででしてね。ご当人がどういうつもりかなんて、こっちはさっぱりわからなかったわけだからねえ。どんなおかしなことでも、あとからみれば、ああ、なるほど、てなもんなのさ。それにしてもあれだけ貢がせてた腕はたいしたもんさ。やっぱりただもんじゃなかった。並の花魁じゃとてもああはいくまいよ。

えっ？　花魁の衣裳を持ち帰るだけじゃなくて、向こうに衣裳を届けたこともあったんじゃないかって……そりゃなんの話だい？　はあ？　お小姓のような恰好……ああ、わかった、そりゃ俄《にわか》の衣裳のこったろう。

毎年秋葉権現様のご縁日に芸者衆が俄芝居をして仲之町を練り歩くが、葛城さんはそれを真似てお座敷で俄をして見せたいから、都合をつけてくれと頼んだのさ。あたしが町の古着屋とも付き合いがあるのをお見通しだったんだろ。なるたけきれいな藤色の染小袖と仙台平の袴を見つくろって持ってったが、それがどうしたってんだい。

女衒　地蔵の伝蔵の弁

フフフ、おやっ？　てな顔だね。見るからに悪党面のはずだと踏んで、いざ会うと、へえぇ、これが女衒か……てなとこだ。ハハハ、いいんだよ。よくあることさ。わしを初めて見るとたいがいそうなる。いちいち気にしちゃいませんよ。したが、この稼業は意外に優男《やさおとこ》が多くてねえ。まずおっかない人相はいない。女を怖がらせちゃいけないからね。むしろ女に好かれるくらいの男前はいい女衒になりますよ。ああ、お前さんならこの道で十分やってける。ハハハ、わしは別に男前じゃないが、地蔵の伝蔵と呼ばれてますよ。えっ？　本当にお地蔵さんとよく似てるって。アハハ、そりゃァどうも。

地蔵どころか世間様はわしらを牛頭馬頭《ごずめず》のように見て、非道、外道《げどう》の稼業だとお思いだろうが、なかなかどうして、こりゃ人助けなんだよ。考えてもごらんな。本当のところ買うのは妓楼で、売るのは女の親兄弟じゃねえか。わしらはその仲立ちをするだけさ。

人はただ生きてるわけにゃいかない。その日暮らしで生きてるもんは、ちょっとでも何かあれば、とたんに首がまわらなくなる。金に詰まって身を売るはめにもなりかねないのが浮世の辛さだ。ことに貧しい百姓は凶作が二、三年も続いたり、大水にでもやられた日にゃもうお手あげだ。どんなに汗水たらしても、貧乏という二文字《ふたもじ》につきまとわれる一生が広い世間にゃごまんとある。

だがこの商売を長くやってると、そうきれいごとばかりもいえねえ。娘を売るような親には怠けもんが多い。そりゃ家《うち》を訪ねるとよくわかる。父親《てておや》は真っ昼間から酒を呑んでるし、お袋はやたらに産みちらかして、世話をされない薄汚いガキがぞろぞろいる。ひょっとすると、こりゃ最《は》初《な》から売り喰いをするために子どもを産むんじゃないかと思うようなときさえある。子どもは親を選んで生まれないから哀れなもんだ。早く親から引き離したほうが身のためだという子が世間にゃいくらもいる。吉原に来れば白いおまんまが喰えるし、湯に入ってきれいな着物《べべ》が着られるだけでも御の字だと思わなくちゃならねえ。

ところがろくでなしの親から生まれた子のなかにも、時に立派な玉が見つかるから、天道量り難しとはよくいったもんさ。玉も石も磨けば光るで、片田舎の水呑百姓の子でも吉原の水で磨きあげたら皆それなりに美しい女郎になる。ただ玉と石はちがって、石はいくら磨いても玉にはならない。玉はまたいくらぼろを着てても身の輝きでおのずと知れるんだよ。そうとも、この稼業で肝心なのは玉の光りを見抜くことだ。大籬の花魁になれる玉か、河岸見世にころがしとく石かの目ききが女衒一番の信用となる。

はあ？　まずどこを見るのかって……フフ、お前さんだったらまずどこを見るね？……ああ、そうだ。わしらも同じだ。まず眼を見る。ハハハ、あんまりまともな答えだから拍子抜けしなすったろうが、こんなことは別に奇をてらってもしょうがないさ。やはり涼しく張った眼が男好きのするもんだよ。鼻梁《はなすじ》が通って口元も品がいいならそれに越したことはない。が、髪の毛と肌の色がもっと大切《だいじ》だ。髪はくろぐろとして、肌は色白がいいのは申すまでもあるまい。フフフ、いかにも男好きがする吸いつくような肌てェのがあるが、ガキの時分だとそこまではわからねえ。おお、そうだとも。花魁にするには禿から仕込むんで、こっちはガキを見て目ききをするわけさ。長年こういう商売をしてると、生まれたばかりの赤ん坊を見ても、その子が十八になればどんな顔かたちになるのか見当がつく。七つ八つになれば女の顔はほとんど決まったも同然だ。ただ幼いうちは可愛らしくても、大きくなると品がない顔に成り下がるのもいるし、ちょっと小面《こづら》憎いような子が立派な花魁になったりする。わしらはそこまで見抜いて妓楼と話をつけるんだよ。

もちろん、見た目だけがものをいうわけじゃねえ。いくら美しくても馬鹿では困る。性根が悪いとまたどうしようもない。その手のことは容貌《きりよう》にまして小さいころから知れる。美人で、利口で、心映えがよくてといった三拍子そろった子はそうやすやすと見つかるもんでもないが、これがそろって初めて大籬でお職が張れるような花魁になるんだ。

で、そういう子は雪中の筍じゃないが、昔から雪深い里で掘り出すもんだとされてる。だからわしも若いころはよく仲間と一緒に越後や出羽奥州くんだりまで足を運んだ。向こうには文字通り雪のような肌をした子が多い。しかもちょっと度肝を抜かれるくらいに目鼻立ちのくっきりした子がふしぎといるんだ。おまけにおとなしくて辛抱強いときてるから、まさに花魁に仕立てるには打ってつけなんだよ。

雪が一丈の高さに降り積もるという里にも訪れたが、わしらが行くのはたいがい雪がちらほら舞いはじめる時分だ。向こうでは穫り入れが済んで、どうにも年が越せそうにないと知った百姓の連中がわしらを待ってた。土地の口ききがいて、山女衒なぞと呼んでるが、その山女衒が先にあちこちの村をまわって見つくろったところへ案内してくれた。山女衒が直に江戸へ連れてくることもあるが、妓楼は連中を相手にしないから、どのみちわしらを通さなくちゃならない。

ああ、女衒は本来廓内に住むというのが決まりでね。わしらはこうして近所にいるが、目が届かないところにいたら何をするかわかったもんじゃないから、まともな妓楼は相手にしないのさ。人さらいをした悪党に売りつけられたら事だからね。

わしはこの年で、もうさすがに足を運ぶこともなくなって、山女衒が江戸に連れてくる子を品定めしてやるばかりだが、本当にいい子を掘りだしたいなら、自分で足を運んだほうがたしかだよ。そうしたほうがまた親の気も休まるってもんだ。

親たちはなにせ江戸の町を見たことすらねえんだから、そりゃ心配にもなろうさ。だからわしはいつもひと晩泊まる覚悟でじっくり話して、親に得心をさせた。そういうときこそ、この地蔵顔が役に立ってくれた。幼い子なら、やさしい小父ちゃんがいいとこへ連れてってくれると親もうまくごまかせるしね。

そこそこ年ごろの娘にはちゃんと勘定書を渡して、一日にこれだけ稼ぐと前借が何年で帳消しになるか話して聞かせた。その勘定に嘘はないが、途中で患ったり、かならず何かと不都合が生じて、無事に帰るのは難しいとまで教えるわけにはいかなかった。

ともかく親の前では娘を賞めちぎる。こんな器量よしを田舎で朽ちさせるのは勿体ない。江戸に出たらきっと玉の輿に乗って、一生安楽に暮らせるだろうといって聞かせる。可愛い子にとってかならずしも悪い話じゃないと思い込ませるんだよ。娘は親孝行のためと信じ、親は娘のためによかれと信じて送りだすようにさせるのが、わしらの腕の見せどころだ。

ああ、それでも水離れというやつは傍で見ていて辛いもんだ。親のほうはいずこも似たり寄ったりで、親父はたいがい黙ってこっちが手土産に提げてった酒を呑んでる。なかには家から逃げだすのもいる。お袋は役にも立たないものをあれこれと持たせて、何度も同じことをくどくどいってる。娘のほうはさまざまだよ。うしろ髪を引かれてめそめそするのもいれば、存外けろっとした顔のもいる。まあ、そこであらかた性根が見える。性根がすわった子でないと、いい花魁にはまずなれねえ。

江戸までは長旅だ。途中で逃げだしたり、身投げしたりしないよう気をつけないとならねえが、アハハ、昔話に出てくる人買いでもあるまいし、縄つきで引きずってゆくわけにはいかねえ。脅しをかける女衒もいるそうだが、この地蔵の伝蔵さんはそんな馬鹿な真似はしませんよ。いい女郎にとって肝腎なのは何よりも男を頼りにする気持ちだ。さっきもいったが、初手で男を怖いと思わせたんじゃまったくお話にならない。

わしは長旅のあいだに江戸の話をしてやったもんだ。江戸はとにかく面白いことがたくさんあって、楽しい町だというふうに思わせた。で、江戸に着いたら丸一日は見物もさせてやった。いったん廓の中に入ったらもう外には出られない。へたをすりゃ江戸にいて江戸のことを何も知らずに一生を終えるはめにもなりかねない可哀想な娘っこたちだ。一日くらい暇をやっても、罰はあたるまいと思ってね。しかしまあ、そこまでガキに甘い女衒はいないというんで、ハハハ、実はこれが「地蔵」とあだ名される真《ほん》の由縁《ゆえん》さ。

遠国から来て江戸の勝手を知らない娘っこは廓を逃げだす気づかいもない。お国訛りだけが厄介だから、例のアリンスを使わせるのさ。ありゃ妓楼《みせ》によって多少ちがうが、生国《しょうごく》のちがいはまずわからねえ。通詞《つうじ》が要るくらいのもんだよ。

ああ、むろん江戸で身売りをする娘っこも大勢いるさ。けど江戸育ちはあまりいい花魁にならないという評判でね。フフフ、どうも暢気もんが多くて、辛抱が足りないようだ。そりゃ冬の空を見ればわかる。毎日どんより暗い雪空を眺めてるのと、雲ひとつない澄みきった青空を見てるのとでは大違《おおちが》えだ。ハハハ、江戸の日本晴れを見てたら、あれこれ行く末を案じたり、思いつめるような性分にはならないはずさ。江戸生まれの女郎は暢気もんか、さもなくばすれっからしだ。時にお上が私娼《じごく》をごっそりと捕まえて吉原《ここ》へ送り込んでくる。おお、そうとも、奴女郎だ。お前さんよく知ってるねえ。

ああ、お武家の娘だって身売りをするよ。ただしいかに落ちぶれても、侍には侍の矜《ほこ》りてェもんがあるらしくて、わしらと話をつけるのはたいがい家来だ。渡り奉公の若党や中間の類いが仮親になって年季証文《ねんきじょうもん》に印判を捺す。親判がしっかり捺してないと吉原じゃ身売りはできないからね。

口ききした子がその後どうなったか知ってるかって？　そうさなあ、手がけた子は星の数ほどあって、正直いうと、皆が皆どうなったかまでは知らないよ。知れば寝覚めの悪い思いをするときもあるから、こっちからはあまり訊かないようにしてるんだ。いい話だけは、こっちが黙っていてもすぐに伝わってくる。

えっ？　葛城……ああ、たしかにあの子の口ききをしたのはわしだ。フフフ、いい話、悪い話とり混ぜて、わしが手がけたなかであれほど廓を騒がせた子はいなかったよ。なるほど、読めた。お前さんはわしにあの子のことが訊きたくて、うちに訪ねてきたというわけだ。そんならそうと、早くいったがいいや。この稼業に足を入れる気かと思って、こっちゃ余計なことまで話すはめになったじゃないか。

あの子を初めて見たのはもうかれこれ十年以上も前になるか、ふつうならもうとっくに忘れてておかしくないが、わしは死ぬまで忘れんだろうよ。葛城の五代目を名乗ってお披露目をした日は、舞鶴屋《むこう》から声がかかってわざわざ見にいったもんだ。思わず唸りたくなるほど立派な花魁道中を見せられて、そのときも初めて見た日の面影がちらついた。身売りの仔細はさまざまで、そのつど気にしちゃいられねえが、例の騒ぎがあったおかげでまたぞろ想いだして、初手からあの子は変わってたという気がした。

そもそもふつうならこっちが家に足を運んで引き取るんだが、あの子は向こうからやってきた。それもほかの女衒が連れてきたわけじゃない。渡り奉公の若党や中間でもない、立派な二本差しの侍が連れて来たんで、まあ、めずらしいこともあるもんだという気がしたんだよ。

そこそこ年配の侍だったが、断じて親子とは思えなかった。顔に似たところがちっともなかった。侍は平べったい丸顔で、腫れぼったいまぶたで眼がちっちゃかった。あの子はガキながらに面長な人相で、わしが手がけた子の中でも眼の大きさが際立っていた。

その侍は人づてにわしのことを聞いて来たらしい。のっけに「この子を吉原に売りたい」といいだしたから、少し泡を喰った。どうにも気持ちが読みとりにくい顔つきだし、声も顔と同様に平べったい調子だった。「いかほどにもなりませんぜ」と、わしは断ったもんさ。年ごろの娘とちがって、ガキの売り値はいいとこ三両が相場だ。三両ぽっちのはした金で子どもを手放した侍は見たことがなかった。おまけに尾羽打ち枯らした浪人というでもなく、身なりはきちんとして、たしかな屋敷勤めをしてるような侍だ。

片やあの子のほうは粗末な身なりだったから、年貢代わりに召しあげた百姓娘を売り飛ばすのかと思ったくらいだ。しかし顔を見てちがうと判断した。百姓の子はどんなに顔立ちがよくとも、吉原の水で洗いあげる前は日向臭いもんさ。あの子は文字通りあか抜けして、見るからに利発な顔をしていた。何よりも眼がちがう。分別のあるおとなの目つきなんだ。鼻梁も通って、まだ小作りだが造作はすっかり整ってたんだよ。

で、いくつかと訊いたら、明けて十四になるというんで、こりゃ駄目だとみた。花魁に仕立てるには年を喰い過ぎてる。まさか後に道中が見られるなんて、夢にも思わなかったさ。舞鶴屋の楼主もこっちと同じ思いだったにちがいない。腕組みをしてためつすがめつ眺めながら、何度も「惜しいねえ」と繰り返しなすったもんだ。そのくせ後にあの子を呼出しの花魁にして、吉原一のお職に仕立てたのは舞鶴屋さんのお手柄ですよ。ハハハ、もっともあんな騒ぎが起きちまうと、お手柄も何もあったもんじゃないがね。

はあ？　あの子は舞鶴屋さんが当主になって初めて首実検をした子で、だから妙に入れ込んだんだろうって。禿のときの名がそれで「初音」なんだとご本人が仰言った……へええ、そうかい。わしはてっきり本名が「初」なんで、「初音」と名づけたんだとばかり……ああ、そうだとも、あの子が自分の口で「初でございます」とはっきりいったのを、わしはよく憶えてる。

それまではひょっとしたら口がきけない子なのかと疑ったくらいなんだよ。何をたずねても侍が答えたからねえ。名を訊いたら、侍が口ごもって妙な間があいた。そこでやっとあの子が口を開いたってわけだ。ナニ？　それはきっと嘘の名乗りだろうって。なんだって嘘を……ほう、なるほどねえ。そら穿った理屈だが、ハハハ、あんな騒ぎが起きたから実にもっともらしく聞こえますよ。

ああ、そういえばほかにも嘘があった。あの騒ぎの寸前に越後の縮緬問屋で西之屋さんとかいうお大尽の身請け話が持ちあがって、取り持った桔梗屋から親元に話をつけてくれと頼まれたんだ。おお、そうさ。親元に金を渡して身請けさせれば安あがりだ。へへ、お前さん、妙なことに詳しいね。まあそこでわしは証文に書いてある居所を訪ねて、嘘だと知れた。ハハハ、今となっちゃ何もかもが疑わしいよ。

とにかくあの子と連れてきた侍は思えば実に奇妙なふたり連れだった。これが渡り中間や何かが連れてきたのなら拐《かどわ》かしかと疑うとこだが、いかにも実直そうな侍だし、あの子も脅されてるようには見えなかったし……。ただお互い妙に他人行儀というのか、わざとらしいくらいによそよそしいのが気になった。

あの子は納得ずくで、侍のほうはやはりどこか気が咎めてるふうに見えたが、そういった例はよくあるんでね。ふつうのそれとはちょいとちがう感じだったんだよ。ああ、何かその妙なひっかかりがあったからこそ、こうしてよく憶えてるのかもしれないねえ。

あのときわしはちょうどほかの用事で廓に出かけるとこだったし、善は急げで一緒に連れていこうとした。なあに、三両くらいの立て替えはわけなくできて侍に渡したよ。ほら、家《うち》の裏がすぐ土手になってるだろ。あれが名にし負う日本堤だ。あそこにあがると風がめっぽう強かったのを憶えてる。堀の向こうに見える田圃は切り株だらけの寒々しい景色だった。空がからっと晴れて、風はえらく冷たかった。土手をもうちっと先のほうへいくと葭簀《よしずば》張りの水茶屋が並んでそれが風よけにもなってくれるが、ここらはまともに吹きつける。小さな子だと飛ばされそうな勢いだから、歩かせるのはちと可哀想だと思いながらも、駕籠に乗せるまでのことはあるまいとみた。

侍とはそこで別れた。ただでさえ小さい眼が風を浴びてさらに細くなってたから、あの子にどんな気持ちで別れを告げるのかはまるで読めなかった。ただまっすぐに向き合って頭を下げた様子は今でもまぶたに浮かぶ。腰を屈めて両手を膝に置いた、そりゃとても子どもを相手にするとは思えない、きちんとしたお辞儀だった。あの子がそれを至極当然なふうに受けとめて、先にくるりと踵《きびす》を返したのにはちょっとびっくりした。さっさと歩きだしたから、こっちはあわてて後ろ向きで足を合わせた。

侍はびくともしないでこちらを見てた。その目の先にあるのはあの子の姿だけだというのがよくわかった。ああ、やはり何かしら情はあるらしいと思ったが、肉親の水離れとはまるでちがうような気がした。あの子はあの子で別れ際に涙も見せなければ、動じた様子もなく、うしろを振り向きもせずにしっかりした足取りで歩いてた。

明けて十四になる江戸の娘なら、自分がこれから行く先はどんな場所かを呑み込んで、肚をくくってたとしてもおかしくない。ただわしはえらくふしぎに思えたんだよ。覚悟がついたといっても、それはあきらめのはずだろ。ところがあの子の表情《かお》は、あきらめとはほど遠いところにあった。いそいそとしてるとはいえないものの、ただ辛いことだけが待ち受ける先に足を運んでるようにはとても見えなかったんだよ。

風がびゅんびゅん吹いて土手の上は砂ぼこりで白っぽく見えた。あの子は真っ向から強い風に立ち向かって、ひたすら前に進んだ。目を細め、唇を真一文字にぎゅっと結んだあの子の顔は今もわしのまぶたから離れない。あの子が立派な花魁道中を披露したときも、こんどの騒ぎで驚かされたときも、わしはすぐにあの顔を想いだしたもんだ。

小千谷縮問屋　西之屋甚四郎の弁

ところで、おめさんは、どこんしょだ？　縮《ちぢみ》を買いに来たというわけでもなし、わしを訪ねてきたからには、なんぞわけがあるろうが。それを早《は》よいうてくれ。わしはもうそろそろ郷里《くに》へ帰るしたくをせねばならぬ身だすけ、そんげ無駄話はしてらんねんだ。

はあ？　国はいわずと知れた越後の小千谷《おぢや》でねか。ああ、だろも、縮問屋は小千谷にかぎったもんではねえ。堀之内や十日町や塩沢にも沢山《ふっとつ》あるが、やっぱり小千谷の縮が極上で、将軍様《うえ》が六月一日と七夕にお召しになる帷子《かたびら》は小千谷縮と決まっておる。

ああ、おめさんがいう通り、縮は値が高《たけ》え。小売値は一反で一両が相場だすけ、なかなか手が出んのは無理もねえ。だろも青麻《あおそ》から績《う》んで丹精を込めて織りあげてから雪水に晒すと、一反を仕上げるのに八十日はかかるもんだすけ、けっして高えとはいわれめえ。縮は越後に長い冬があればこそ出来る。小千谷の百姓はみな夏には田畑を耕し、冬は縮を織る。機《はた》の音をさせぬ家は一軒としてねえ。

越後と聞くと、おめさんたち江戸《いど》のひとは皆あの角兵衛獅子と同国とみて、貧乏な間抜け者《もん》ばっかのように思いなさるろうが、はばかりながらこのわしは小千谷で十間間口の屋敷を構える身だて。親父の代にここ日本橋石町《こくちょう》の宿屋を出店にして早や二十年。西之屋《にしのや》の甚四郎《じんしろう》といえば縮屋仲間でも人に知られた身だすけ、そう安う見んでくんなせいや。

思えば親父に連れられて初めて江戸に出てきたのは十八の夏だ。あれから二十五年、夏は決まってこっちに来て、たぶんおめさんより古くから知ってるが、江戸の町も昔とはよっぽど変わったのう……。

初めて出て来たときのことは昨日《きんな》のようによく憶えてるんさ。親父と一緒にわずか百反ばかり担いで来たが、その夏は長雨続きでさっぱり売れなかった。ああ、いやいや、うちは当時から親父とわしが反物を担いで売り歩くばっかじゃねえ。お出入り先のお屋敷には国元から直に荷が届くようになっておった。なにせ縮問屋は上様をはじめとしてお武家屋敷の御用達が大方で、余った分を町で売りさばこうとしても、当時はまだそう売れなかったもんだ。それがいつのころからか町でも流行りだして、江戸から越後に買い付けに来る連中まであらわれるようになった。わしらは掛売りの催促で夏は毎年こちらに来てたから、こうして出店を構えることにしたというわけだ。

ああ、わしらの仲間は大勢いる。雪国の仲間は互いに面倒見がよくて、何かと教え合い、助け合う。ハハハ、わしは吉原へも仲間の先達に連れていってもらったもんだ。もちろん国にも遊ぶどこはいくらもあったが、初めて行った吉原は、いやー、夜でも輝《かが》っぽいくらいに明るいから心底たまげた。

ああ、だろも、わしはもっとたまげたことがあった。フフ、訊きたいか？　おめさんが聞いたところでそう驚く話でもなかろうが、そんときのわしのたまげようはなかった。

連れていってくれたのは羽振りのいい先達《せんだつ》で、登楼《あが》ったのも京町にあるそこそこの見世だった。舞鶴屋？……いいや、ちがう。フフフ、そんときは別の見世だ。そこでお定まりの引付とやらをして敵娼が決まった。わしのお相手はまだ若い新造だった。それでも今にして思うと、向こうはわしよりもずっと大人で、いい思いをさせてもらった。まあ、そんげん話はどうでもよかろう。

花魁はそれぞれ部屋持ちだろも、新造は空いた部屋を探さねばならん。その見世ではさすがに割床はしていなかった。そう、大部屋に何人も押し込んで衝立で仕切って使わせるというやつを、わしも一度ためしてみたが、ありゃ気が散るやら恥《しょう》しいやらで、どうにもならんかった。ハハハ、筆下ろしにあれではもう二度と吉原へ行く気にならんかったろう。

おや、また話がそれたわい。そう、そのときは見世に客が多かったせいか、若い者が空き部屋を探すのに往生して、あちこちに引っ張りまわされた。で、廊下をうろうろしてるときに、向こうから歩いてくる花魁を見て、わしはアッと声が出そうになった。廊下は薄暗かったが、白粉を塗った顔はよく見える。ただいくら白粉で塗りたくっても、地肌が白くねえとあそこまできれいには見えねえもんだ……。

ガキの時分はよく近所の子と遊んだが、親が出しゃばらんかぎり、子どもは家が金持ちだろうが貧乏ろろうがお構いなしだ。中に図体のでかい子がいて、わしはその子によくいじめられた。五郎市《ごろいち》という名を今でもよく憶えておる。

五郎市には姉《あね》さがいて、弟の悪さを見つけるとすぐに叱った。五郎市も姉さには頭があがらんようだった。わしはいじめられて、何度かその姉さに助けられた。美《いと》しげな姉さで、わしはその顔を見るといつもほっとした。

歳は二つ三つ上で、もう機を織るお袋の手伝いをさせられてた。近在の娘はみな幼いうちから青麻を績んで、年ごろになると縮を織りだす。越後の女《おなご》はみな働きもんで、なまじな男より稼ぎもする。

わしはその花魁の顔を見て思わず「おめさん、五郎市の姉さでねえか」と話しかけてしもた。作法を知らぬもいいとこだが、初会も初会、吉原に来たのも初めてだったすけに仕方がねえ。花魁は黙って顔色ひとつ変えなかったんで、ああ、これは人ちがいだとわかり、わしはすっかり縮こまって廊下をすれちがったもんだ。

ところが翌朝、茶屋の迎えが来て仲間と一緒に階段を降りようとすると、うしろから袖を引く者がいる。振り向けばそこに年かさの禿が立っていて「越後の衆で甚様と申すお方はぬしざますか」という。そうだと答えたら「これを」と一通の書状を差しだした。封じ目を見ると「五郎市どの参るまきより」とあって、やっぱわしがにらんだ通りだった。わしはなんとかもうひと目会いたいと思って禿にたずねたが、どこにいるかは答えてくれなかった。顔を見られたくないという気持ちが痛いほどに察せられて、そのときわしも無理はしなかった。

国に帰るとすぐに五郎市を訪ねた。小さいころはさほどにも思わなかったが、久々に見たその家は実に狭くて、しょったれたあばら屋だった。お袋は亡くなったかして姿が見えず、白髪頭の親父が濁酒《どぶろく》の臭いをぷんぷんさせて部屋の隅に転がってた。まだ幼い弟や妹がおそるおそるこっちを見てた。

五郎市の躰は想ったよりも貧相だった。腰を屈めて話すから、こっちよりも背が低く見える。これが昔わしをさんざんいじめた男とはとても思えなかった。

姉さからことづかった手紙《ふみ》を渡すと、五郎市は封も切らずに頭を垂れてこちらにもどした。最初は何かわけがあって、姉さと縁を切ったつもりなのかと思ったが、そうではなかった。手紙を読んで聞かせてくれというのだ。百姓で読み書きができんもんは大勢いる。姉さのほうは吉原で読み書きを教わったらしい。字はそう巧くねえし、上手な文句でもなかったが、読んでいて一家を思う気持ちはひしひしと伝わった。

小千谷あたりは米があまり穫れんから、百姓は縮を織って稼いだ銭を年貢の足しにする。だすけ女はいい稼ぎ手なのに、姉さが身売りをしたのはよくよくのことだ。なまじ銭が入るから、親父が博奕に凝って大きな借金をこしらえたのだと噂で聞いた。

わしはその晩、当時まだ達者だった親父様にかけ合うて、五郎市の姉さを身請けしてやれねえもんかと口説いたら、「馬鹿んことゆうな」とたちまち叱られた。そんげなこと考える暇があったら、縮を一反でも多く売れといわれた。妙なもんで、それがわしの励みになった。ようし、一反でも多くの縮を売って、たんと銭儲《ぜんもう》けをしようという気持ちになった。稼いだ金で五郎市の姉さを請け出すのが夢だった。ハハハ、申すまでもないが、所詮は無理な話だ。五郎市の姉さはとうとう生きて故郷にもどれなかったのが、わしは同国の男として実に悔しくて、無念でたまらなかった。いつの日か吉原の花魁をわが手で身請けしようと思い立ったのは、五郎市の姉さのおかげかもしれん。

フフフ、おめさん、さっきからずっとこの話を待ってたろう。舞鶴屋の名が出たときに、大方察しはついておった。聞いてまたわしを馬鹿にするろうが、まあ、ええ、顔を見るのも初めてのおめさんに、こうして五郎市の姉さの話をしたのも何かの縁だ。わしもあの一件についてはどうもまだ腑に落ちんところがあって心が塞ぐすけ、国へ帰る前にだれかと話したほうが気が晴れるかもしれん。

葛城と初めて会うたのは二年ほど前だ。わしは商売に精を出した甲斐あって、親父の代よりも得意先を広げて仲間内の稼ぎ頭になった。江戸ではこうして宿屋の軒を借り、荷担ぎを連れて売り歩くから、椋鳥《むくどり》と呼ばれ馬鹿にされるが、ハハハ、日本橋の呉服店《だな》が何軒か束になってもかなわぬ売上げがあって、見かけよりはずっと銭持ちらて。

いくら銭持ちでも、吉原の大籬《おおまがき》はだれかいい案内人がないと相手にされん。幸い出入り先に親切な旦那がおられて、舞鶴屋にはそのお方の手引きで登楼した。蔵前の札差で田之倉屋さんという……ほう、おめさんもご存知か。そうそう、廓《さと》では平様と呼ばれるお方だ。札差の旦那はよくお出入り先のお武家様へ縮を進物になさるんで、親の代からうちのいいお得意様だった。

わしは吉原には何度も足を運んだが、大籬に登楼するのはそれが初めてだった。桔梗屋という引手茶屋にあらわれた花魁を見て、容貌《きりょう》といい、衣裳といい、それまでとは比べものにならんほど立派なので少々おっかなびっくりだった。ああそう、ほかにもお連れがあって、客人はわしと田之倉屋さんを入れて都合四人、あらわれた花魁も四人だ。中で飛び抜けて美《いと》しげに見えた葛城が敵娼に当たったもんで、わしはもう有頂天だった。

葛城は肌が輝っぽいほど白いし、目がぱっちりして五郎市の姉さとどことなく似てたから、わしはひょっとすると越後の女ではねえかとにらんだ。で、ふたりになるとすぐにたずねたんだ。

「昔のことは何も知りいせん」とすげなくいわれたが、こちらを見る眼がしだいに濡れてきらきら光りだしたで、こりゃ図星だという気がした。

幼い時分に故郷を離れたらお国訛りもきれいに抜けようし、聞いてもそう懐かしい気はせんだろう。ただ、ここへ連れてこられたときの様子で何か憶えてることはないかとたずねたら、道が真っ白に見えたと答えたから、ああ、これはもうまちがいないと思うた。ナニ？　道が白く見えたのは雪ではのうて砂ぼこりが舞ってたからではねえかだと……おめさんは、なーしてそんげなことをいうだ？　白い道とは雪道に決まってるろが。

吉原の花魁で、越後者と見たのは五郎市の姉さ以来のことだ。ああ、たしかめたくなったのは葛城が飛びきり美しげな花魁だったからかもしれん。ハハハ、もっとも、わしはそれまで吉原にそう足を何度も運んだわけではねかった。左様。国に女房子を持つ身とはいいながら、半年近くこっちで暮らすのだから、だれかいい相手がいてもおかしくはねかったが、わしは堅い身持ちで通してきた。生き馬の目を抜こうかという江戸の町で、たちの悪い女にひっかかって身上《しんしょう》を潰してはなるまいと、用心に用心を重ねてこの歳まで無事に来た。

ああ、思えば吉原で五郎市の姉さに会ってから二十年のあいだ、わしは旨いもんひとつ食べるのも我慢して冗費《ついえ》を厭うた。深酒を避け、賭け事には見向きもせず、ひたすら銭儲けに励んだ。はたと気づけば四十路《よそじ》に入って冥途に下る坂道が見えだすと、まだおめさんにはわかるまいが、金はいくらあっても、旨いもんを食べたり、いい着物を着たいという欲が若いときほどではのうなる。だすけ、毎日が無性に淋しうてならんようになる。こんなことなら若いうちにもっと好き放題をして遊んでおけばよかったと悔やんでも、あとの祭りだ。

したが葛城と初めて枕を交わしたとき、ああ、わしはこの夜のために我慢した甲斐があったという気がした。フフフ、それほどよい思いをさせてもろた。たとえていわば……そう、おめさんらは見たこともあるまいが、わしらの在所は雪が深《ふこ》うて、ひと晩に積もる分量《かさ》が半端でねえ。根雪は堅く締まっとるが、新たに降り積もった雪はめっぽうやわらけえで、踏むと足がずぶずぶめり込んでしもう。あるときわしはうっかり歩きだして途中で身動きができなくなった。そこに屋根からどさっと雪が滑り落ちて、天地も左右もわからずに気が遠のいてしもうたことがある。そのときの心持ちとよう似てたが、アハハ、むろん雪とはちがって温《ぬく》かったがね。

女にのぼせあがるのも若いときとはひと味ちがう。若いうちは自分勝手にいい思いをしたくなるが、年を取れば、それよりも相手の喜ぶ顔が見たいという気持ちになる。ハハハ、閨房《ねや》のことばっかいうんでねえ。本気で相手の身を思いやるようになるんがの。

葛城は無口な花魁だが、よく目でものをいった。女の哀しそうな目を見ればなんとかしてやりたくなるのが人情でねか。

あるとき妙に塞ぎ込んで見えたので、何やら案じられて仔細をたずねたら、葛城は潤んだ目でじっと見つめて「ぬしはやさしいお方でありんすなあ」というばっかで何も答えてはくれん。ますます気になり、花魁が席を立ったすきにそっと遣手に訊いて様子が知れた。「国のお袋様が患《わずろ》うたという報せが届いて、花魁は昨夜《ゆうべ》から何も口にならず……」と聞いたから、喜《き》の字屋からすぐに料理を取り寄せて、少しでも箸を取るように勧めたもんだ。

わしはあの五郎市のしょったれた家がまぶたにちらついて、胸が切のうなった。そったらばそうとなぜ打ち明けてくれなんだのかという気もしたし、越後の女はやっぱ遠慮深いのだと思うて、なおさら哀れになった。とにかく薬代としてちっとばっかの金を遣手に渡したら、あとで花魁がこっちを見る目がちがった。男はああいう目で見つめられたらどんげなことでもしてやりとうなる。ナニ？　それは花魁がよく使う手練手管だと……いや、おめさんは葛城に会うとらんで、そんげことがいえる。あんげ美しげな眸《め》をした女が人を誑《たら》かすわけがなかろう。

葛城にはこんげなところもあった。廓はよく客に要らぬ金を遣わせるというが、葛城はわしになるべくそうさせまいとした。吉原の往き帰りに船頭を直に呼んでくれたおかげで、わしは船宿を頼まずに済み、二度の金で三度は通えるようになったもんだ。吉原でそんげな格別の扱いを受けたのはわしくらいだすけ、ハハハ、縮屋の仲間は花魁がよくよく惚れた証拠だとからかってくれた。

ああ、そうだ。衣裳もよく頼まれてこしらえてやったが、それにも葛城のやさしい心遣いがあった。呼出しの花魁ともなれば、あの豪華な裲襠《しかけ》を毎月のように取り替えなくてはならないと遣手に聞いて、わしはいくらか助《すけ》てやる肚づもりになった。葛城が誂えたのは意外にありきたりの地味な柄で、色目が薄い衣裳ばっかだったもんで、ふしぎに思ってたずねたら、あとで染返しがきくからだと正直に打ち明けた。「ぬしに頂戴した裲襠は染め返して一度ならず二度三度までも袖を通したい心でありんす」と、実にうれしいことをいってくれたんだよ。はあ？　本当はあとで古着として売り払うつもりだった……ば、馬鹿なことというでねえ。おめさんは、わしの話になーしてそんげ水を差すがんだ。

おめさんは、あの葛城が最初《はな》からわしを騙す魂胆だったといいたいのか。そら、女郎の誠と卵の四角はないものだと世間ではいうが、ふたりのあいだには同国の者でしかわからぬ情がちゃんと通じておった。わしは今でもそう信じておる。だからこそ身請けをしようという気になったんでねえか。

身請けを思い立ったのは今年の春だ。去年の秋、故郷に帰るとすぐ手紙が来た。雪が溶けだすとまた何通かまとまって届いた。葛城は五郎市の姉さよりずっと字が巧かった。来なくなってから、かえってわしのありがたさが身にしみるというような文句が綿々と綴られて、春がひたすら待ち遠しいとあった。手紙を読んで、さもありなんと思うた。女房にゃ悪《わる》えが、わしも葛城に会えんあいだが辛《つろ》うてならなんだ。会いとうても会えぬ月日がふたりの絆を強くしたんだ。春になってふたたび会《お》うたときは、葛城の顔を見たとたんにわしも同じように涙ぐんでしもうたほどだ。

もっともすぐに身請けしようという大それた気持ちになったわけではねえ。ああ、そうとも、それを他人が聞いたらどれほど笑止千万な話か、重々承知しておった。金の心配よりもっと大切《だいじ》なのは、馴染みの客がほかにも大勢いて、わしなんぞはその頭数に入るかどうかもわからぬ新参の客だということだ。そもそもわしを舞鶴屋に案内してくださった田之倉屋の旦那様が、一番のお馴染みだというのもよく存じておった。ハハハ、そら、どう見ても張り合える相手でねえ。そんげな夢を見るだけでも片腹痛いと嗤われそうだった。ところがその旦那様が、ある日思いがけないことを仰言ったんだ。

江戸に出てくると田之倉屋さんにはいつも真っ先に挨拶をするが、今年はよく留守にかちあい、何度か訪ねてようやくお目にかかれた。旦那様は惚れ惚れするような男前だし、札差で一、二を争う大身代だすけ、妬ましいどころか羨ましいという気持ちすら起こらん相手だ。そんげなお方に、「お前さんにゃ負けたよ」といわれたときは、なんのことだかさっぱりわからなかった。

「葛城はお前さんといるほうが気が休まるそうだよ」といわれても、「はあ、そりゃどうも……」と、こっちは間抜けな返事しかできねえ。

葛城が田之倉屋さんの身請け話を断って、同じ身請けをされるなら相手はわしのほうがいいといったと聞かされて、ハハハ、最初は悪い冗談としか思わんかった。だが旦那の口ぶりはどうやらまるっきりの嘘でもなさそうだった。

田之倉屋さんはどこから見ても立派な大旦那だが、それだけに一緒にいるとわしも気が張ってくたびれるところがある。葛城がわしといたほうが気が休まるといったのは本当かもしれん。なにせふたりは同国のよしみがあるし、こら、ひょっとしたら、わしにも目ありそうだと思えて無性にうれしくなった。

西之屋も今でこそ年に数千反の縮を売りさばく大問屋だが、わしが若いころはまだ親父と一緒にあちこちの山里を探しまわって一反、二反と仕入れを重ねながら数を集めたもんだ。この江戸でも自ら反物を背負って椋鳥と馬鹿にされながら呉服屋を一軒一軒訪ね歩いたことが想いだされた。五郎市の姉さも、今ならみすみす江戸で見殺しにはしなかったろうにと、あのときの無念が昨日のことのようにまざまざと蘇った。

葛城もさぞかし故郷へ帰りたかろう。なら今度こそ故郷へ帰してやりてえ。そう思い立って正直に話すと、旦那はえらく感心なさったご様子で「同国者のほうがやはり何かと心が通じ合って、うまく行くのかもしれん」と仰言ってくださった。そこからわしは真剣に身請けのことを考えはじめた。えっ？　田之倉屋さんがわしを焚きつけてその気にさせただって……いやいや、そうじゃねえ。あの旦那様は葛城を潔くお譲りくだすったんだ。

当人に面と向かって意向をたしかめたんかって？　いいや、葛城の気持ちは改めて問わなくとも十分わかってた。問われるのはわしの甲斐性だて、まず話したのは桔梗屋の内儀だ。ああ、おめさんもご存知か、そう、あのめっぽうおしゃべりな女だ。花魁を身請けするには、引手茶屋にまず相談するのがすじだと、これも田之倉屋さんが教えてくだすったんだよ。

ちっとばか話しただけで、あの内儀はぽんと胸を叩いて早手まわしに勘定書を整えた。わしはそれを見せられて、いやー、目を剝いた。聞きしにまさるとはあのこったろう。身請けの金だけで七百両。茶屋への払い、朋輩衆の惣仕舞い、遣手に新造、見世の若い者や馴染みの芸者、幇間《たいこもち》へ祝儀を出し、祝い宴やら何やら一切合切ふくめてざっと千両の持ちだしを覚悟しなくてはならんかった。

うちの売り上げは年に三千両はくだらんとはいえ、仕入れを引けばいかほどの儲けにもならん。千両を稼ぐにはゆうに五年、十年の年月がかかる。わしもさすがに腰がひけて、本音をいうと、その場ぎりの話にしたかった。だども、あのおしゃべり女がそうはさせなかった。わしが葛城の身請けをしたがってるという話はすぐ舞鶴屋のほうへも伝わって、上を下への大騒ぎだ。廊下ですれちがう者が立ち止まって早くもお祝いを述べる。それればっかでねえ。廓中に噂が広まって縮屋仲間のあいだで評判になった。

そら、身のほど知らずだというて陰では嗤う者もあったろう。が、思いがけず耳に入ったのは「がきんなってやれ」という励ましだ。日ごろ椋鳥と馬鹿にされておる越後者が、吉原一の花魁を根曳きして江戸っ子の鼻を明かしてやれ。まして越後の女なら、なんとしてでも国に連れて帰れと焚きつけられて、ここで背中を見せたら、西之屋は実のところ内証が苦しいらしいといわれそうだすけ、わしはもうあとに退けなくなった。

これまでの蓄えをすべて叩《はた》いても千両には届かなかったが、田畑を売り、先々の仕入れに用意した代金を少しまわせばなんとかならんことはない。西之屋はわしの代でここまで大きくしたんだすけ、それくらいしても罰は当たらんとみた。

そう決心してからがまた大変だった。どんげな花魁か一度お顔を拝んでみたいという仲間を舞鶴屋に案内して、さんざん冷やかされながらの大散財だ。芸者衆が倍の人数で座敷に押し寄せ、花代だけでも馬鹿にならんかったが、ハハハ、ひとたび千両という額を耳にすると何もかもはした金に見えてしまう。

葛城はわしによく「無理をしなんすな」といった。身請け話が起こる前から口癖のようにいって、花魁には似合わぬ実《じつ》がある女だと思うておった。で、いよいよ舞鶴屋の主人に話すところまで来て、当人の意向をもう一度しっかりとたしかめようとしたら、例によって何もいわずにあの潤んだ眼でわしを見た。越後の女はやっぱどこまでも奥ゆかしいんさね。

国元に理由《わけ》までは知らさずに為替で金を取り寄せて七百両は用意した。それを舞鶴屋の主人に渡したら、身請けが成った徴《しるし》として、五十両包みをどっさり載せた州浜台が花魁の部屋に飾られた。いや、むろんそら贋小判で本物はちゃんと土蔵に収めてある。州浜台を飾ってからは、ほかのお馴染みと名残の逢瀬をするのだといわれた。花魁にもよるろうが、葛城はなにせ売れっ妓で、半月近くも暇をやらねばならなんだ。その間わしは顔を出しても野暮な真似はできず、いつも早々に引き揚げたもんだ。

これがほかに好いた馴染みがいたというなら話は別だが、田之倉屋さんはあっさり手を引いたし、たちの悪い情夫《まぶ》がいるという噂も聞こえず、何しろ当の花魁が故郷に帰るのを喜んでいるとばっか思い込んでたから、だれもがすっかり油断をしてた。で、寝耳に水の成りゆきに、こっちは腰を抜かしたというわけだ。

ハハハ、ふられて帰る果報者とはこのこったろう。わしは身上を潰さずに済んで、神仏にお礼を申さねばなんねえ。負け惜しみに聞こえるかもしれんが、葛城にも礼をいいたいところが少しはある。

足かけ二年ものあいだ、わしは実にいい夢をみさせてもろた。勝手ないい分だろも、そら五郎市の姉さのいい供養になったと思えてならねえんがの。

蔵前札差　田之倉屋平十郎の弁

ほう。お前さんは葛城の話が聞きたくて、わざわざうちを訪ねてきたというのか。ハハハ、そりゃ恐れ入った。よくぞ左様にくだらん用事で、うちの高い敷居がまたげたもんだ。で、話を聞いて何にするつもりだ。はあ？　戯作《げさく》の種……ああ、なるほど、草双紙とやらの作者だって。へええ、こいつはお見それした。ありゃお前さんのような若造が筆を執るものかい。いや、ちがう？　自分はまだ修業中の身で、師匠にいわれて種拾いをしてるんだって。要はまだ戯作者の卵か雛といったところか。

ハハハ、半端な分際でわしに会いに来るとは、なかなかいい度胸だぜ。その調子なら、いずれは立派な戯作者とやらになれるかもしれねえが、なればいい稼ぎができるのかい。ええっ、なんだと？　一本仕上げて、たかだかそれっぽちの稼ぎにしかならねえのか。気がきいた幇間《たいこもち》なら三日で稼ぐ金に一年もかけるのかい。はあ？　名高い戯作者でも筆一本で暮らしが成り立つ人はめったにいない。ああ、そりゃそうだろうとも。なら、戯作をするのは何が目当てなんだ？

わしは森羅万象《しんらばんしょう》の根源《もと》や理屈を説いた書物にはありがたく目を通すが、戯作なんざばかばかしくて読む気も起こらねえ。喜んで読むのはきっと世間知らずの女子どもか、役立たずの馬鹿な野郎どもだよ。ハハハ、そんな連中に読まれるのがうれしいのかい。えっ、ナニ、酔狂の虫が騒いで書きたくなる？　ほう、酔狂の虫ねえ。ならお前さんらは酔狂で他人の騒ぎに首を突っ込んで、飯の種にするというんだな。そりゃまともな人間のするこっちゃねえ。外道の所行ってやつだ。

おい、若えの、悪いこたァいわねえ。戯作なんぞにうつつを抜かす暇があったら、手に職をつけるなりなんなりして地道に暮らすことを……おやっ、お前さん、こうして正面から見たところ、形《なり》は町人だが、根はどうやらお武家様だね。よくわかったって？　フフフ、そりゃ札差稼業を長年やってれば、お武家と町人の見分けはすぐにつきますよ。ああ、なるほど、次男坊で養子の口もなかったから、いっそ刀を捨てて筆を取る気になったと仰言る。へええ、戯作者にはそういったお武家の出が多いんですかい。で、お前さんはあの騒ぎを筆の種にするために、幇間や何かからすでにわしの話をいろいろ聞いたと……アハハ、わかった、わかった。お前さんにゃ負けたよ。フム、ならこっちも覚悟を決めて何もかも話して進ぜよう。お前さんがそれを聞いてどうなさるかも承知の上で、わしは真実を存分に語りましょうぞ。

そもそもわしは十八の歳から吉原に入り浸ってずいぶんと遊んだが、葛城はほかの花魁とひとつにはならん。ありゃ格別だ。花魁としても格別だが、フフフ、ああいう女はめったとおるまいよ……。

お前さんが聞いた通り、たしかにわしらは初会から馴染みになるまで、アハハ、子どもじみた意地の張り合いをした。ありゃ、わざとだよ。いや、向こうは最初まだ知らなかったが、わしのほうは禿のときから、ああ、これがあの……と見てたんだ。今となっては隠すにも及ぶまい。左様、禿のときからあの妓を見込んで呼出しの花魁に仕立てのはわしだといってもいいくらいだ。ハハハ、吉原一の大尽があと押しをするといったからこそ、舞鶴屋はあの妓を引き上げたんだよ。さもなくば、いかに容貌《きりよう》と才覚に恵まれても、あの妓が呼出しにまでなれるわけがない。

ただし、わしができたのはそこまでだ。あとはほとんどあの妓が自分の腕でやってのけた。舞鶴屋の連中が荷担《かとうど》をしなければ、とても事は成就できなかったはずだ。あの妓は見世の者ばかりか楼主をも味方につけ、舞鶴屋を文字通り城郭にして命がけの戦《いくさ》をしたんだ。生来あの妓は他人を味方につける摩訶不思議な神通力のようなものが備わってたのかもしれん。ハハハ、このわしがいい証拠だよ。

禿の時分からずっとあの妓を見てたが、容貌と才覚は申し分なかった。しかし花魁にとって一番肝腎なのは申すまでもない、男の気を惹くこった。それには時と相手によってさまざまな駆け引きが要る。

初会でわしが馴れ馴れしく振る舞ったのはわざとじゃない。葛城は当然こっちのことを知ってるはずだと思いきや、そっけない応対で、ああ、これは何も知らないらしいとわかったから、少し試してやるつもりでわざと無作法を押し通した。するとたちまち向こうが不機嫌になったから、これでは先が思いやられるとがっかりした。

だが案ずるには及ばなかった。あの妓はあの妓で、どうやらわざとわしを怒らせようとしたらしい。馴染みの花魁はよく喧嘩をしかけて気を揉ますという手を使うが、まさか初会から波風を立てようとする花魁がいるとは思わないから、裏を返したときはこっちも本気でむっとした。ハハハ、まんまと向こうの手に乗せられてしまったというわけだ。

三会目はまたちょいと試してやる気でこっちからふった。そのとき向こうがどういう顔をするか見たが、微塵《みじん》も動じた様子はなく、じっとこちらを見返して、突出したばかりの花魁を袖にするようでは吉原一のお大尽の名が泣きますぞ、というふうな目つきだ。ははん、こりゃ初手から何もかも駆け引きだと読めた。だからこっちも負けずに五度重ねて登楼し、とどのつまり、あの妓は皆の前ですっかり折れた体《てい》にして、わしに花を持たせてくれた。ハハハ、あの妓は鼻っ柱が強い男の気を惹く術《すべ》もちゃんと心得てたというわけさ。まだ若いのになんという利口者だと舌を巻いて、以来わしは本気であの妓をひいきにしたんだよ。

ああ、そうとも。あの妓には人を見抜く力が備わってた。だからこそ人を動かせたんだ。が、それが天性のものと決めつけるわけにはいかん。利口な子が廓の駆け引きをさまざまに見聞きして、あとから身につけたのかもしれん。金や色や諸々の欲にかられた人の心がどう動くか、ハハハ、廓はそのことの学舎《まなびや》だからねえ。まあ、なんであれ、あの妓には舞鶴屋の連中がいくらか手を貸したはずだ。でなきゃ、あんな真似は出来っこねえ……。

えっ、惚れてた？　ああ、皆あの妓には惚れてただろうよ。わしかい？　むろんわしも一時は本気で惚れてたさ。ああ、お前さんが聞いての通り、わが子を産ませたいくらいに夢中だったのもたしかだ。あの妓のほうだって惚れてくれてたはずさ。フフフ、ただそれはあくまで廓の色恋だ。小便くさい素人の小娘が、そんじょそこらのしけた野郎に惚れた腫れたするのとはわけがちがう。

あの妓との駆け引きは面白かった。実に気の揉ませ方に長《た》けてたよ。えっ？　伊勢屋の若旦那……ああ、十五夜の紋日であの若造と張り合った話かい。ハハハ、ありゃ葛城が若造をのぼせあがらせたのさ。左様、無理をするなと諫《と》めれば、若造は余計に向きになるのを知ってたはずだ。初会でわしに喧嘩をしかけたくらいだから、若造を手玉に取るなんざわけもねえ。もしかすると向こうの親か何かに頼まれて、懲らしめるきっかけを作ったんじゃねえかと思うほどだが、ハハハ、そりゃいくらなんでも穿ち過ぎかもしれん。

とにかくあの妓は人をよく見て振る舞いをがらっと変えた。伊勢屋の若造にはやさしい姉さんぶって、このわしにはわがまま娘を押し通した。時にこちらの癇にさわる小面《こづら》憎いことをいってのけたが、そういうときにかぎって閨《ねや》では打って変わったようにしおらしくなった。フフフ、すっかり観念したように切なげな顔で、今にも死にそうに息をはずませて気をそそったもんさ。で、次に会うともう何事もなかったような顔つきだ。するとこっちはまたねじ伏せてみたくなる。ハハハ、わしという男をよく承知していた。自信がない男にあれをやったら、いっぺんで逃げられちまうだろうよ。

おお、お前さんはあの越後の縮屋とも会ったのかい。ハハハ、あの男はしおらしい葛城だけを見てたわけだ。ナニ？　縮屋が身請けをする気になったは、わしがそそのかしたからだろう……ああ、仰言る通りだよ。律儀な者は思い込みが強いからして、結句いい面の皮で、虚仮《こけ》にされたかっこうになったのは気の毒だった。

ほう、なるほど。お前さんは縮屋から話を聞いて、あの騒ぎは裏でわしが糸を引いたとにらんだのか。フフフ、そりゃたいした慧眼《けいがん》だ。たしかに葛城が事を起こすには、あの身請け話が欠かせなかった。当初はわしが身請けをする肚でいたが、家内がごたついて、ああいうことになったわけだ。

わしが葛城に惚れてたのは嘘だというと、ハハハハ、これがまた嘘になる。わしの子を産ませたかったのは本当さ。きっと利発で可愛い子が出来ただろうよ。しかし女房にしたいとは露ほども思わなかった。あれを女房にした日にゃ気ばかり揉んで、フフ、あげくに早死にしちまう。女房は一緒にいて気の安まるのが何よりだ。ちったァ気抜けしたくらいのほうがいいのさ。

葛城にしたところで町家の女房にゃ根っから役不足だ。おまけに廓の色恋で揉まれて、世間並の女の幸せからほど遠いところにいた。それがわしはときどき不憫になった。あの妓はけっして弱音は吐かなかったが、時に発作でも起こしたように身をふるわせて泣きじゃくった。フフフ、こっちはまるで子どもをあやす父親《てておや》だった。いっそ本気で身請けをして、一生安楽に暮らさせようと思ったこともあった。しかしあっさりと断られた。この先もわしと一緒にいたら、どうしたって例のことを想いだすから、きっと気が安まることはなかろうと……ハハハ、向こうもいったのさ。そう、わしはあの妓の身の上をよく知ってたんだよ。

こうなればもう伊勢屋の若造でもいい、越後の縮屋でもいい、だれでもいいからあの妓を世間並の女にもどして安楽に暮らさせてほしいと願ったりもした。ひょっとして江戸を離れたら、あの妓の気持ちも変わるんじゃないかと思ったことがある。縮屋を焚きつけたのは、そうした気持ちが少し混じってた。ああ、あの男と一緒にいたらほっとすると葛城がいったのは、まんざら嘘ではなかった。見たことのない雪国の景色を縮屋の話で聞いて、この世には今とはまるで別の道もあるように思えてくると、あの妓は本心からいったんだよ。

ああ、長い年月のあいだでわしも気持ちがさまざまに変わった。それ以上に葛城の心は揺れたにちがいねえ。きっと自分で自分の気持ちがわからなくなったときもあったはずさ。しかしあの妓が苦界の勤めに堪えて生き抜く支えは事を成就するという念願のほかになかったんだよ。揺れるつど、あの妓は心を立て直し、身を引き締めて、事に向かってまっしぐらに突き進んでいった。わしはあの妓に事を遂げさせるために着々と手を打つはめになった。結句なぜそうしたのかはようわからんが、わしが心底あの妓に惚れたのは、女に稀な気概の持ち主だったからだろうよ。

もうそろそろ事を根本から説き起こさなくてはなるまい。うちはご承知通りの札差だ。世間では禄米を担保《かた》にして御旗本《おはたもと》や御家人に金を貸す稼業だとみられるが、どうして、どうして、お出入り先のお武家様は札旦那とお呼びして、心持ちは家来同然にお仕えをする。が、正直いうと札旦那にもピンからキリまであって、数千石の知行取りをなさる大身の御旗本と、年にわずか十俵でほそぼそと命をつなぐ御家人とがひとつにならんのはお察しの通りだ。

ピンの方々はご家名を出すのも憚りあるが、フフフ、お前さんの口が堅いのを見込んで、秋山様としておこう。お屋敷は麴町《こうじまち》の近くと聞けば、これも察しがつこうが、代々御番方の家柄で、田之倉屋にとっても代々のお出入り先だった。

わしが若いころに存じ申しあげた秋山の殿様は、凜とした面差しで、まあ、男が見ても惚れ惚れする男っぷりだ。怖いくらいに切れ長の眼をしておいでだったが、たまにお目にかかると、わしのような者にでも気さくな口をきいてくださるお方だった。なかなかの切れ者で、今はまだ組頭だが、いずれ番頭《ばんがしら》に出世なさるだろうというもっぱらの評判だった。そのお方は才子短命を地でいくように存外あっけなく逝かれて、当時はまだ十六歳の若様がすぐに家督を継がれた。

若様はお袋様も早くに亡くされており、おまけに父上が急死だったから、ご内室がしかと定まらぬまま当主となられた。ご舎弟もご姉妹もなく、お屋敷にお身内がひとりもいない淋しい御身の上が案じられたものの、これについてはご親族が早々に縁談を世話なさるだろうとみられた。

お勤めは父上の跡を継いで同じ御番方に出仕をなされた。新参とはいえ、組頭であった父上に恩義を感じる朋輩がいくらもいて、何かと親切になさるだろうと思われた。しかしお武家のご奉公はわれら町人には量りがたいものがある。先の殿様は組頭で人望があったというよりも、切れ者の評判からするともしかしたら下には厳しくて煙たくみられる向きがあったのかもしれん。若様にそれのしわ寄せが来たということなのかどうか……。

わしはその場に居合わせたわけでもないから、何があったのか本当のところはよくわからなかった。ただ当初は秋山の若様が殿中でご乱心の上、刃傷《にんじょう》に及ばれたと聞かされて呆然とするばかりだった。

斬りつけた相手は新たな組頭の河野 某《なにがし》だった。まわりの者がただちに取り押さえて事なきを得たが、若君は後日に切腹を余儀なくされた。秋山のお家は先の殿様から立て続けのご不幸に見舞われて、お世継ぎも定まっていなかったから即断絶と相成った。

この一件は当時町方でも多少噂になったが、今はもう憶えている人も少なかろう。わしが人伝に聞いたところでは、若君はどうやら常日ごろ河野某にひとかたならぬ譴責《けんせき》を受け、懊悩の末のご乱心だろうといわれていた。要はまあ、上役にいじめ抜かれてとうとう堪忍袋の緒が切れたというところだ。武家の勤めにかぎらず新参者はどこでも古参にいじめられて苦労をする。そこをうまく乗り切れるかどうかは、当人の辛抱と、まわりの力にもよる。

秋山の若様は、父上のご存命中も入れて、わしは何度かお目にかかったが、父上とよく似た細面のきれいに整った顔立ちで、お若いせいか父上よりもずっと華奢に見えた。見た目ばかりでなく、心も華奢で傷つきやすい方だったのだろうと思われた。

片や河野某は先の秋山の殿様より十いくつも年下だが、家格と知行高は上だ。代々組頭を束ねる番頭にまで昇れる家柄で、一族からご老中を出すほどの名門だから、秋山様が亡くなると数ある先輩を押しのけて組頭に就いたのは当然だといわれていた。ともあれかつての上司の子息なら、よく面倒をみてやるのがふつうだが、世話焼きが過ぎて裏目に出たとも考えられた。

若様は屋敷に帰っても孤独なお身の上だったから、うまく気晴らしができなくて、とうとう乱心なされたのだろう。わしはお気の毒でならなかったが、かといって今さら何をなす術もなく、秋山家のことは早々に心の隅へ追いやってしまった。

そうしてすっかり忘れたころに想いださせてくれたのが、秋山家の用人をしていた近藤某だ。あれ以来とんと会わないから、今は存命かどうかも定かでない年寄りだ。至って地味な顔立ちの男で、今もし町で見かけたとしてもわからんかもしれん。当時は秋山家でだれよりもよく顔を合わせていた相手だから、突然訪ねてこられてもそうふしぎな気はしなかった。だが聞かされた話には少なからず驚かされた。

まず若様の刃傷は何もたびたび譴責を受けて錯乱したからというのではなく、しかと思い定めた上の所行だった。事を打ち明けられて、近藤某はむろん自重するように強く諌めた。若様もいったん聞き入れたかにみえたが、ついには我慢しきれなくなったらしい。

そもそもは譴責に先立って、若様のほうが河野某に対して、ある疑いを持っておられたんだそうだ。

河野某はなにせ名門の出で、もっと早くにすんなり組頭に就いてもよかったが、以前から素行によからぬふしが見えたので、家格が下の秋山様に先を越された。河野某の素行の悪さは秋山家でも口にのぼった様子で、そのひとつはお定まりの吉原通いだ。仮病を構えて宿直《とのい》を逃れ、廓に居続けすることが度重なったのだという。

秋山の殿様は謹厳で、自らを恃《たの》むところの強いお方でもあっただけに、きっと相手の家格にも遠慮をせずに皆の前で面罵《めんば》されたのだろう。貴様のような懈怠者《けたいもの》は御目付《おめつけ》にいいつけて小普請入りさせると脅されたこともあったらしい。小普請入りってェのはお前さんもよくご存知だろう。無役に落とされて、直参《じきさん》にとっちゃこの上もない不面目な扱いとなる。

意外にもその河野某は、秋山の殿様が病いで臥せられたとき、二度ばかり屋敷を見舞っていた。ご老中の名代として見舞いの薬を届けたのだそうだ。家格からいえば当然だと思われた。ただその薬を呑んでから、容態はさらに悪くなった。一度ならず二度までも容態が急変して、二度目はさすがに毒を盛られたのではないかとの疑いが湧いたのだという。

当初はまさかいくらなんでもそこまでのことはなさるまいと思ったそうだ。薬はただ効かなかっただけで、呑んだときと容態の悪くなるときとがたまたま重なったのだろうと近藤某は若様に申しあげた。ただ偶然が二度重なるかと訊かれたら、だれもそうだとはいいきれまい。

秋山の若様は出仕早々に何かと訊きまわったらしい。むろん一介の御番衆がご老中をつかまえて問い質すわけにもいかず、御数寄屋坊主か何かをつかまえてそれとなくたずねられたのだろう。坊主はとかく口さがないから、いつしか河野某の耳に入ったらしい。

そこからは何をしても譴責を喰らうばかりではない。若様は新参の身で朋輩に絶えずまちがったことを教えられて恥をかかされた。満座の中で笑いものとなり、河野某から粗忽者《そこつもの》と面罵される毎日だった。

謝るときは皆の前で両手をついて畳に額をこすりつけたかっこうで半刻や一刻も座らせられたそうだ。我慢しきれずに顔をあげると「懈怠者っ」と怒鳴られて首根っこをぎゅっと抑えつけられ、そこからまた余計に長く座らせられる。河野某が父上の名を持ちだして、秋山家は代々腰抜けぞろいだと辱めたときは、若君もさすがに堪えかねて泣きだしたという。

こうしたことはすべて近藤某の口から聞いたわけじゃねえ。わしはわしで、札差の仲間を通じて、当時の詰所の様子がどんなだったかをいろいろと調べた。なぜそこまでしたかは、これから話すことでお前さんもわかってくれるだろうよ。

河野某もさることながら、わしが断じて許せん気がしたのは朋輩の連中だ。酷い仕打ちをだれも止めずに尻馬に乗っかるたァ何事だ。長いものに巻かれろで、以前の恩義を打ち忘れ、ひたすら今の上役に尻尾を振るたァ情けなくて涙も出ねえ。フフン、わしはつくづく自分が武士でなくてよかったと思ったもんだよ。大きな声じゃいえねえが、太平の世がこうも長く続くと、ご先祖がいくら戦場で命を的に手柄を立てたお侍でも、子孫は宮仕えで性根が腐り果て、皆わが身大切《だいじ》で尻《けつ》の穴が小せえ野郎どもばかりじゃねえか。

河野某が秋山の若様を苛めにかかったのは身に疑いがかけられたのを知って腹を立てたのか、疑いが当を得ていたからこそ若様を自滅に追い込んだのか、そこまではわからねえ。ただひとつたしかなのは、秋山家が河野某によって滅ぼされたということだ。秋山家に親族はあっても、当家は血筋そのものが絶えていた。河野某がどんな悪事をしていたところで、今さら訴え出られる者はいなかった。

これが芝居なら忠臣蔵よろしく、近藤某がほかの家来を束ねて河野家に討ち入りでもするところだろうが、むろん秋山家は浅野家のような大名ではなし、近藤某に大石ほどの器量があろうはずもない。今になってなぜわしにそんな話を聞かせに来たのかはまったくの謎だった。

近藤某は次いでわしにおかしなことを訊いた。フフフ、自分は若いときに一、二度足を運んだばかりだが、吉原の話をいろいろと聞かせてほしいというから、ああ、これは河野某が仮病を構えて吉原に居続けをしたというのが引っかかってるんだろうとみた。だがしだいに訊くことが微に入り細を穿って、女郎の暮らし向きまで根掘り葉掘りたずねられたからちとふしぎな気がして、わしは半ば冗談交じりで、だれか吉原に身売りしたい者でもいるのかと訊いた。そしたら文字通り苦虫を嚙みつぶした面体で、こっくりとうなずくから驚くじゃねえか。

近藤某は心なしか着ているものもくたびれて見え、浪人の侘びしさがにじみ出ていた。まさか娘を身売りするわけではなかろうと思いつつ、念のためにお身内かと訊いたら、そうではないと答えたもんで、こっちはひとまずほっとした。ハハハ、近藤某の娘では、身売りをしてもそう高い値がつくとは思えなかったからねえ。

近々ある娘が身売りをするが、その娘は姿かたちもよくて利口だから、何かと面倒をみてほしいようなことを近藤某はわしに頼んだ。いくつかと訊いたら明けて十四だという。そりゃまた中途半端な年ごろだし、面倒をみろといわれても、先はまだ長い話だとみていた。だが十年なんざ、あっという間だ。

ああ、そうとも。そのときにわしは葛城の後ろ盾になると約束したんだ。以来、陰になり、日向になり、さまざまに世話をしてきた。なんでそこまで親切に面倒をみる気になったのかって？　そりゃ近藤某に頼まれたのがきっかけだが、さっきもいった通り、わしもわしなりにいろいろと調べて肩を持つ気になったんだよ。

身売りの話を聞いたときは、さすがに止《よ》せといった。娘があまりにも可哀想だし、いくらなんでも無茶な話だ。が、もうそれしか打つ手がないといわれて、どうしようもなかった。廓で初めて見たあの妓の顔はハッとするくらいよく似ていた……。

包み隠さず語っておこう。葛城の母親は同じ家中の娘で早くに亡くなり、子どものいない近藤夫婦が乳呑み子から大切に育てた。その母親というのは先代の奥方に仕えて、奥方が亡くなったあと殿様の手がついたらしい。

あとは申すまでもあるまい。葛城は先の殿様の忘れ形見で、秋山家の血を受け継ぐ唯ひとりの生き残りだったんだよ。

詭《き》弁《べん》 弄《ろう》弁《べん》 嘘も方便

舞鶴屋番頭源六再ビ弁ズ

へえ、なんぞ御用で。おや？　あなたはたしか前にも……おお、田之倉屋の旦那様の……ほう、絵双紙をお書きになる。で、号はなんと？　ええっ、その名も高き十返舎《じっぺんしゃ》一九《いっく》先生……のお弟子の五辺舎半九、そのまた弟子の三辺舎……ああ、はいはい、なんとまあ、もうその辺にしておきましょう。ほう。見どころがあると平様がごひいきに。それで、先ごろ平様と会った折に舞鶴屋の騒動を聞かされた。きっといい戯作の種になるだろうと仰言ったって。め、滅相もない。ありゃ断じて表沙汰には……えっ？　今はもうすっかり片がついたから……本当に平様が左様なことを……。

ああ、はい、たしかにあの晩にいらした客人は桔梗屋を通じて平様のお知り合いだという申し送りがございました。もともとは丁字屋のお馴染みらしく、舞鶴屋《うち》へは初めてのご登楼で。ただ平様ともさほど深いお付き合いではなかったと伺っております。平様が葛城のことを二度とあらわれない名妓だと札差仲間にご吹聴なさったので、それがめぐりめぐってあの晩の客人の耳に入り、廓を出る前に一度会わせろと平様に仰言ったとかいう話でございました。

えっ？　身請けが決まったあとも花魁に客をとらせるのか……ハハハ、そりゃそうですよ。大切《だいじ》な稼ぎ手にいなくなられるわけだから、最後のお礼奉公を存分にしてもらわなくちゃならない。葛城ほどの名妓となれば人気役者の一世一代のようなもんでして、日ごろのお馴染みはもとより、これが見納めと知った初会の客人もどっと押し寄せて参ります。あの晩の客人もそれですよ。

着流しの恰好でもご立派なお武家様だというのはひと目で知れて、しかも廓馴れた方だということは、この段梯子の昇り方でわかりました。ああ、はい、お腰のものはふつう茶屋で預かるところが、あのときはうちでお預かりをしたようで。はあ？　本当のところはおよその経緯《ゆくたて》を聞かされて、成りゆきを知った上で、あの客人を二階にあげたんだろうって……め、滅相もない、私は何も存じませんで。

えっ、それは嘘だ？　ここで見張ってるわしが、葛城が降りてきたのを見逃すはずはないって……いや、そういわれましても、あの晩は見世が立て込んでて、ここらは台の物や何かを担いで階上《うえ》に運ぶ連中でごった返しておりましたからねえ。

ああ、はい、たしかに新造の春里《はるざと》が先に立って、うしろからだれか降りてくるのは見えましたが、そりゃてっきり若いお侍だと……えっ？　丸腰でも侍だとわかる者が花魁の変装《こしらえ》を見抜けなかったはずがないって……フフ、そう思いたいならご勝手だが、かりにわざと見逃したとして、一体わしに何の得があると仰言るんで？

ほう、人は損得勘定だけで動くもんじゃない。わしは葛城にぞっこん惚れてたから見逃してやったんだって……アハハハ、こいつァおかしい。あんまりおかしいもんで、へそが茶を沸かすよ。さすがに絵双紙なんぞをお書きになる先生の考えるこたァちがったもんだ。十五の歳から妓楼に勤めて廓の裏の裏まで知り尽くしたこのわしが、花魁に惚れて駆け落ちを見逃すとはお釈迦様でも思うまい。ハハハ、そんなふうに思ってもらえたら、かえってうれしくなりますねえ。

ただわしは騒ぎのあとで、あのか弱い花魁によくぞあんな恐ろしい真似ができたもんだと感心したのはたしかですよ。しかしながら、もっと感心させられたのはうちの楼主《おやかた》だった。床廻しの定七から報せを受けてすっ飛んでったら、いや、もう、わしはがたがたふるえっぱなしでした。舞鶴屋が潰れてもおかしくない騒ぎだったからねえ。ところが楼主は、さすがに青い顔をなすってたが、声は存外と落ち着いてましたよ。

舞鶴屋が今日も無事にあるのはなんといっても楼主のおかげだ。それにしても、とっさにああいう判断が浮かぶとは信じられない。だからきっと楼主は最初《はな》から何もかもご存じだったんじゃねえかって……ああ、左様。わしもわしで、葛城と楼主のあいだを勘ぐった口なんですよ。

舞鶴屋抱え振袖新造　春里ノ弁

わちきゃ何も知りいせん。そりゃ本当でありんす。ぬしがいくら仰言《おっせ》えしても、知らぬことは答えようもおざんせん。

花魁は虫も殺さぬやさしいお方でありんした。お客人にはひと夜のうちでも真実真心を尽くすのが女郎の道だと、いつも話してお聞かせになりんした。お馴染みが多かったのもそれゆえと存じて、わちきは花魁の鑑《かがみ》と仰ぎ見ておりんしたのに……。

身請けが決まってからは毎日が真《ほん》におうれしそうで、そなたにあれもやる、これもやると仰言えして。はい、櫛や簪《かんざし》をたんと頂戴しんしたが、衣裳は大方売り払《はろ》うておしまいに……ああ、そう、糝粉指のお種婆さんに。

ああ、はい、お種婆さんのほうから届け物があったのはあの晩の三日前。藤色の染小袖には観《かん》世水《ぜみず》の紋様がありんした。あれは今でも目にしっかりと焼きついて、この先も長く忘れはしんすまい。なにせあれを着た花魁がわちきの見た最後の姿となりんした。

あの日は昼から雨がしとしと降りだして、日が暮れてもまだ降り止まず、まことに鬱陶しい晩で。いつもならこちらから茶屋に出向くはずが、足下が悪いので迎えに行きたくないと花魁がめずらしくわがままを仰言えして。お客人のほうもまためずらしくお供を連れずにおひとりのご登楼で。

えっ？　お客人はどのようなお方だったか……さあ、そこそこのご年配とお見受けしたほかに、これといって想いだせることはありいせん。茶屋でご酒をかなり聞こし召したご様子で、お顔の色が赤《あこ》うに見えんした。引付のあいだもずっと杯を傾けておいでで、あまり口をおききにはなりいせんで……。

それよりもふしぎな気がしたのは、大切な初会の引付を花魁がえらく手短かに済ませられたことでして。番新の袖菊さんや遣手のお辰どんにそれを申しんしたが、ちっとも取り合《お》うてはくれず、皆がはやばやと座敷を出たのは、何もかも花魁と示し合わせていたにちがいありんせん。そう、わちきだけが何も知らされずにいて、ほかの者は皆ぐるだったのでおざんしょう。

定七どんに呼ばれてふたたび座敷に入ったときは、客人の姿が見えず、花魁はすでに衣裳を着替えておいでで。定七どんはわちきと入れ替わりに出ていくし、禿も呼ばれなかったから、部屋は花魁とわちきのふたりきりでありんした。

花魁は若衆の衣裳がようお似合いで。

「頼みがある」と耳もとでささやかれて、あの美しい眼でじいっと見つめられたら、わちきゃ身内がぞくぞくして、何もいえずにただうなずいたものでありんす。それを見て花魁はにっこりと微笑《わら》いなんした。

奥の間は襖が閉じてありんした。

部屋が蒸すのでわちきがそこを開けようとしたら、花魁が前に立ちふさがって「中が見たいか」とささやかれて、またにっこりと。わちきはまた黙ってうなずいて……そこから先は、ああ、もう想いだしたくもありいせん。

がたがたふるえるわちきの肩を抱き寄せながら、花魁が耳もとでまた「頼みがある」とささやかれたのは憶えておりんすが、そのあとのことは何ひとつはっきりといたしいせん。わちきはただただ花魁の操り人形でありんした。

舞鶴屋床廻し定七再ビ弁ズ

いいえ、旦那、わっちゃ何も嘘をついた覚えはござんせんよ。葛城花魁は伊勢屋の若旦那と一緒になれたらきっとお幸せになれただろうと、本心から思ったことを口にしたんですぜ。

女は男に惚れられて結ばれるのがやっぱりイの一番の幸せで、それは今も昔もさほど変わらねえと存じやす。ただ大籬でお職を張るほどの花魁ともなれば、そんじょそこらの娘っこたァ気の持ちようがちがって当たり前。日ごろ商売で色恋をしてたら、男なんざどうでもいいように思えてくるのかどうか……さあ、そこんとこはご当人に訊いたわけじゃねえからわかりませんがね。葛城さんが世間並の女の幸せを打棄《うっちゃ》ったことだけはたしかだ。わっちゃ今にしてそれが不憫でなりませんよ。

えっ？　どこからどこまで知ってるかって……いやいや、そう深い仔細を存じておるわけじゃございません。あの日までは何も知らなかったも同然でして。ただ前の日に平様から呼ばれて、こういう話を聞かされました。

明晩、葛城花魁の評判を聞いたお武家様がひとり、桔梗屋を通じて舞鶴屋へご登楼になる。名をいえば花魁もよくご存じの大切な方だ。日ごろは丁字屋をごひいきになさる廓馴れた遊び人だから、初会の引付はおざなりに済まして、早くふたりきりにさせるようにと仰言って。その話を聞いて、わっちゃ、ははん、と思い当たったんですよ。

葛城さんにはときどきおかしな客人がありました。爺さんと若い侍がふたり連れだって来て、かならず人払いをして花魁と会い、酒にもほとんど手をつけずに帰っていった。ご承知の通り、呼出しの花魁ともなれば会うだけでも大変な物入りだが、そこは花魁が身揚がりで済ませてたようで。

たぶん花魁の親元か何かだろうとにらんでおりやしたが、爺さんと花魁の顔は似ても似つかず父御《ててご》のようには見えなかった。で、何かわけありだろうとは思いつつ、お武家の身売りは家名に関わることだから、わっちらは余計な嘴《くちばし》をはさまずに黙って見ているのが心得でして。花魁の身請けが決まってから、そのふたり連れがあらわれなかったもんで、平様の話を聞いて、こりゃてっきり実の父御が姿を見せるもんだと思ったんですよ。

ところがどっこい、その日は平様のいいつけ通り、わっちが客人の出迎えに桔梗屋へ足を運んで、顔を見てすぐにちがうと判じた。まず歳は四十そこそこで父親《てておや》というには若いし、娘を身売りするような貧乏侍にも見えなかった。のっぺりとした締まりのない顔で、眉毛は薄く、腫れぼったいまぶたで狐のような細い眼をしてる。月額や鼻の頭がてらてらして、唇は分厚くって紫がかった色で、へへ、見るからに好き者だと知れました。

こいつァ花魁の噂を聞いて、お名残の味試しがしたくなった口だ。お武家のご威光をかさに着て、平様をむりやり承知させたにちげえねえ。花魁は最後の最後まで廓勤めをさせられて、今宵はこんな強蔵に朝まで攻め立てられるのかと思うと気の毒になったもんで。いや、正直なところ花魁が気の毒になるような客人はいくらもあって、仮病という手を使うことだってなくはないが、平様に頼まれた大切《だいじ》な客人とあってはそうもならなかった。

へえ、左様で。刀はふつう茶屋のほうでお預かりするもんだが、これも平様にお前がしっかり預かれといわれましたもんで、見世のほうでお預かりをして内所の刀架に置きました。あとで新造の春里に手渡したのがそれですよ。いかなるご身分のお方でも、妓楼の二階では丸腰になるのが廓の掟……ああ、今にして思えば、それだからこそ花魁にあんな真似ができたんだという気がいたしやす。

ああ、はい、遣手のお辰どんにも、番新の袖菊さんにも話はきっちり通しておきました。引付をおざなりにしても、客人から別に文句は出なかったんで、ほっとしたようなしだいで。いや、文句をいわれたらどうしようかと思うくらい、いけすかない客人でした。いやはや浅葱裏とちがって通り者のお武家様は大概いいお客人なんだが、フン、廓馴れても嫌みな野郎はいるもんですよ。座敷の調度や何かを丁字屋といちいち比べて、うるさいったらありゃしなかった。お辰どんや袖菊さんも早く座敷を出られるのがありがたそうで。ふたりにはこれまた平様から頼まれた通り、花魁に呼ばれるまでけっして部屋には近づかないようにと申しました。

身請けの寸前に花魁が駆け落ちする気づかいも、相手によってはないともいえねえが、こんなゲジゲジ野郎とまさかそれはなかろうと踏んで、皆すっかり油断をしてたんですよ。もっとも直に平様から頼まれたわっちは少々気になって、部屋に近いあたりで廊下トンビを。

ありゃ半刻もたたないうちだ。花魁の部屋から獣の呻き声のようなもんが聞こえたんで、「何ぞ御用で」と障子越しに声をかけた。すると障子が少し開いて、すぐ中に入ったところでわっちは腰が砕けて尻餅をついた。情けねえ話だが、しばらく金縛りにあったように身動きができなかった。

花魁が着てるのは緋縮緬の襦袢だからそう気にならなかったが、右手に持った懐剣には血がべったりついてた。長年こうした勤めをしておれば、自害した女郎や相対死《あいたいじに》の始末をしたことだってありますよ。だから奥の間で、腹を真っ赤にして白目を剝いた男の顔を見ても、そう驚きはしなかったが、部屋に入ってすぐに見たあの花魁の顔だけは、あまりにも恐ろしくて今でもまぶたから離れねえ。

黒髪がおどろに乱れ、白粉の肌に点々と血がついた、ありゃ凄まじくも美しい、まさに夜叉の顔だった。美しい夜叉が人の生き血を存分に吸っていかにも満足げに、うっすら笑ってた。あんな恐ろしい化け物を見たのは生まれて初めてだったし、もう二度とごめんだぜ。

葛城花魁のあのきれいな眼でじいっと見つめられると、蛇に見込まれた蛙のように、ふだんからどうも逆らえなかったもんだが、あのときは恐ろしさも手伝って何もかも花魁のいいなりだった。で、まず新造の春里を部屋に呼んで、そのあと階下《した》で待ってた猪牙舟《ちょき》の船頭を二階にあげた。

わっちゃ本当のところ何が起きたのかわからなかったし、今もさっぱりわかりませんや。けど、新造の春里は実にしたたかな玉でしたよ。階下で見てたら、若衆姿の花魁を背中で隠して、いけしゃあしゃあとした面《つら》つきでゆっくりと段梯子を降りてくるじゃねえか。わっちゃいわれた通り、死んだ客人の刀を春里に手渡しながら、その顔をじろっとにらんでやったもんだ。ありゃどう見ても初手から花魁に打ち明けられてたにちげえねえ。はあ？　旦那にはそうはいわなかったって……アハハハ、それを真に受けなすったとはお笑いぐさだ。昔っから女郎の誠と卵の四角は無いという文句があるのをご存じねえんですかい。

春里ばかりじゃねえ。葛城花魁に事を打ち明けられてた者はほかにも大勢いたでしょうよ。まず第一《でえいち》に、段梯子の真下で見てた番頭が花魁の姿に気づかなかったってのがおかしいじゃねえか。へへ、あの番頭はなにせ花魁にぞっこんだったから、きっといい仲だったってんでしょうよ。えっ？　本人がそうとはいわなかったって……フフフ、廓の御法度破りを自分の口からいう馬鹿がどこにおりますか。こう申してはなんだが、旦那もよほどの素人《とうしろ》ですぜ。

はあ？　そう勘ぐるところをみると、手前《てめえ》も花魁とできてたのかって……まあ、そういわれたらたしかに朝込みでいっぺん、フフフ、とろんとした目で見られて、役得ここに極まれりといった塩梅でしたが、それをいいだしたらキリがありませんや。女同士だって怪しいもんさ。新造の春里もきっと花魁の腕に抱かれて女の勘所を教えられた口でしょうよ。

ああ、楼主ですかい？　楼主はたぶん何もかも打ち明けられて、花魁がなぜあんな真似をしたのかもご存じだったんでしょうよ。でなきゃ、とっさにああした判断《さばき》はつかねえと思うんだが……えっ？　楼主もやっぱり葛城とできてた口かって……ウーン、そいつはどうだかねえ。あの楼主にかぎっては御法度破りをなさったとは思えねえ。そこはそれ、番頭とはおのずと人間の出来がちがいますよ。なら、どうして葛城の肩を持つ気になったのかって？　さあ、そこまではですかい。へへ、ここだけの話、楼主はけっして女の色に迷うようなお方ではございません。……ああ、もしかすると楼主は花魁の肩を持つというよりも、平様に頼まれなすったんじゃねえかもしれやせんぜ。平様に義理立てなすったというか、フフフ、まあ、男が男に惚れて力を貸したってェとこかもしれやせんぜ。平様がなぜ花魁にあんな真似をさせたのかはまったくの謎でして。

ともあれ、あのときわっちは何よりも楼主の判断《さばき》のつけように畏れ入ったんですよ。番頭はがたがたふるえてやがるばっかりだったが、楼主は部屋の様子を見て、少し青い顔はなすったものの、さほどに動じなかった。そりゃ生まれたときから廓にいれば、色んな修羅場を見てこられただろうし、死骸を見たって驚きはしねえでしょうよ。けど死んだのは、うちに初めて登楼《あが》った侍で、しかもそんじょそこらのサンピンたァわけがちがうんですぜ。それをうちの花魁が殺《あや》めて逃げちまったんだから、うろたえないほうがどうかしてる。

ともかく番所に報せようとわっちが立ちあがったら、楼主は「待ちな」と静かに止めなすった。番所にゃ報せるなと仰言るもんで、わっちはびっくりして番頭と顔を見合わせたもんだ。

楼主はまず死んだ侍の家名と身分をそれとなく茶屋のほうにしっかりとたしかめさせた上で、武鑑と切絵図を付き合わせて屋敷の所在を突きとめなすった。いえね、廓では昔から先方のお屋敷に使いを出すことだってままあるから、そこらの手抜かりはないんですよ。で、早速わっちが使者に立ったというわけでござんす。

神田川を市ヶ谷に遡ったまではいいが、さあ、そこからが大変《てえへん》だ。なにせ月も星も見えねえ五月闇のなかで屋敷を探しだすのは往生しましたよ。やっと提灯の紋所でそれとわかったところで、なかなか門を叩く気にはなれなかった。わっちゃ何度そこから逃げだしたいと思ったことか。

なんとか門番に話をつけて、屋敷で一番えらい用人の顔を見るまでがまたひと苦労だった。むろん証拠に印籠を持参して、ご主人がとにかく用人を呼べと仰言ったことにした。主人が廓に入り浸りなのは用人もよく知ってて、妓楼で何か揉め事を起こしたとでも想ったにちげえねえ。なんとかその用人を連れて見世にもどったあとの話は、どうぞ楼主から直にお聞きなさいまし。

仙禽楼　舞鶴屋庄右衛門再ビ弁ズ

わしは何も嘘をついた覚えはありませんよ。ハハハ、お前さんが話の途中で逃げちまうから、肝腎のことを聞きそびれたんじゃないか。ウフフ、またこうして顔が見られるのはうれしいけどね。さあ、もう知った仲なんだから、遠慮しないで、もっとこちらへお寄りよ。そう堅くなるこたァない。アハハ、何もしやァしませんよ。

ああ、葛城がお武家の娘だというのは聞かされてましたよ。いや、初めっからじゃァない。突出しの花魁に仕立てる少し前に聞かされた。仰言るように、田之倉屋さんからねえ。ただ聞いたのはそれだけだ。何かわけありだろうとは存じたが、まさかあんな騒ぎを起こしてくれるとは思わなかった。いやいや、本当に嘘なんかじゃありませんよ。わしとてむろん腰を抜かすほどびっくりしたし、ふるえがくるほど恐ろしかったが、かりにも楼主たる者、いわば一国一城のあるじも同然なんだから、ハハハ、家来の前でうろたえたざまを見せるわけにはいかないじゃないか。

番所に届け出たところで、またどうなるもんでもない。なにせ相手はお武家のこったから、町方のお役人が手に負えないことは目に見えてた。だからわしはすぐに肚をくくったというわけでね。そりゃ無事で済むとは思わなかった。定七を使いに出したあとは、お手討ちになるのを覚悟で、ハハハ、下帯も真新しいのに取り替えたくらいだよ。まあ、それよりも前に、少しきれいに片づけなくちゃならなかった。ああ、あの番頭は役立たずでねえ。がたがたふるえるばかりではほとんど何もできやしない。ほかに人は呼べないからね。死骸の始末はわしがこの手でしたんだよ。いやはや五枚重ねにした蒲団が少しは吸ってくれたからよかったようなもんで、血の量は半端じゃなかった。胸から下腹にかけて刺し傷がいくつもあって、ありゃ息絶えてからも刃を立てたにちがいない。あの妓らしい執念がこもってた。

胴を晒布《さらし》できつく巻いて、血みどろの下着をわしのと取り替えたり、汚れた蒲団を取り除けたりと、まあ何をするにもひと苦労だったが、部屋にはだれも近づかないよう番頭にしっかり見張らせてたから、ほかの者は何が起きたのか知らないはずだ。いや、嘘じゃねえ、本当だよ。ハハハ、お前さんも疑り深い人だねえ。

向こうからやってきたのはご主人とほぼ同年配の用人だった。そりゃ二千五百石ものご知行をお取りになる武家のご家来は見るからに立派なお侍だ。で、わしは畳に両手を支《つか》えて、まず事の経緯《ゆくたて》を話した。また嘘をついたのか？　ハハハ、どうしてこんなことが起きたのか、わしも本当のところはわからないから、嘘のつきようがない。フフ、ただ廓では時にこうした相対死をなさる方があって、敵娼《あいかた》の死骸のほうは先に始末したと申したまでだ。アハハ、そりゃ向こうは驚きましたよ。世間広しといえど、初めて登楼した見世で初会の花魁と心中する男なんざいるわけがない。かといって何が起きたのかは向こうだってさっぱりわからなかったさ。

そこでわしは相手にこういったんだ。わが家の奉公人がそちらの大切なお殿様を亡き者にしたという不始末はこの身の咎《とが》として、私はお手討ちも覚悟の上でござりまする。されど、もしこのことが表沙汰になれば、ご家名にも疵がつきましょうが如何なされまする、と、強い揺さぶりをかけてやったんだよ。

お武家は跡継ぎを決めないうちに主人が亡くなると即断絶となる。だから主人が長患いで亡くなったときはともかく、頓死は伏せて、跡継ぎの届け出を済ませてから病死したという体裁にする、と前に聞いたことがあった。つまりお武家に欠かせぬものは体裁なんだよ。

フフフ、主人が廓で頓死するほど体裁が悪いこたァねえ。しかも相対死にせよ何にせよ、女郎の手にかかって命を奪われたとあっては、表沙汰になったが最後、お家断絶は免れぬはずだ。わしはそれを承知で用人を脅した。即座に無礼者っとお手討ちに遭っても仕方がないとあきらめて、一か八かで打って出たんだ。

アハハハ、そしたらどうだい。とどのつまり双方けっして事を表沙汰にはしないという約定を取り交わして、先方はあっさり仏さんを引き取っていった。フン、主《しゅう》が主なら、家来も家来ってとこさ。忠義とは体裁ばかり、本音をいえば、自分たちの喰い扶持をなくすのが一番心配だったんだろうよ。

わが身大切で汲々とするさもしい性根を見せつけられて、ハハハ、わしは自分が妙に力んで下帯まで取り替えたのが恥ずかしくなったくらいさ。いざとなったら死ぬ覚悟もできなくて、何が侍だ。そんな連中に威張らせとく理由がどこにあるっ、と思ったもんだ。

フフフ、それに正直申せば、少し小気味がよかった。わしらは世間から忘八《くつわ》と呼ばれ、日ごろは人様のお下《しも》の世話をする卑しい稼業だと見られてる。ところがそうした卑しい稼業だからこそ、世間で威張り散らすお武家に脅しがかけられたんだ。こんな愉快な話はないじゃないか。

世間は廓が嘘のかたまりだというが、しかしここほど男が本性を剝きだしにする場所もねえ。アハハハ、それこそがまさにこの世の真実なんだよ。

葛城はか弱い女の身で、あんなに美しい顔をして、剝きだしにした男の本性にぐっさりと鋭い刃を突きたてた。仏さんを見て、そりゃァびっくりしたのなんの。初会の相手に一体いかなる遺恨があってこんな酷い殺し方ができるのかと思うほどだった。が、そりゃきっと遺恨じゃねえ。あの妓はおそらくここで味わった哀しいこと、苦しいこと、辛いこと、悔しいことの数々を、怨みの刃のひと突き、ひと突きに変えていったんだろうと思う……。

えっ、葛城は今どこにいるか？　そんなこたァわしが知るわけもねえ。ただあの妓がここを脱け出したと知っても、追っ手をかけなかったのは、だれに頼まれたわけでもねえ、わしの一存だよ。あれだけのことをしでかしたんだ。あっぱれな女だと賞めてやるしかねえじゃないか。

ハハハ、そうとも、そうとも。わしはたしかに心のどこかであの妓に惚れてたんだろうねえ。

御目付　堀田《ほった》𨊂負《ゆきえ》ノ弁

ハハハ、なるほど。吉原は嘘のかたまりで手を焼いたと申すか。したが一番の大嘘つきは、そのほうではないか。結句だれもそれが見破れなかったというわけか……。

いや、左にあらず。札差の田之倉屋平十郎なる者はさすがに見抜いて、さればこそ家名をも洗いざらい打ち明けたのだろう。かくしてお上の裁きを見届けようという魂胆に相違ない。

書院番組頭の河野修理《しゅり》が不慮に身罷《みまか》り、跡目相続願い上げの儀、若年寄の水野豊前守様に書上《かきあげ》が届いたのは早や三月前だ。何かとよからぬ取りざたが聞こえて留め置かれ、拙者にご下問があったところで、小人《こびと》目付のそのほうを隠し目付に仕立てて廓に潜り込ませたが、話を聞いて今はただただ呆れ果てるばかりで、同じ旗本の身として実に腹立たしい。

このこと水野様に言上《ごんじょう》すれば、河野の家は即断絶と相成ろう。かりに一門のご老中がそれを阻もうとなされても、われらは上様へ直に進言を許されたお役目なれば、ここぞとばかりに威を振るって尋常なお裁きを願わねばなるまい。

千丈の堤も蟻の一穴から崩るというたとえの通り、何事にも上がしかと襟を正さねば、下万民の侮りを受け、やがては幕府の礎《いしずえ》が砕け散り、日本《ひのもと》が危うくなる。町人どもの話を聞くにつけて、何よりもそのことが案じられた。

事の実否《じっぷ》が定かならねば、秋山家再興の儀は難しかろうが、もしかなうものならば惜しまずに尽力をいたそう。もののみごとに父と兄の敵討ちを果たした秋山の息女、いや、吉原で葛城と呼ばれた花魁を、ハハハ、拙者はひと目見たいと願うばかりだ。

この作品は「星星峡」（二〇〇五年五月号から二〇〇六年十月号）の連載に
加筆・修正をしたものです。

〈著者紹介〉

松井今朝子　1953年京都生まれ。早稲田大学大学院で演劇学を専攻し、松竹株式会社で歌舞伎の企画制作に携わる。フリーとして歌舞伎の評論などを手がけた後、小説家デビュー。「仲蔵狂乱」で時代小説大賞受賞。著書に『銀座開化事件帖』『家、家にあらず』他。

GENTOSHA

吉原手引草
2007年3月15日　第1刷発行
2007年7月20日　第6刷発行

著　者　松井今朝子
発行者　見城　徹

発行所　株式会社 幻冬舎
〒151-0051 東京都渋谷区千駄ヶ谷4-9-7

電話：03(5411)6211(編集)
03(5411)6222(営業)
振替：00120-8-767643
印刷・製本所：中央精版印刷株式会社

検印廃止

ISBN978-4-344-01295-0 C0093
幻冬舎ホームページアドレス　http://www.gentosha.co.jp/

この本に関するご意見・ご感想をメールでお寄せいただく場合は、
comment@gentosha.co.jpまで。